中國語言文字研究輯刊

二二編

許學仁 主編

第17冊

《清華大學藏戰國竹簡（肆）～（柒）》字根研究（第一冊）

范天培 著

花木蘭文化事業有限公司

國家圖書館出版品預行編目資料

《清華大學藏戰國竹簡（肆）～（柒）》字根研究（第一冊）
／范天培 著 -- 初版 -- 新北市：花木蘭文化事業有限公司，
2022〔民 111〕
目 4+162 面；21×29.7 公分
（中國語言文字研究輯刊　二二編；第 17 冊）
ISBN 978-986-518-843-6（精裝）
1.CST：簡牘文字 2.CST：詞根 3.CST：研究考訂
802.08　　110022449

ISBN-978-986-518-843-6

中國語言文字研究輯刊
二二編　　第十七冊　　ISBN：978-986-518-843-6

《清華大學藏戰國竹簡（肆）～（柒）》字根研究（第一冊）

作　　者　范天培
主　　編　許學仁
總 編 輯　杜潔祥
副總編輯　楊嘉樂
編輯主任　許郁翎
編　　輯　張雅淋、潘玟靜、劉子瑄　美術編輯　陳逸婷
出　　版　花木蘭文化事業有限公司
發 行 人　高小娟
聯絡地址　235 新北市中和區中安街七二號十三樓
　　　　　電話：02-2923-1455 ／傳真：02-2923-1452
網　　址　http://www.huamulan.tw 信箱 service@huamulans.com
印　　刷　普羅文化出版廣告事業
初　　版　2022 年 3 月
定　　價　二二編 28 冊（精裝）　台幣 92,000 元　

《清華大學藏戰國竹簡（肆）～（柒）》
字根研究（第一冊）

范天培 著

作者簡介

范天培，北京師範大學文學學士，臺灣師範大學文學碩士，美國加州大學洛杉磯分校公費訪問學者。曾獲「林尹先生紀念獎學金」、「北京市高校人文知識競賽二等獎」、「王惕吾新聞獎學金」、「北京師範大學優秀科研基金項目」等獎項。研究興趣為古典文獻與文字訓詁等領域，發表論文數篇。

提　要

2013 年至 2017 年，清華大學出土文獻研究與保護中心陸續整理出版了四輯戰國楚竹書，即《清華簡》第肆輯至《清華簡》第柒輯。這四輯楚簡 容涉及經學、史學、思想、術數等多個研究領域，學術價值極高。

李學勤曾指出：「出土文獻的研究工作最基礎的還是考釋文字……不能正確考釋文字，建立的推論恐怕很危險。」為此，本文希望採取字根分析的研究方法，對《清華簡（肆）》至《清華簡（柒）》四輯楚簡中的字形進行逐一分析。一方面，通過結合傳世典籍來加深簡文 容的理解；另一方面，則結合唐蘭提出的「偏旁分析法」與「歷史考證法」，熟悉簡文字形。在這兩方面研究的基礎上，本文希望能夠在文字考釋與構形研究上有所創獲。

本書分為三章。第一章為緒論，內容分為三小節。第一節介紹本文的研究緣起與研究範圍等。第二節回顧前人字根研究成果、介紹本文所進行的調整。第三節為本文的研究步驟和研究方法。第二章為字根分析。本文將四輯《清華簡》中出現的字形進行逐一拆解分析，並歸入各個字根之下。字根的分類與排序，參考唐蘭「自然分類法」和陳嘉凌、王瑜楨、駱珍伊三人論文的研究成果。第三章為本文的結論部分，主要包括四則釋字成果。

目 次

第一冊

第二冊

第三冊

第四冊

第五冊

凡　例

一、本文研究對象為：由清華大學出土文獻研究與保護中心整理、中西書局出版的《清華大學藏戰國竹簡（肆）》、《清華大學藏戰國竹簡（伍）》、《清華大學藏戰國竹簡（陸）》、《清華大學藏戰國竹簡（柒）》四輯戰國楚竹書。

二、論文中字根的分類與排序，主要參考唐蘭「自然分類法」的分類方式與排列次序。同時參考陳嘉凌、王瑜楨、駱珍伊三人學位論文的研究成果。本文在個別字形的拆解與字根分析上，同前人略有不同。具體調整請參看相應字根下的分析解說與本文的研究成果部分。

三、每則字根的研究內容包括「字表」和「字根分析」兩部分。「字表」集中收錄這四輯竹簡中寫有該字根形體的字形，並將各個字形按照「單字」、「偏旁」、「訛形」、「變體」、「通用」、「省形」、「合文」、「存疑」等幾項內容進行分類。無該項內容則從略。

四、字表中的字形，按照字例出現的先後順序排列。同時，同一字形儘量排列在一起。

五、字表樣例：

四/筮法/6/卲

（輯名簡稱/篇名簡稱/簡/字形隸定）

六、每則字根下的「字根分析」部分羅列該字根相關的小篆形體與《說文》解說。其次則羅列具有代表性的甲骨、金文字形。最後則敘述學者的釋形釋義。戰國文字形體分析部分，對該字根所出現的特殊構形現象予以細緻解說。包括形體訛變、互用、形體變化等內容。

七、字根釋義，學界已有共識者，為免引據過多，本書逕引《說文新證》之結論。

八、論文中出現的甲骨字形選自劉釗《新甲骨文編》（福建人民出版社，2014 年版）與李宗焜《甲骨文字編》（北京中華書局，2012 年版）。個別字形選用季師旭昇《說文新證》（藝文印書館，2014 年版）中的摹字作為補充。金文字例選用容庚《金文編》（北京中華書局，2013 年版）與董蓮池《新金文編》（作家出版社，2011 年版）中的字形，並以季師旭昇《說文新證》（藝文印書館，2014 年版）與史語所「殷周金文暨青銅器資料庫」（http://bronze.asdc.sinica.edu.tw/qry_bronze.php）中的字形作為補充。《說文》解說與小篆字形則使用北京師範大學「數字化《說文解字》」（http://szsw.bnu.edu.cn/swjz/）系統中的相關內容。

九、為力求呈現字形原貌，本文優先使用原色竹簡圖版。在原色竹簡殘漶難以辨識的情況下，則選用每冊竹簡書後所附文字編中的黑白字形。若文字編中的字形亦難以辨識，則使用季師旭昇在《讀本》中的摹字。字形圖檔高 2cm，寬 1.5cm。

十、簡文中隨文出現的特殊符號，如重文符號、文末墨勾等，若與文字構形無關，不加以討論。

十一、論文中涉及的缺字，採用「引得市」缺字系統（http://www.mebag.com/index/）中所收錄的缺字圖檔。

十二、出土文獻的內容，各家學者隸定不同、看法不一。若非所要討論的字形，在敘述簡文內容的時候，本文均採取寬式隸定。對於所要討論的字形，則採取嚴式隸定。

十三、論文採用王力上古音系統。

十四、本文遵從學術慣例，除業師外，在學者姓名後均不加「先生」等稱謂。

十五、本文行文中，若稱〔陳 120〕，則指陳嘉淩《楚系簡帛字根研究》第 120

個字根；若稱〔王 112〕，則指王瑜楨《上海博物館藏戰國楚竹書（一）～（六）字根研究》中的第 112 個字根；若稱〔駱 128〕，則指的是《〈上海博物館藏戰國楚竹書（七）～（九）〉與〈清華大學藏戰國竹簡（壹）～（叁）〉字根研究》中第 128 個字根。

十六、論文研究材料與簡稱：

書　　名	簡稱	篇　名	簡稱
《清華大學藏戰國竹簡（肆）》	四	筮法	筮法
		別卦	別卦
		算表	算表
《清華大學藏戰國竹簡（伍）》	五	厚父	厚父
		封許之命	封許
		命訓	命訓
		湯處於湯丘	湯丘
		湯在啻門	湯門
		殷高宗問於三壽	三壽
《清華大學藏戰國竹簡（陸）》	六	鄭武夫人規孺子	鄭武
		管仲	管仲
		鄭文公問於太伯（甲）	鄭甲
		鄭文公問於太伯（乙）	鄭乙
		子儀	子儀
		子產	子產
《清華大學藏戰國竹簡（柒）》	七	子犯子餘	子犯
		晉文公入於晉	晉文
		趙簡子	趙簡
		越公其事	越公

字根索引

第一章　緒　論

一、研究緣起與研究範圍

（一）研究緣起

自西漢景武之際孔壁古文經書面世以來，每一次出土文獻的發掘都為學術研究做出了重大的貢獻。近代以降，地不愛寶。豐富的甲骨、金石、簡帛材料不斷湧現。經過學者們不懈地努力，這些材料得以在沉睡千年後重新閃耀、發揮價值。

近二三十年，隨著整理技術與研究水平的進步，戰國楚簡研究迎來黃金時期。新世紀以來，上海博物館、清華大學出土文獻研究與保護中心、安徽大學漢字發展與應用研究中心等研究機構，相繼整理、發布了數批寶貴的楚簡材料。在這些新材料的幫助下，古文字研究與古史、古文獻研究取得了驚人的進步。由此，楚簡材料的學術價值也越來越引人注目。就如李學勤所總結的，出土文獻的學術價值，正是在於：

一、推翻流行的成說。晚清時期受疑古思潮的影響，古籍幾乎無不受到懷疑責難。新出土的簡帛書籍可以考古學方法確定時代的下限，結果證明不少過去以為必偽的書，確實不偽。

二、補充缺失的空白。例如《齊孫子》，本見於《漢志》，但三國時已不存在，差不多沒有佚文可供輯錄，如今在銀雀山簡中找到，就補充了兵家歷史的一個極關緊要的環節。

三、展示學術的原貌。中國古代學術文化本極繁盛昌明，唯因材料湮沒佚失，加之疑古過勇，致使變為蒼白空洞。現在大家不但看到許多前人未見的材料，而且由之證明大量傳世書籍真實不偽，就有可能復原當時學術的真相。〔註1〕

元代學者虞集曾在〈《中原音韻》序〉中說：「一代之興，必有一代之絕藝足稱於後世者。」在出土文獻日益豐富、研究水平日益提升的今日，能夠對新發現的文獻材料善加利用、進而在前人研究的成果上有所進取，正是這個時代學人之幸、也更是使命所在。

（二）出土文獻研究當以古文字字形研究為基礎

如上，我們已經簡略地敘述了出土文獻之於文史研究的重要意義。而研究出土文獻，最為基礎、且最為重要的工作便是文字考釋。2004年，在上海召開了題為「新出土文獻與古代文明」的學術研討會。李學勤在閉幕式的演講中，如是說：

> 這次研討會最多的論文還是考釋文字。這說明了出土文獻的研究工作最基礎的還是考釋文字。考釋工作是工作重心，必不可缺，不認識字是很危險的，目前考釋文字已經取得了許多成果。但同時，這也反映了新出土文獻實在太多了，當前對於出土文獻的研究主要還處於考釋文字階段。不能正確考釋文字，建立的推論恐怕很危險，很成問題。這也使我們認識到必須進一步作文字考釋，認識到戰國文字研究有必要進一步深入發展。〔註2〕

雖然距離這次會議的召開已經過去了十餘年，但時至今日李先生的這段文字仍可謂字字珠璣、發人深省。對於楚簡研究而言，若不能正確地釋讀楚簡文字，便無法如實地瞭解簡文所記錄的內容——利用出土文獻也就如空中樓閣一般無從談起。

考釋古文字的關鍵，在於對古文字形體的正確辨識。唐蘭提出的「偏旁分析法」，精髓便在於通過考察古文字形體的各個組成部分來釋讀古文字。字

〔註1〕李學勤：《中國古代文明研究》（上海：華東師範大學出版社，2004年），頁402。

〔註2〕李學勤：〈李學勤先生在「新出土文獻與古代文明研究」會議閉幕式上的演講〉，《新出土文獻與古代文明研究》（上海：上海大學出版社2004年），頁1。

根分析可以很好地幫助我們熟悉古文字的形體與構形，進而幫助我們正確地釋讀古文字。在整理和歸納字根的過程中，也需要我們處理同一字根的不同寫法與不同字根容易混淆的形體。字根研究的這一特點，可以幫助我們更好地體會考釋古文字的「歷史考證法」。

例如，《清華簡（六）》中收錄有楚竹書《鄭文公問於太伯》甲本、乙本兩篇。其中有這樣一則字形寫作：[illegible]（《鄭甲》簡 5），[illegible]（《鄭乙》簡 5）。原考釋馬楠將此字隸定作「㕡」，認為此字從「允」，「夂（冬）」聲，讀為「庸」。〔註 3〕但戰國文字中的「冬」字通常寫作[illegible]（《清華一‧保訓》簡 3），比簡文字形中的形體要多出兩筆指示符號。且從甲篇字形來看，字形右邊部「[illegible]」形的左邊一筆，向右部彎曲，也與常見的「冬」字形體不同。為此，石小力提出：該字右部與「夂（冬）」不類，且左半亦非「允」旁，故釋為「㕡」不確。該字當由[illegible]、[illegible]、[illegible]三部分組成。〔註 4〕

我們認為石小力的字形分析是較為穩妥的。簡文中的「[illegible]」形當是「丩」形同「人」形筆畫連接所產生的形體，而非是「夂（冬）」形。對《清華簡（六）》中這兩則字形的考辨，可以很好地說明字根分析對於考釋古文字的重要作用。為此，本文選定字根研究為論文題目，以期通過對楚簡文字進行字根分析與研究，來達到熟悉戰國楚簡文字形體的目的，進而提升釋讀古文字的能力。

（三）研究範圍的選定

截至 2020 年，清華大學出土文獻研究與保護中心已經陸續整理出版了九輯戰國楚竹書。這九冊楚簡均具有極高的學術價值，廣為學林稱讚。其中，駱珍伊已在其學位論文中對《清華簡》第一至三冊進行了細緻的字根研究。本文擬在駱文的研究基礎上，對《清華簡（四）》至《清華簡（七）》四冊楚簡進行字根分析與研究。這四冊竹簡收錄竹書十九篇，字形豐富，題材多樣。適合作為碩士論文的研究對象。

首先，這四冊楚簡收錄了數篇「書類文獻」。《厚父》中出現語句：「作之君，

〔註 3〕清華大學出土文獻研究與保護中心編、李學勤主編：《清華大學藏戰國竹書（陸）》（上海：中西書局，2016 年 4 月），頁 120～121。

〔註 4〕清華大學出土文獻讀書會：〈清華六整理報告補正〉，清華大學出土文獻研究與保護中心網站：http://www.ctwx.tsinghua.edu.cn/publish/cetrp/6831/2016/20160416052940099595642/20160416052940099595642_.html，2016 年 4 月 16 日。

作之師」，同《孟子．梁惠王下》中所引《尚書》佚文相同。《封許之命》敘述西周初年呂丁受封許國的冊命經過。簡文的內容與體式可以同冊命銘文互相參讀。《命訓》見於傳世《逸周書》，與《逸周書》首篇《度訓》和第三篇《常訓》合稱為「三《訓》」。

此外《清華簡（四）》中還收錄有數篇罕見的術數類文獻。《筮法》簡文詳細記載了占筮的方法和數字卦占例。數字卦的形式同天星觀、包山、葛陵等楚簡中的占筮記錄所見一致。《算表》是中國大陸地區迄今留存最早的數學文獻實物，目前已經得到吉尼斯世界紀錄認證。《別卦》則對於《周易》卦象、卦名、卦序以及經卦的衍生研究都有較為重要的學術價值。

本批竹簡還收錄有一些以殷商歷史為題材的竹書。《湯處於湯丘》的簡文內容可以同《墨子》、《呂氏春秋》中的一些篇目進行對讀。《湯在啻門》敘述五味之氣與生命之關係尤為詳盡，與《殷本紀》中伊尹「以滋味說湯，至於王道」的記錄相合。《殷高宗問於三壽》則假託殷高宗武丁同三壽（主要是彭祖）的對話，來陳述作者的思想觀念，是研究思想史非常寶貴的文獻資料。

這批楚簡材料中，還有多篇以春秋史事為背景的竹書。這些竹書或借史以論道，或託古以喻今。這些竹簡的記載不僅可以同《左傳》、《國語》等傳世典籍相參讀，其中所闡述的思想內容，也是我們瞭解先秦學術發展的重要補充。

《清華簡（六）》中有《鄭武夫人規孺子》、《鄭文公問於太伯》（甲、乙本）、《子產》四篇同鄭國史事相關的竹書文獻。《鄭武夫人規孺子》簡文內容為鄭武公逝世之際，武夫人告誡年幼的莊公治國之道。《鄭文公問於太伯》分有甲本與乙本，為書手根據兩個不同底本抄寫而來。簡文記敘太伯臨終前追述鄭國歷代國君事蹟，具有較高的史料價值。《子產》是一篇敘述子產道德修養與理政成績的竹書。《清華簡（七）》中有三篇同晉國史事相關的竹書。《子犯子餘》的敘事背景選在晉文公重耳流亡秦國之際，簡文借子犯、子餘同秦穆公對答與秦穆公、重耳向蹇叔問政的方式，闡述了當時人們治國理政的觀念。《晉文公入於晉》講述了晉文公結束流亡、返回晉國後，如何整飭國政、走向霸業。《趙簡子》內容可以大致分為兩部分，記述了范獻子向趙簡子進諫與趙簡子同成鱄問答的內容。其餘如以秦、晉崤之戰為背景的《子儀》，敘述崤之戰後秦穆公送歸楚子儀的過程。《清華簡（六）》中收錄的《管仲》一篇，在體例上同傳世《管子》各篇體例近似，可能為《管子》佚篇。《越公其事》

敘述句踐滅吳復霸始末。全篇共七十五支簡，內容豐富，文字形體多變，有很高的學術價值。

首先，作為碩士研究生，紮實基礎是現階段學習的主要目的。選取《清華簡》第四至第七冊作為研究對象，主要考慮本批簡文具有兩方面的重要價值。其一，如上所述，本批簡文內容豐富，涉及經學、史學、術數等多方面內容。若能對本批竹簡材料加以熟悉，利於我們將相應的內容應用到傳世文獻的研究與補證當中。其二，本批簡文由不同書手書寫，文字形體豐富，字形多樣。通過字根研究與分析，可以使我們在辨識字形上得到充分的訓練，達到紮實基礎的目的。

第二，本批簡文自整理出版以來，學者已經有較為豐富的討論與研究。儘管如此，隨著材料的不斷豐富與學科知識的日益進步，部分簡文內容的解說與相應文字的釋讀仍然具有再討論的空間。本文希望通過字根分析，對簡文字形進行細緻考辨，進而對疑難文字的考釋提出自己的見解。

第三，整理古文字形體中的變體、訛誤與通用形體，一直以來都是字根研究重要的重要內容。這些對楚簡文字形體的研究，可以在日後成為學者研究的有益參考。本文希望通過對本批材料字形的逐一分析與拆解，對文字發展中出現的特殊規律進行全面總結，並以表格的形式將成果呈現出來，以便於學者檢索利用。

二、字根研究的簡要回顧與本文所做之調整

（一）對「字根」研究的簡要回顧

「字根」研究始肇於周何主編《中文字根孳乳表稿》。在該表中，周先生對「字根」作如下描述：

> 根據中國文字之特性及組成方式，徹底分析其形體結構與組合成分，歸納以字根為基礎之聲母孳乳系統與形母孳乳系統，從而建立字根統計表。……依此類推，直推至單一形體之字根為止；乃以此單一形體之字根為此形系之原始字根。〔註5〕

細揣周何對於「字根」的定義，亦即「徹底分析其形體與組合成份」，直

〔註5〕周何、沈秋雄、周聰俊、邱德修、莊錦津等編：《中文字根孳乳表稿》（臺北：中央圖書館出版社，1982），說明頁1～2。

至得到「單一形體之字根」。意即：漢字中無法再行拆解的部分，就是「原始字根」。根據以上原則，《中文字根孳乳表稿》共計歸納出「字根」1134 個。然而，《孳乳表》一書乃是為構擬「中文信息交換碼」而歸納字根，其所分析之材料為現代所使用之楷書，尚非古文字研究。

最早將字根概念引入古文字研究的，首推季師旭昇的博士論文《甲骨文字根研究》。季師在書中結合古文字形體特點，對甲骨文「字根」概念進行了界定：「甲骨文字根之定義，係指最小單位之成文之甲骨文，如[illegible]从[illegible]从[illegible]，[illegible]从女、[illegible]象簪形而不成文，故[illegible]之字根為[illegible]、[illegible]二個。」〔註 6〕

此後，在季師的指導下，字根研究的方法被陸續引入其他領域的古文字研究之中，並取得豐碩的成果。如：李佳信《說文小篆字根研究》，利用字根的概念對《說文》小篆字形進行分析研究。董妍希《金文字根研究》則運用字根分析法，對金文字形進行整理與研究。爾後，亦有將「字根」的概念應用於戰國璽印文字研究者，如何麗香《戰國璽印字根研究》。

最先將字根研究法運用在戰國楚簡研究中的，當係陳嘉凌《楚系簡帛字根研究》。其將「楚系簡帛字根」定義為「構成楚系簡帛文字所具獨立形、音、義之最小成文單位」。〔註 7〕陳文經過研究，總結出戰國楚系簡帛字根共計 464 個。此書以《長沙子彈庫楚帛書》、《郭店楚簡》、《包山楚簡》、《望山楚簡》、《九店楚簡》、《曾侯乙墓楚簡》、《信陽楚簡》等等二十一批楚系簡帛材料為研究對象，成果顯著。

接著，又有王瑜楨所著《〈上海博物館藏戰國楚竹書（一）～（六）〉字根研究》。該文將「字根」定義為「構成戰國楚系文字的最小成文單位」。〔註 8〕此書以上博楚簡前六冊為研究對象，歸納總結出共計 438 個字根。其中，新見楚系簡帛文字字根 12 個。論文搜集資料豐富，創見頗多。

爾後，駱珍伊《〈上海博物館藏戰國楚竹書（七）～（九）〉與〈清華大學藏戰國竹簡（壹）～（叁）〉字根研究》將字根定義為：「構成戰國楚系文字的

〔註 6〕季師旭昇：《甲骨文字根研究》（臺北：文史哲出版社，2003），頁 17。

〔註 7〕陳嘉凌：《楚系簡帛字根研究》（臺北：國立臺灣師範大學國文研究所碩士論文，2002 年），頁 5。

〔註 8〕王瑜楨：《〈上海博物館藏戰國楚竹書（一）～（六）〉字根研究》（臺北：淡江大學中國文學系碩士論文，2011 年），頁 5。

最小成文單位。」〔註9〕該論文選取《上博簡》後出三冊與《清華簡》前三冊作為研究對象，在陳、王二文的基礎上，得出字根468個。並詳細整理、匯總了楚簡中易混形體與辨別方式，取得了豐富的釋字成果。

（二）本文對字根分析中一些特殊情形所進行的補充說明

前人對字根這一概念的深入探討與豐富的研究成果，可以為本文的撰寫提供充足而有益的參考。我們認為，戰國楚系文字字根的概念可以理解為：「構成戰國楚系文字的最小成文單位。」

在對字根這一概念的理解上，本文意見與前人觀點並無相左之處。只是本文注意到，古文字的形體是在不斷變化發展著的。很多古文字形體發展到戰國階段，形體已經同甲骨、金文形體大有不同。換言之，戰國楚系文字同甲骨、金文等早期古文字比較，已經是另具特點的新的文字系統。對戰國楚系文字進行字根分析，也需要考慮到一些新的問題。前人在對戰國楚系文字進行字根拆解的過程中，遇到了一些容易造成混淆的地方，本文將嘗試著予以釐清。

首先，我們要區分一下「字根」同「構件」之間的差別。陳劍在其論文中提到：

> 我們知道，戰國時代文字系統已經高度符號化，其時形聲字亦已佔絕對優勢，同時「偏旁成字化」的趨勢極為明顯，即大量本不成字的構件，往往變作形近的成字偏旁。〔註10〕

一些戰國文字的構件，在甲骨、金文時的形體並不成字，但這些形體隨著發展逐漸類化成與文字相近似的形體。如甲骨文中的「能」字，寫作：（《合集》19703 正）。從甲骨文的形體來看，「能」最初的形體應當為象形字，象熊一類的動物形。而戰國文字中的「能」寫作：（《皇門》簡6），字上形體類化為「以」形，左下部分寫作「肉／月」形。「能」字是否應當拆解為「以」和「肉／月」這兩個字根，就很容易造成混淆。

本文認為，字根拆解的原則，還應當回歸到對字根這個概念的理解上。字

〔註9〕駱珍伊：《〈上海博物館藏戰國楚竹書（七）～（九）〉與〈清華大學藏戰國竹簡（壹）～（叁）〉字根研究》（臺北：臺灣師範大學國文系碩士論文，2015年），頁5。

〔註10〕陳劍：〈說「規」等字並論一些特別的形聲字意符〉《源遠流長：漢字國際學術研討會暨AEARU第三屆漢字文化研討會論文集》（北京：北京大學出版社2018年），頁21。

根作為最小的成文單位，應當成字。而構成文字，則需要包含字形、語義和語音三個要素。換言之，分析戰國文字形體，不能僅僅以形體作為字根拆分的標準，還要考察相應的形體是否同時在文字的構形中表達語義或語音。以「能」字為例，雖然戰國楚文字中「能」字可以在形體上拆分為「以」和「肉／月」這兩個形體，但「以」和「肉／月」這兩個形體在「能」字中並不表達語義或語音，故而應當被視作兩個構件，而非兩個字根。但在學者研究過程中，同形混淆是考察字形的重點內容。考慮到便利學者參考和檢索的目的，本文會在字根字表當中列出相關的同形構件，並予以相應的說明。

其次，除了以上提到的不成字的構件演變成字形的情況，我們還應該注意同一字形在歷時演進過程中產生的形體變化，並予以必要的區分。古文字的形體是在發展變化的，一些文字的早期形體發展至戰國階段，不僅同甲骨、金文的形體差別明顯，甚至會類化成同其他文字相似的形體。我們以「复」字為例。「复」字甲骨文寫作  （《合集》5409），上部形體象古人穴居廊道與居室。至戰國時期，從「复」的「復」字在楚簡中寫作：  （《清華四・筮法》簡 8），字形上部或類化為「酉」寫作：  （《清華六・子儀》簡 19）。對於《子儀》簡 19 中的這則字例，我們仍優先考慮字形所表示的語義，將其歸入「亯」這一字根之中。但考慮到其字形發生了類化，也將其作為形體類化的例子收入「酉」這一字根之中。

第三，一些古文字的甲骨、金文字形，原本由數個字根構成。但字形發展至戰國楚文字階段，形體發生變化，成為一個獨立的新字形，已經較難拆分。在這種情況下，我們的字根分析應當以戰國楚文字系統為準。如，「正」字在甲骨文中寫作：  （《合集》6993）。「正」字為「征」字初文，會「止」形向「口（象城池意）」行進。但到戰國楚文字階段，「正」字上的「口」形已經寫成了「一」： 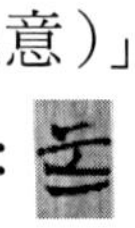 （《管仲》簡 17）。以「正」字為例，甲骨卜辭中的 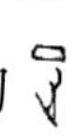 字可以分解為「口」與「止」兩個字根。但在戰國楚文字系統中，「正」字從「一」，而非「口」，並且已經變化為一個新的獨立單字。以戰國楚文字系統的標準來看，「正」應當被視作一個新的字根。同理，一些早期古文字存在一形多用的情況，即同一字形，可以表達多個語義。如甲骨文「月」、「夕」同形，「足」、「疋」同形等等。這些早期存在一形多用情況的古文字，至戰國

階段大多已經發生分化。考慮到分化後的文字，已經通過不同的字形表達不同的語義，我們也應當將其視作不同的字根。

三、研究步驟與研究方法

（一）研究步驟

1. 前期準備階段

這一階段搜集、準備撰寫論文所需要的文獻材料。大致可以劃分為兩個模塊。首先，需要準備四冊楚簡的圖檔內容，並進行剪切處理。其中字形殘渙的個別字例，用文字編的字形或讀本中的摹字進行替代。在初步處理簡文圖檔之後，搜集相關學者對於此四冊簡文內容進行研究的著作和論文，增進對簡文內容的理解，以備進一步研究。

2. 分類研究階段

在完成撰寫論文的準備工作之後，我們需要根據初步整理出的字形圖檔、參考前人的研究成果、初步擬定本書的字根系統。並將構形清晰、容易辨認、沒有爭議的字進行歸類。之後，結合學者的研究成果，對字形較為複雜的文字進行討論，並歸入相關的字根條目之中。

3. 總結回顧階段

完成第二環節之後，我們基本處理完字根分類與疑難字的分析工作。此時，需要我們結合本文第二階段的研究成果，進行回顧和闡發。這一階段，我們需要總結出本批楚簡材料中的出現的字根通用、訛混等現象，並編纂成表格以利學者檢索利用。

（二）研究方法

字形研究是本篇論文研究的核心內容。對於考辨古文字，唐蘭在其《古文字學導論》中提出了四種方法，分別為：對照法、推勘法、偏旁分析法、歷史考證法。這四種方法堪稱經典，直至今日仍為考釋古文字所需要利用的重要方法。

1. 對照法

對照法是考釋古文字的基本方法。唐蘭說：

> 這種最簡易的對照法，就是古文字學的起點。一直到現在，我們遇見一個新後見的古文字，第一步就得查《說文》，差不多是一定的手續。對照的範圍逐漸擴大，就不僅限於小篆。吳大澂、孫詒讓都曾用各種古文字互相比較，羅振玉常用隸書和古文字比較，不失為新穎的見解（例如用「戎」和「[illegible]」對照之類）。新出的材料，像三體石經（例如用[illegible]和[illegible]比較，知道應釋免）、西陲木簡、唐寫本古書等，尤其是近時學者所喜歡利用的。〔註 11〕

唐蘭所謂「對照法」，關鍵在於將較難考釋的古文字字形「用各種古文字互相比較。」可為我們考釋工作所利用的比較對象包括《說文》等古代字書所著錄的字形與已經釋讀的古文字字形。通過字形對比，研究者可以利用已知來推導未知，將古文字釋讀出來。楚簡研究中不乏使用「對照法」的佳例。《上博四．治邦之道》第四簡中有一字形寫作：[illegible]，從「言」從「西」，可隸定作「諲」。孟蓬生將此字同《說文》「訊」字古文[illegible]進行對比，二字形體相同，遂指出此字當讀為「訊」。〔註 12〕對照法適用於釋讀形體變化較小的古文字，同時需要對已有的文字考釋成果較為熟悉。

2. 推勘法

唐蘭說：

> 有許多字是不認識的，但因尋繹文義的結果，就可以認識了。……金文裡地支的[illegible]字，是一千年來的一個啞謎，由於甲骨上干支表的發現，我們可以推勘出來了。金文的『[illegible]』，以前誤釋做『故』和『乃』；『[illegible]』字誤釋做『刊』，劉心源才讀做『氏』和『於』，這就是由推勘文義而得的。甲骨文的『㞢』字，舊時誤釋作『之』，郭沫若才讀成『有』字，也是根據文義而推得的重要發明。〔註 13〕

運用「推勘法」的關鍵在於通過目標文字所在語境來判斷文字的字義，進而將文字釋讀出來。「推勘法」要求我們對出土文獻具有較強的閱讀理解能力。同時，當出土文獻的內容可以同傳世文獻進行對參的時候，也要對相關

〔註 11〕唐蘭：《古文字學導論》，頁 165。

〔註 12〕孟蓬生：〈上博竹書（四）閒詁〉，簡帛研究網：http://www.bamboosilk.org/。2005 年 2 月 15 日。

〔註 13〕唐蘭：《古文字學導論》，頁 170。

的傳世文獻善加利用。《上博一．孔子詩論》簡八有一字寫作：，隸定為「讒」，從「言」從二「虫」。簡文原句為：「〈小弁〉、〈巧言〉，則言讒人之害也。」學者對這個字的釋讀提出了很多意見，聚訟不一。季師旭昇注意到簡文此字字義同《詩經》《小弁》、《巧言》兩篇詩文的內容密切相關。通過對《小弁》、《巧言》兩詩詩旨的考察，季師將此字釋為「讒」：「今本《詩經．小雅．節南山之什．小弁》：『君子信讒，如或醻之。……君子無易由言，耳屬于垣。』《詩經．小雅．節南山之什．巧言》：『亂之初生，僭始既涵。亂之又生，君子信讒。……君子信盜，亂用是暴。盜言孔甘，亂是用餤。……蛇蛇碩言，出自口矣。巧言如簧，顏之厚矣。』據此，〈小弁〉、〈巧言〉二詩，皆述君王受小人讒言所矇蔽，而遠賢臣，動搖國本之害。」〔註14〕

3. 偏旁分析法

唐蘭對這一方法的描述為：

> 在這一個趨勢裡，孫詒讓是最能用偏旁分析法的，他的方法是把已認識的古文字，分析做若干單體——就是偏旁，再把每一個單體的各種不同形式集合起來，看牠們的變化；等到遇見大眾所不認識的字，也只要把來分析做若干單體，假使每個單體都認識了，再合起來認識那一個字，這種方法，雖未必便能認識難字，但因此認識的字，大抵總是顛撲不破的。〔註15〕

古文字的形體偏旁大多數情況下或表字音、或表字義。在考釋形體較為複雜古文字的時候，往往可以從分析其簡單的、已知的偏旁入手來尋求突破。「偏旁分析法」的關鍵便是在於由小見大、由已知到未知、由部分到整體。《郭店楚簡》中所收錄的《忠信之道》一篇簡文，其中簡五有字，此字所在簡文文句為：「天地也者，忠信之謂此」。此字為楚簡中首見，其右形體較難辨識。原考釋將此字隸定作「卬」，從「卩」得聲，讀作「節」。但若將此字釋為「節」，於文意略顯不通。陳劍將此字分析為從「人」，「配」省聲，釋為「配」。「配於天地」，則為古書中習見語詞，〔註16〕言忠信之道符配於天地。

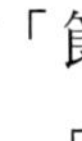

〔註14〕季師旭昇主編：《〈上海博物館藏戰國楚竹書（一）〉讀本》，頁35。

〔註15〕唐蘭：《古文字學導論》，頁170。

〔註16〕陳劍：〈釋《忠信之道》的「配」字〉《戰國竹書論集》，頁18。

4. 歷史考證法：

唐蘭說：

> 我們所見的古文字材料，有千餘年的歷史，不獨早期的型式和晚期的型式中間的差異是很大的，就是同一時期的文字也因遲早的不同，而有許多的差異。文字是活的，不斷地在演變著，所以我們要研究文字，務必要研究牠的發生和演變。〔註 17〕

「歷史考證法」側重考察古文字的形體變化。古文字形體的差異主要體現在兩個維度：歷時發展所產生的形體差異與同期文字間的形體差異。

古文字的形體是隨著發展而不斷變化的。這些形體上的變化，有時會為我們的釋讀工作造成困難。反之，如果掌握文字形體發展變化的規律，便可以幫助我們釋讀古文字。

楚簡中的「」（《包山》2.142）字構形一度較難理解。甲骨文的「㚔」字形體寫作（《合集》5856），戰國文字從「㚔」的「執」寫作（《湯在啻門》簡 13）。「㚔」字下部至戰國文字則已經寫作「羊」形，上部寫為「文」或者「大」形。趙平安根據「㚔」字的形體演進規律，將戰國文字的「」字同甲骨文中的（《合集》5390）字進行聯繫，釐清了「達」字的形體來源。〔註 18〕

同一時期的古文字，也會因形體訛變、偏旁互用、地域特徵等情況產生形體差異。以戰國文字而言，地區間文字的形體差異是造成形體差異的常見原因。《越公其事》簡 35 有字，形體較為特殊。文字所在簡文內容作：「至於邊縣小大遠。」程燕根據三晉地區「尼」字的寫法，將此字釋作「伲」。〔註 19〕《侯馬盟書》中「尼」字寫作（一九五：一），而楚地的「尼」則寫作（《上博五・君子為禮》簡 11）。三晉地區的「尼」字寫法同楚地的「尼」字寫法存在明顯的差異。

前人提出的這四種文字考釋方法，至今仍然是我們釋讀古文字的不二法門。但古文字的形體是複雜而多變的，在我們辨識古文字的形體過程當中，還

〔註 17〕唐蘭：《古文字學導論》，頁 197～198。

〔註 18〕趙平安：〈戰國文字的「遊」與甲骨文的「𡴎」為一字說〉《文字・文獻・古史——趙平安自選集》，頁 21。

〔註 19〕程燕：〈清華七劄記三則〉，簡網帛：http://www.bsm.org.cn/show_article.php?id=2788。

會遇到很多更為複雜的情況。這也需要我們對這四種方法予以綜合考量運用，在具體的情形中進行具體的分析。

第二章　字根分析

一、人　類

001　人

單　字				
 四/筮法/2/人	 四/筮法/5/人	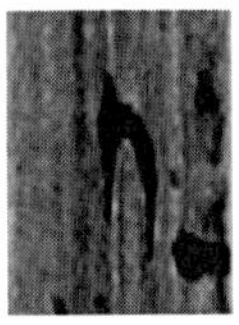 四/筮法/54/人	 五/厚父/1/人	五/厚父/9/人
 五/厚父/11/人	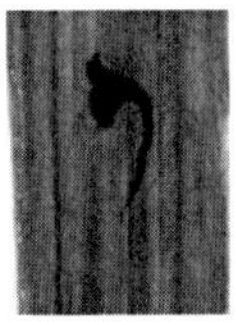 五/厚父/12/人	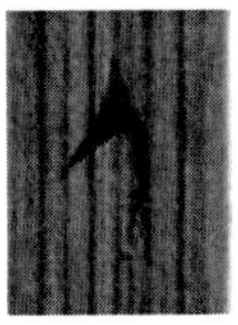 五/厚父/12/人	 五/命訓/2/人	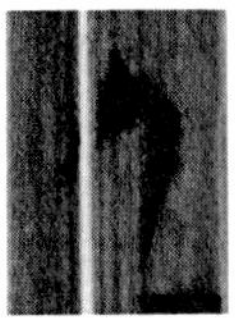 五/命訓/2/人
 五/命訓/5/人	 五/命訓/6/人	 五/命訓/6/人	五/命訓/7/人	 五/命訓/7/人

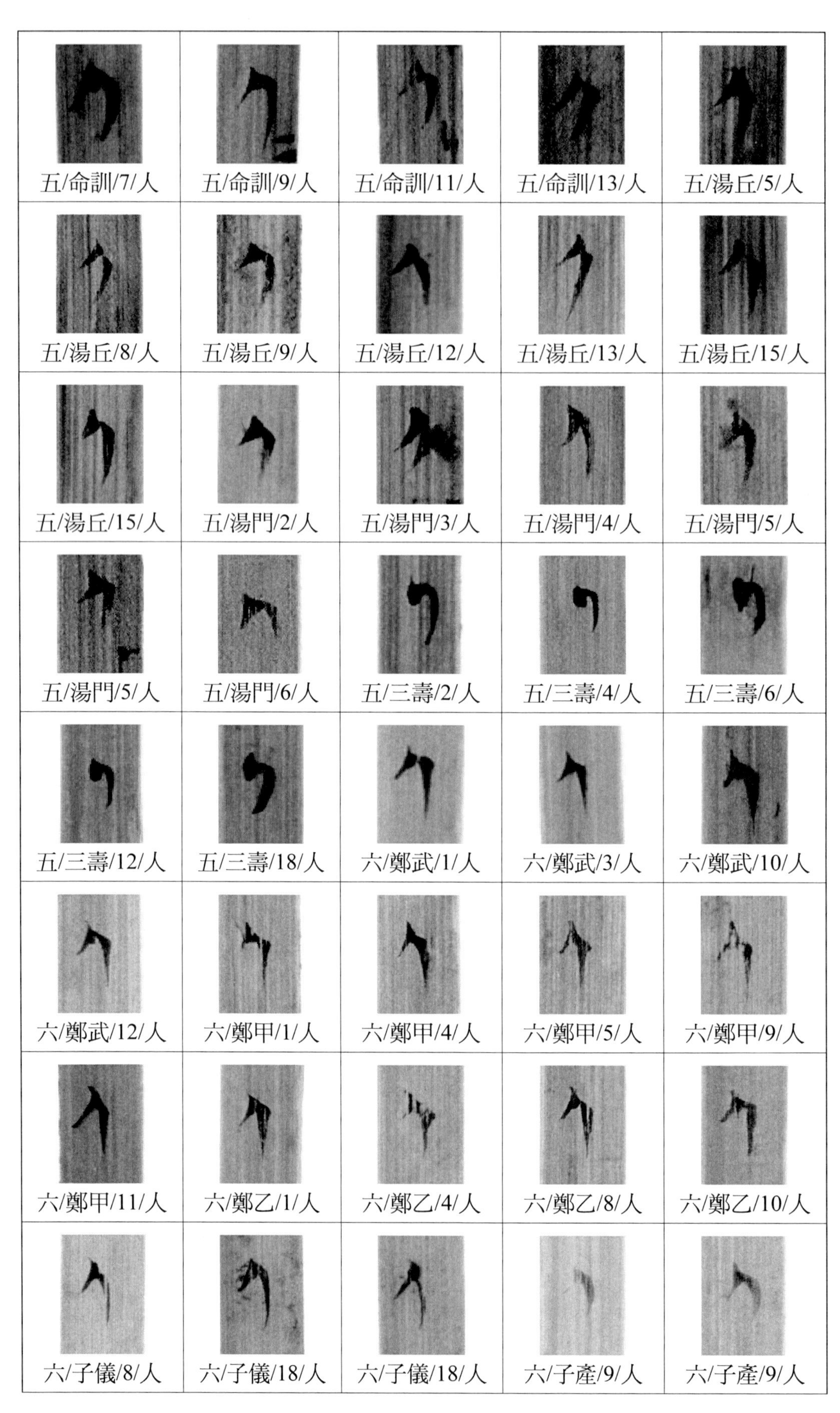

五/命訓/7/人	五/命訓/9/人	五/命訓/11/人	五/命訓/13/人	五/湯丘/5/人
五/湯丘/8/人	五/湯丘/9/人	五/湯丘/12/人	五/湯丘/13/人	五/湯丘/15/人
五/湯丘/15/人	五/湯門/2/人	五/湯門/3/人	五/湯門/4/人	五/湯門/5/人
五/湯門/5/人	五/湯門/6/人	五/三壽/2/人	五/三壽/4/人	五/三壽/6/人
五/三壽/12/人	五/三壽/18/人	六/鄭武/1/人	六/鄭武/3/人	六/鄭武/10/人
六/鄭武/12/人	六/鄭甲/1/人	六/鄭甲/4/人	六/鄭甲/5/人	六/鄭甲/9/人
六/鄭甲/11/人	六/鄭乙/1/人	六/鄭乙/4/人	六/鄭乙/8/人	六/鄭乙/10/人
六/子儀/8/人	六/子儀/18/人	六/子儀/18/人	六/子產/9/人	六/子產/9/人

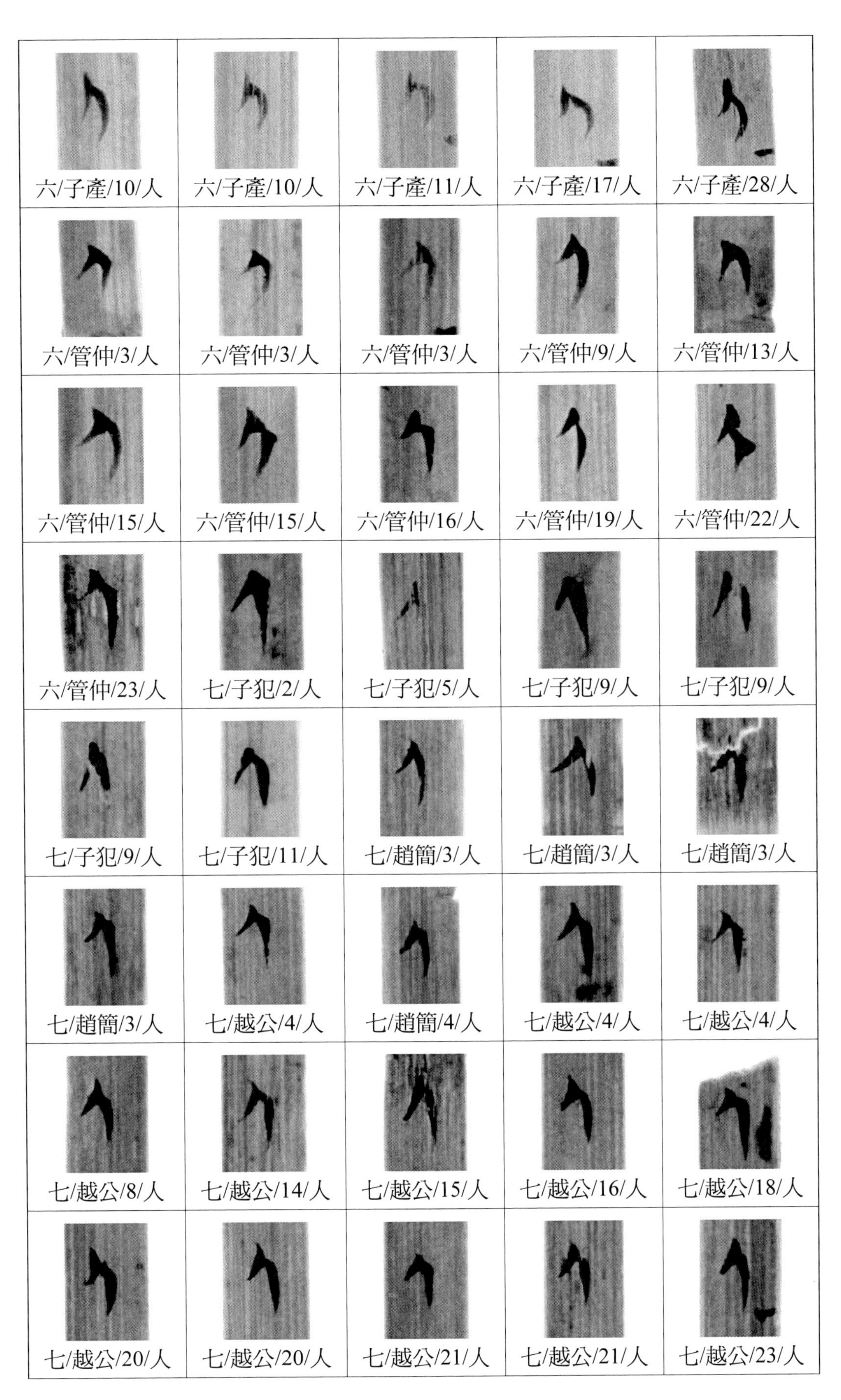

六/子產/10/人	六/子產/10/人	六/子產/11/人	六/子產/17/人	六/子產/28/人
六/管仲/3/人	六/管仲/3/人	六/管仲/3/人	六/管仲/9/人	六/管仲/13/人
六/管仲/15/人	六/管仲/15/人	六/管仲/16/人	六/管仲/19/人	六/管仲/22/人
六/管仲/23/人	七/子犯/2/人	七/子犯/5/人	七/子犯/9/人	七/子犯/9/人
七/子犯/9/人	七/子犯/11/人	七/趙簡/3/人	七/趙簡/3/人	七/趙簡/3/人
七/趙簡/3/人	七/越公/4/人	七/趙簡/4/人	七/越公/4/人	七/越公/4/人
七/越公/8/人	七/越公/14/人	七/越公/15/人	七/越公/16/人	七/越公/18/人
七/越公/20/人	七/越公/20/人	七/越公/21/人	七/越公/21/人	七/越公/23/人

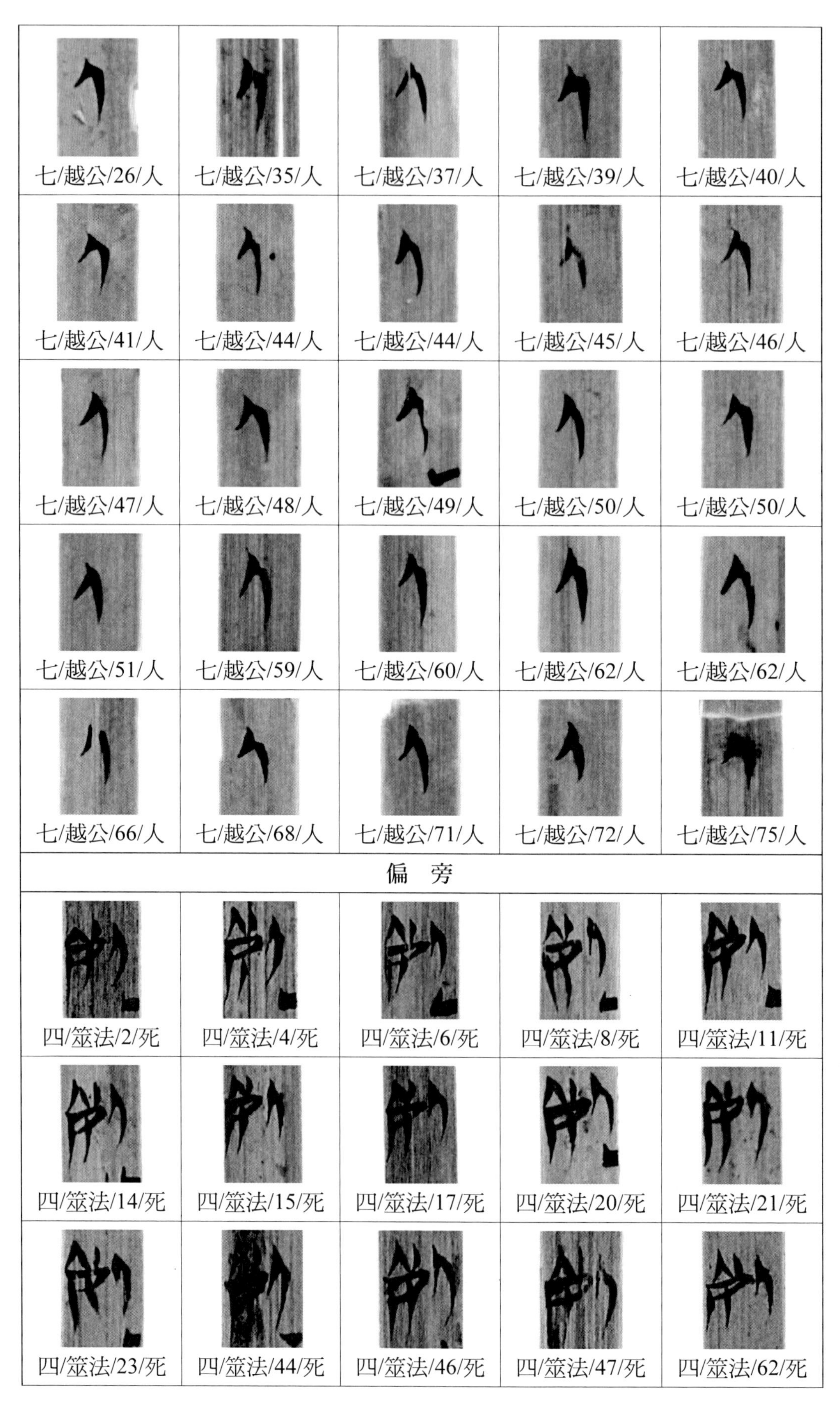

七/越公/26/人	七/越公/35/人	七/越公/37/人	七/越公/39/人	七/越公/40/人
七/越公/41/人	七/越公/44/人	七/越公/44/人	七/越公/45/人	七/越公/46/人
七/越公/47/人	七/越公/48/人	七/越公/49/人	七/越公/50/人	七/越公/50/人
七/越公/51/人	七/越公/59/人	七/越公/60/人	七/越公/62/人	七/越公/62/人
七/越公/66/人	七/越公/68/人	七/越公/71/人	七/越公/72/人	七/越公/75/人
偏　旁				
四/筮法/2/死	四/筮法/4/死	四/筮法/6/死	四/筮法/8/死	四/筮法/11/死
四/筮法/14/死	四/筮法/15/死	四/筮法/17/死	四/筮法/20/死	四/筮法/21/死
四/筮法/23/死	四/筮法/44/死	四/筮法/46/死	四/筮法/47/死	四/筮法/62/死

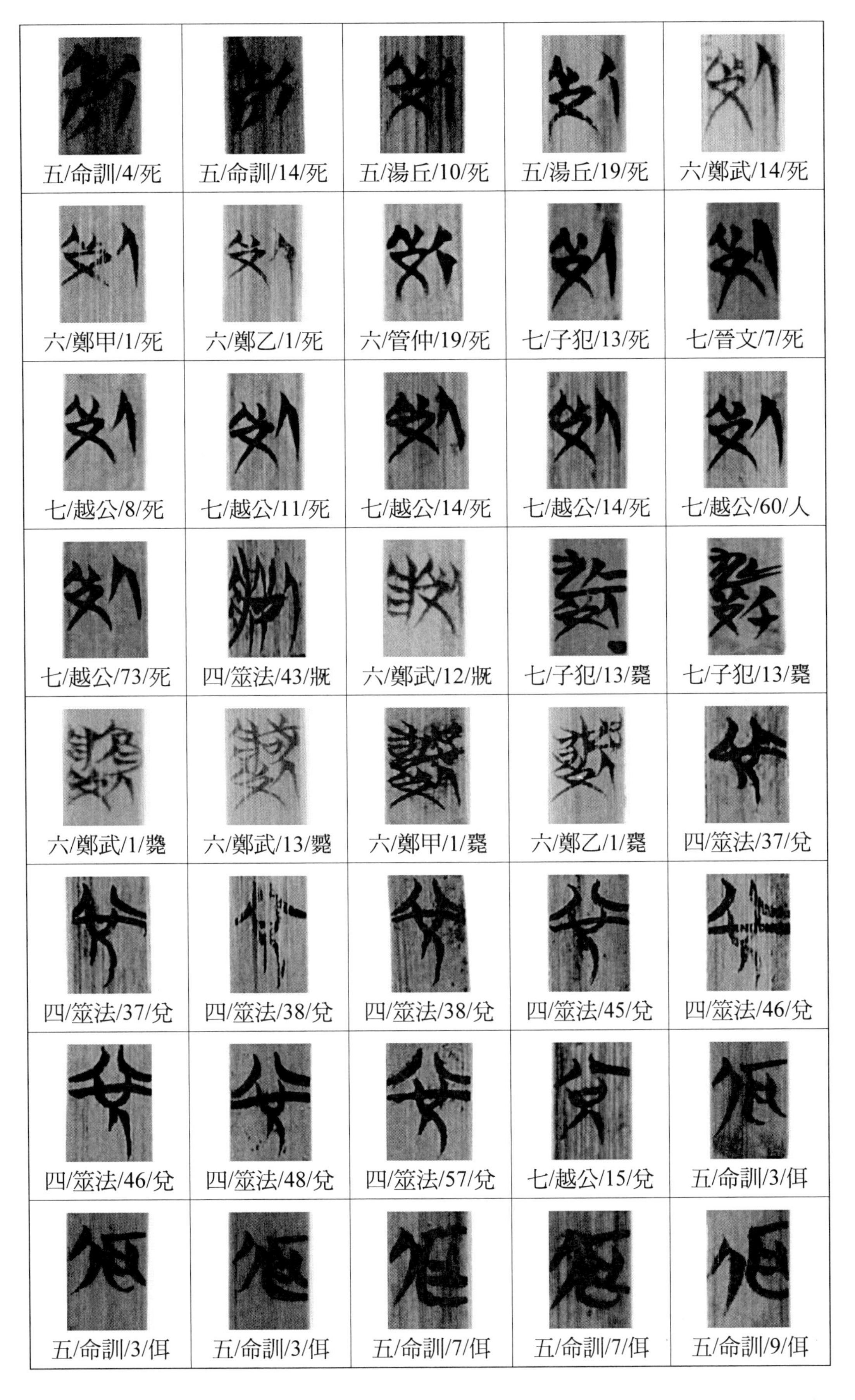
五/命訓/4/死
五/命訓/14/死
五/湯丘/10/死
五/湯丘/19/死
六/鄭武/14/死
六/鄭甲/1/死
六/鄭乙/1/死
六/管仲/19/死
七/子犯/13/死
七/晉文/7/死
七/越公/8/死
七/越公/11/死
七/越公/14/死
七/越公/14/死
七/越公/60/人
七/越公/73/死
七/子犯/13/薨
七/子犯/13/薨
六/鄭甲/1/薨
六/鄭乙/1/薨
四/筮法/37/兌
四/筮法/37/兌
四/筮法/38/兌
四/筮法/38/兌
四/筮法/45/兌
四/筮法/46/兌
四/筮法/46/兌
四/筮法/48/兌
四/筮法/57/兌
七/越公/15/兌
五/命訓/3/佴
五/命訓/3/佴
五/命訓/3/佴
五/命訓/7/佴
五/命訓/7/佴
五/命訓/9/佴

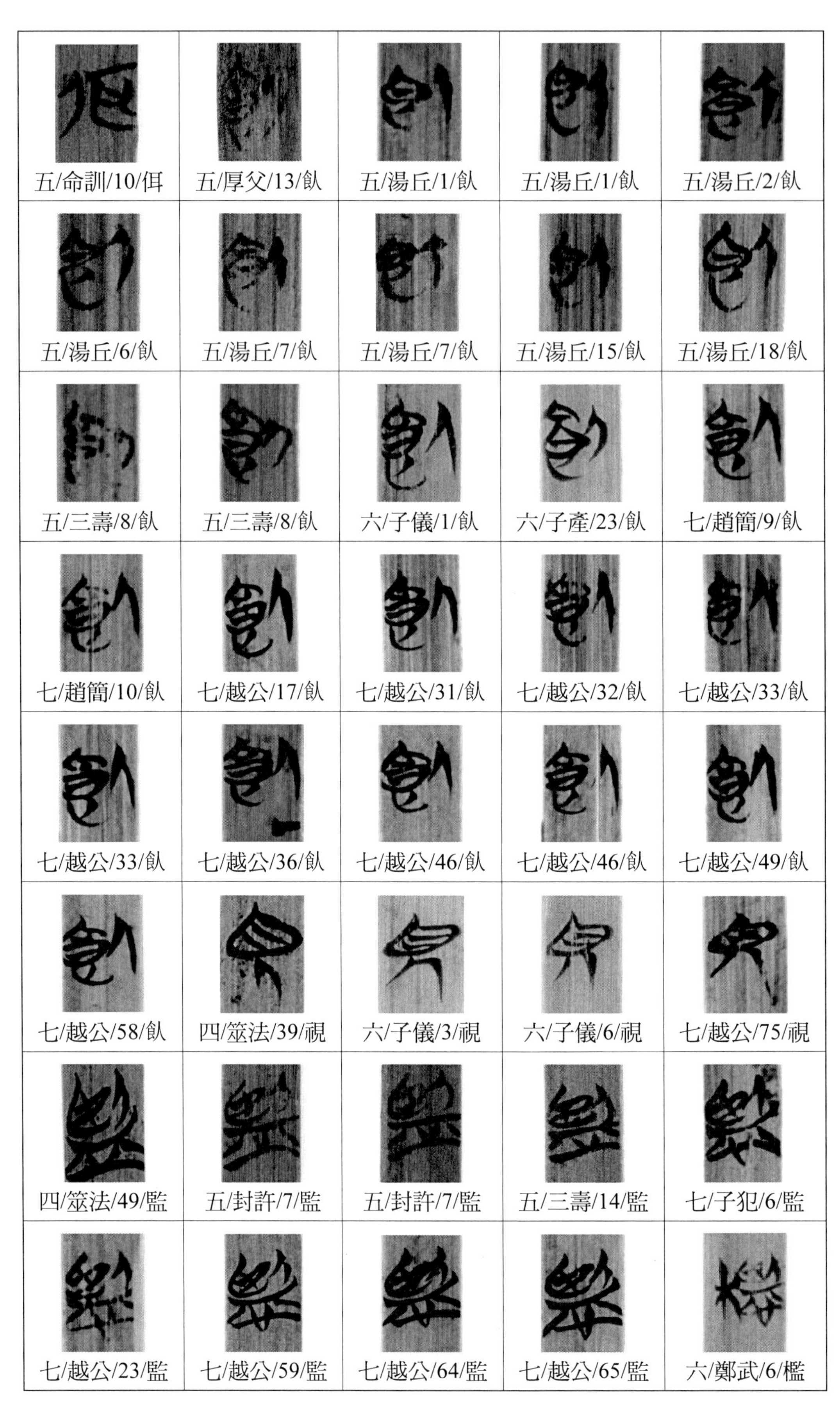

五/命訓/10/佴	五/厚父/13/飤	五/湯丘/1/飤	五/湯丘/1/飤	五/湯丘/2/飤
五/湯丘/6/飤	五/湯丘/7/飤	五/湯丘/7/飤	五/湯丘/15/飤	五/湯丘/18/飤
五/三壽/8/飤	五/三壽/8/飤	六/子儀/1/飤	六/子產/23/飤	七/趙簡/9/飤
七/趙簡/10/飤	七/越公/17/飤	七/越公/31/飤	七/越公/32/飤	七/越公/33/飤
七/越公/33/飤	七/越公/36/飤	七/越公/46/飤	七/越公/46/飤	七/越公/49/飤
七/越公/58/飤	四/筮法/39/視	六/子儀/3/視	六/子儀/6/視	七/越公/75/視
四/筮法/49/監	五/封許/7/監	五/封許/7/監	五/三壽/14/監	七/子犯/6/監
七/越公/23/監	七/越公/59/監	七/越公/64/監	七/越公/65/監	六/鄭武/6/檻

四/筮法/7/咎
四/筮法/9/咎
四/筮法/61/咎
六/子儀/12/咎
六/子儀/13/咎
七/趙簡/1/咎
七/趙簡/2/咎
七/趙簡/3/咎
七/越公/27/咎
五/湯丘/6/先
五/湯丘/15/先
五/湯丘/15/先
五/湯門/1/先
五/湯門/21/先
五/厚父/6/先
五/三壽/1/先
五/三壽/11/先
五/三壽/12/先
六/鄭武/5/先
六/鄭武/9/先
六/鄭武/10/先
六/鄭武/10/先
六/鄭武/11/先
六/鄭武/11/先
六/鄭武/15/先
六/鄭武/16/先
六/鄭武/16/先
六/鄭武/17/先
六/鄭武/18/先
六/鄭甲/4/先
六/鄭甲/6/先
六/鄭甲/7/先
六/鄭甲/7/先
六/鄭甲/9/先
六/鄭甲/10/先
六/鄭乙/6/先
六/鄭乙/6/先
六/鄭乙/8/先
六/鄭乙/9/先
六/子產/13/先

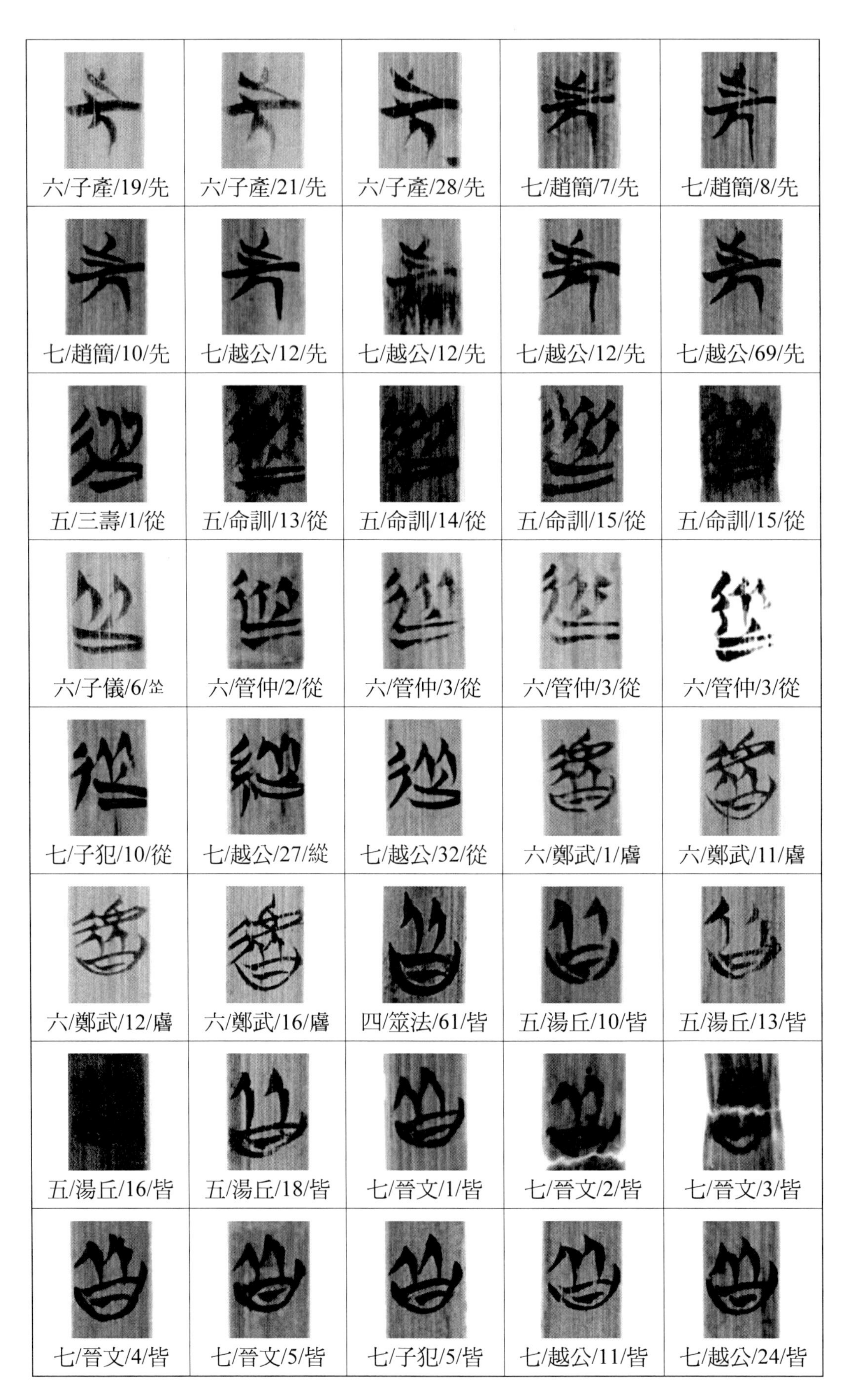

六/子產/19/先	六/子產/21/先	六/子產/28/先	七/趙簡/7/先	七/趙簡/8/先
七/趙簡/10/先	七/越公/12/先	七/越公/12/先	七/越公/12/先	七/越公/69/先
五/三壽/1/從	五/命訓/13/從	五/命訓/14/從	五/命訓/15/從	五/命訓/15/從
六/子儀/6/㘴	六/管仲/2/從	六/管仲/3/從	六/管仲/3/從	六/管仲/3/從
七/子犯/10/從	七/越公/27/縱	七/越公/32/從	六/鄭武/1/⿸虍皆	六/鄭武/11/⿸虍皆
六/鄭武/12/⿸虍皆	六/鄭武/16/⿸虍皆	四/筮法/61/皆	五/湯丘/10/皆	五/湯丘/13/皆
五/湯丘/16/皆	五/湯丘/18/皆	七/晉文/1/皆	七/晉文/2/皆	七/晉文/3/皆
七/晉文/4/皆	七/晉文/5/皆	七/子犯/5/皆	七/越公/11/皆	七/越公/24/皆

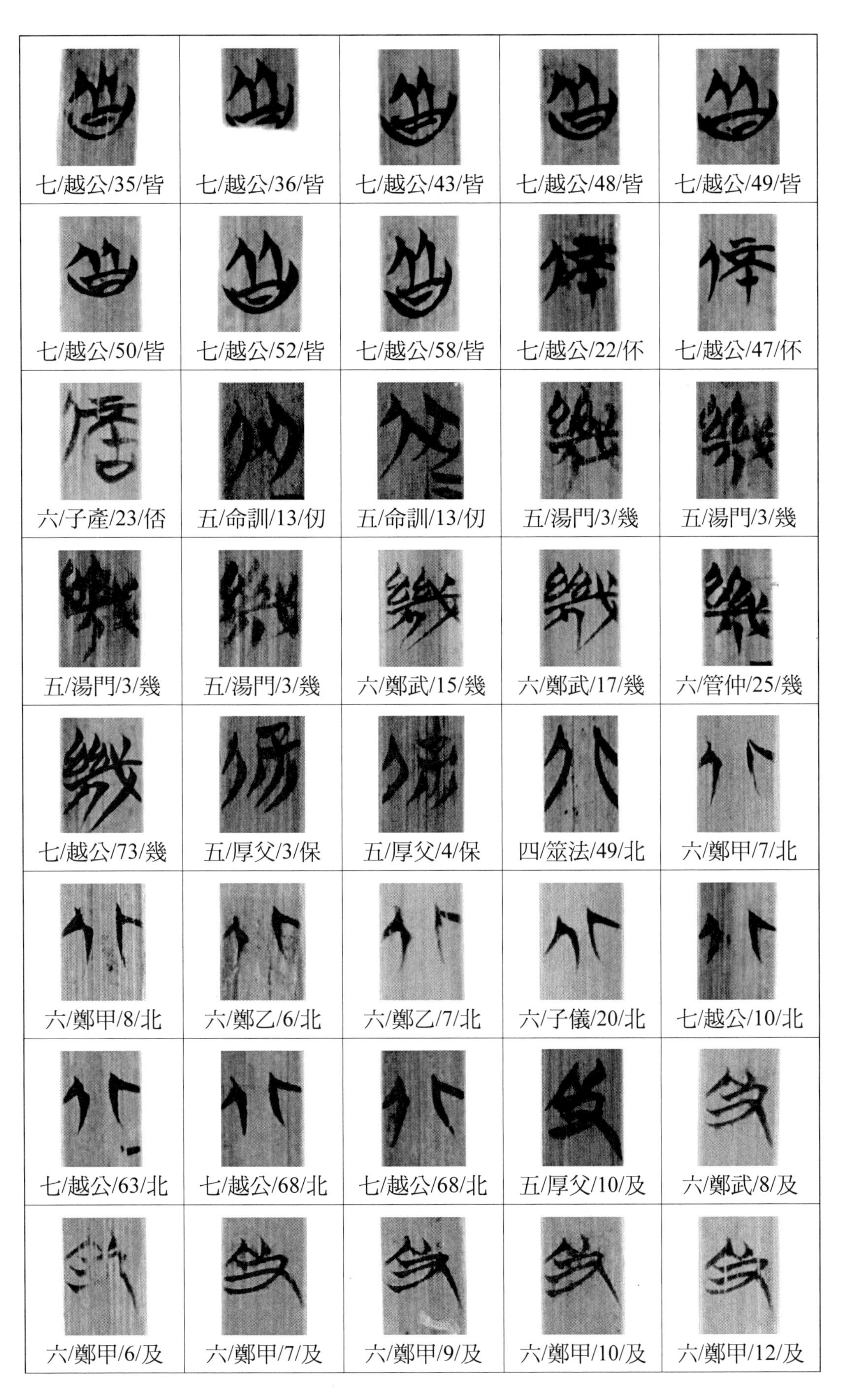

七/越公/35/皆	七/越公/36/皆	七/越公/43/皆	七/越公/48/皆	七/越公/49/皆
七/越公/50/皆	七/越公/52/皆	七/越公/58/皆	七/越公/22/伓	七/越公/47/伓
六/子產/23/倍	五/命訓/13/仞	五/命訓/13/仞	五/湯門/3/幾	五/湯門/3/幾
五/湯門/3/幾	五/湯門/3/幾	六/鄭武/15/幾	六/鄭武/17/幾	六/管仲/25/幾
七/越公/73/幾	五/厚父/3/保	五/厚父/4/保	四/筮法/49/北	六/鄭甲/7/北
六/鄭甲/8/北	六/鄭乙/6/北	六/鄭乙/7/北	六/子儀/20/北	七/越公/10/北
七/越公/63/北	七/越公/68/北	七/越公/68/北	五/厚父/10/及	六/鄭武/8/及
六/鄭甲/6/及	六/鄭甲/7/及	六/鄭甲/9/及	六/鄭甲/10/及	六/鄭甲/12/及

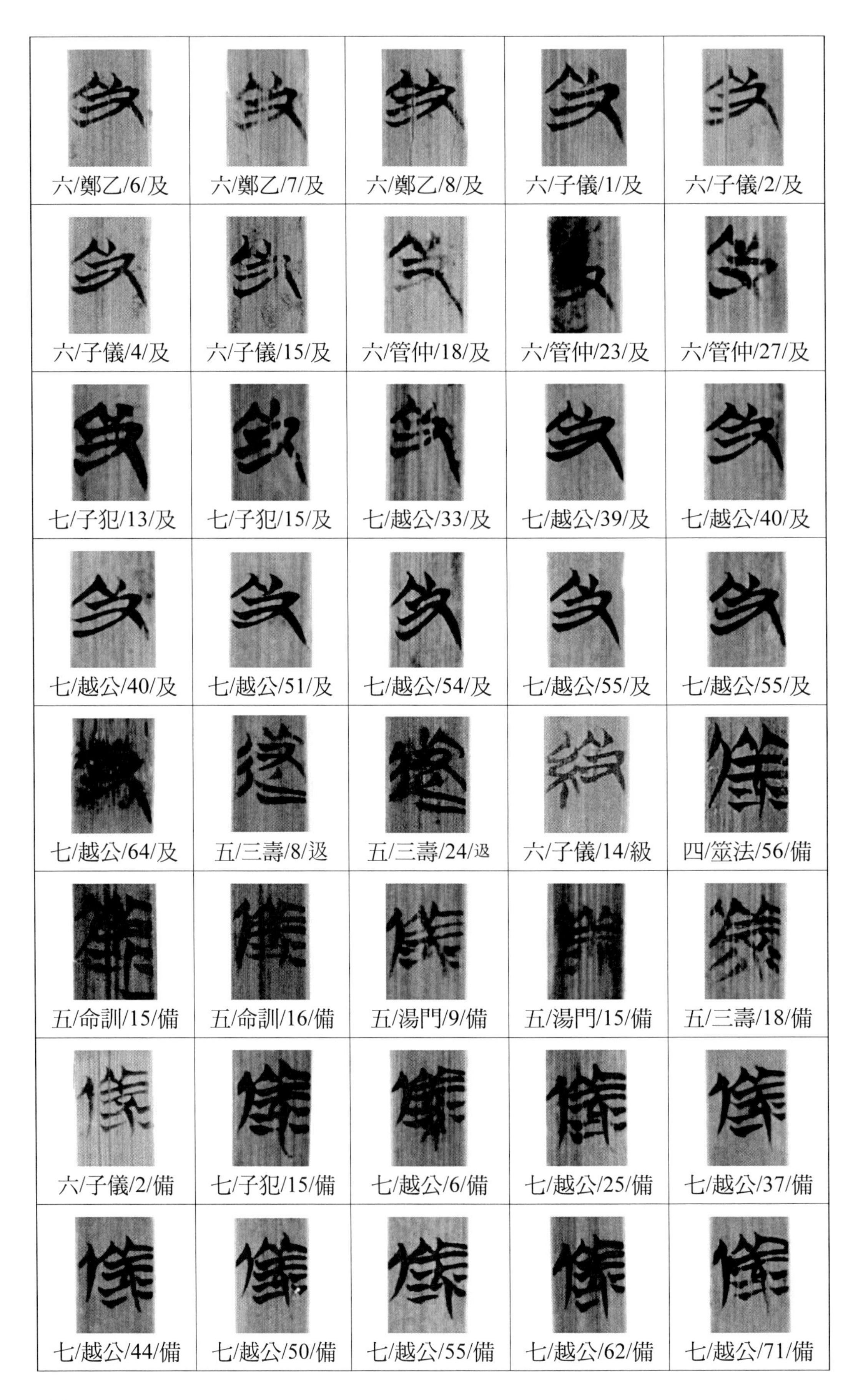

六/鄭乙/6/及	六/鄭乙/7/及	六/鄭乙/8/及	六/子儀/1/及	六/子儀/2/及
六/子儀/4/及	六/子儀/15/及	六/管仲/18/及	六/管仲/23/及	六/管仲/27/及
七/子犯/13/及	七/子犯/15/及	七/越公/33/及	七/越公/39/及	七/越公/40/及
七/越公/40/及	七/越公/51/及	七/越公/54/及	七/越公/55/及	七/越公/55/及
七/越公/64/及	五/三壽/8/迟	五/三壽/24/迟	六/子儀/14/級	四/筮法/56/備
五/命訓/15/備	五/命訓/16/備	五/湯門/9/備	五/湯門/15/備	五/三壽/18/備
六/子儀/2/備	七/子犯/15/備	七/越公/6/備	七/越公/25/備	七/越公/37/備
七/越公/44/備	七/越公/50/備	七/越公/55/備	七/越公/62/備	七/越公/71/備

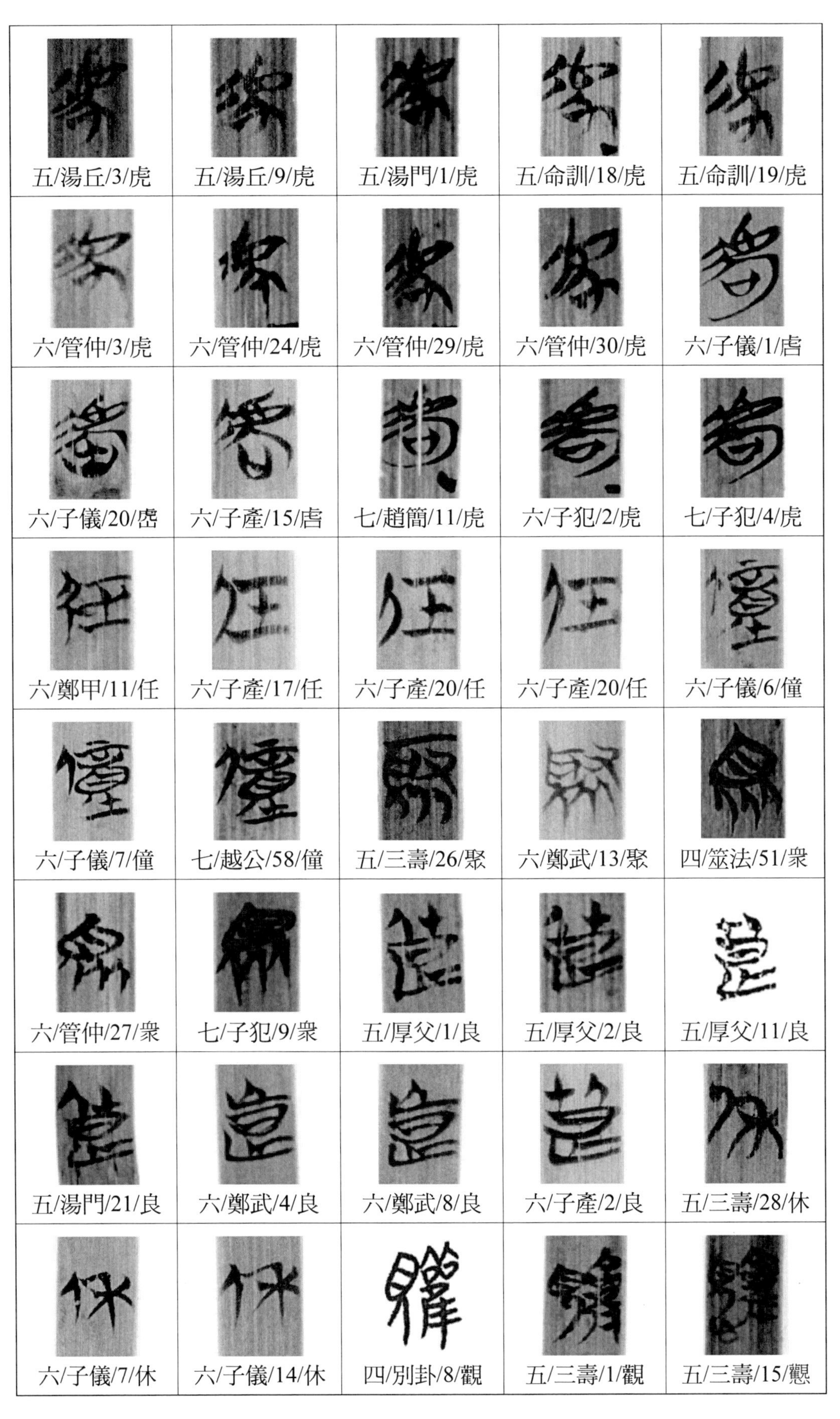
五/湯丘/3/虎
五/湯丘/9/虎
五/湯門/1/虎
五/命訓/18/虎
五/命訓/19/虎
六/管仲/3/虎
六/管仲/24/虎
六/管仲/29/虎
六/管仲/30/虎
六/子儀/1/虐
六/子儀/20/虗
六/子產/15/虐
七/趙簡/11/虎
六/子犯/2/虎
七/子犯/4/虎
六/鄭甲/11/任
六/子產/17/任
六/子產/20/任
六/子產/20/任
六/子儀/6/僮
六/子儀/7/僮
七/越公/58/僮
五/三壽/26/聚
六/鄭武/13/聚
四/筮法/51/眾
六/管仲/27/眾
七/子犯/9/眾
五/厚父/1/良
五/厚父/2/良
五/厚父/11/良
五/湯門/21/良
六/鄭武/4/良
六/鄭武/8/良
六/子產/2/良
五/三壽/28/休
六/子儀/7/休
六/子儀/14/休
四/別卦/8/觀
五/三壽/1/觀
五/三壽/15/觀

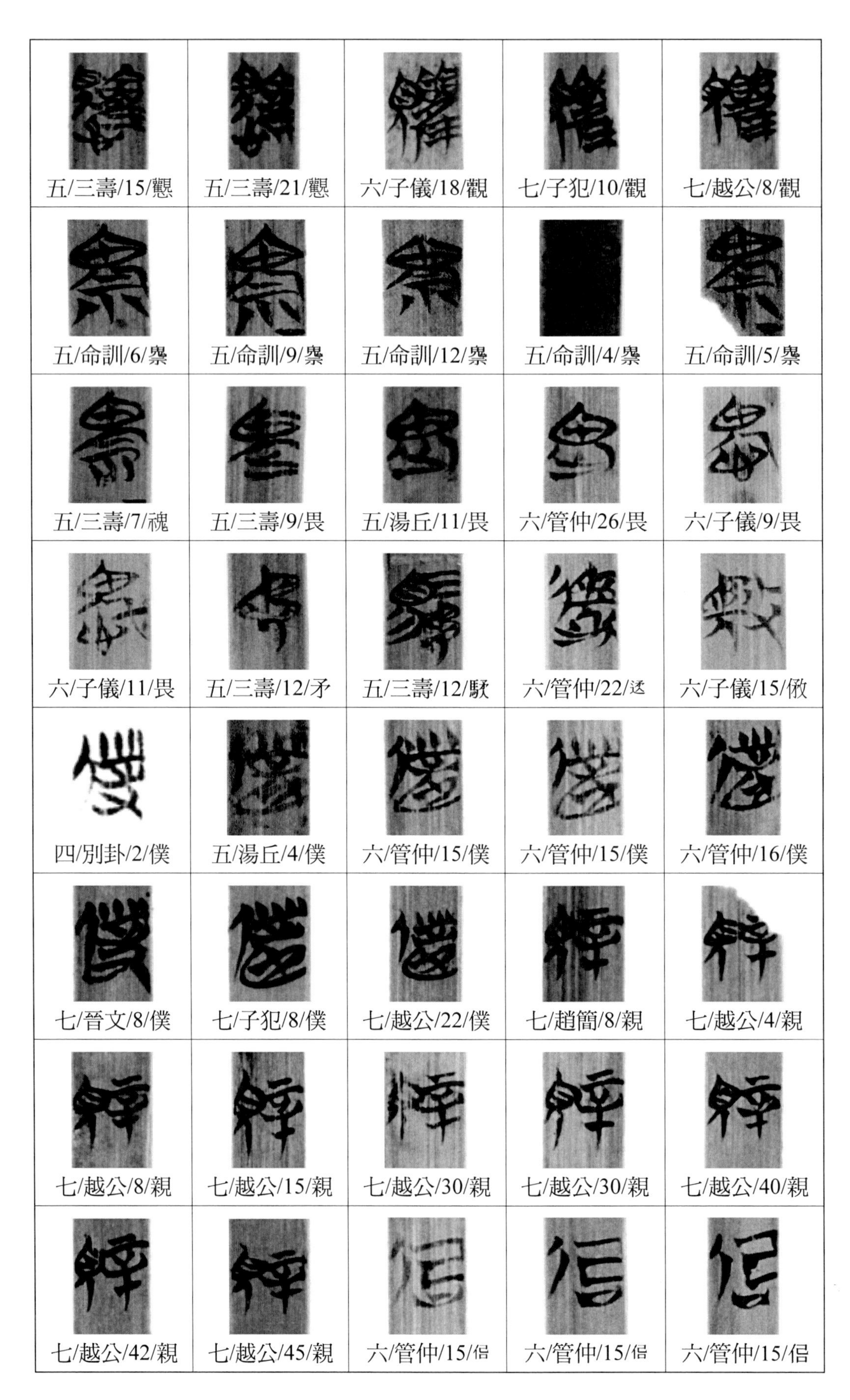

五/三壽/15/𧢄	五/三壽/21/𧢄	六/子儀/18/觀	七/子犯/10/觀	七/越公/8/觀
五/命訓/6/臬	五/命訓/9/臬	五/命訓/12/臬	五/命訓/4/臬	五/命訓/5/臬
五/三壽/7/䰠	五/三壽/9/畏	五/湯丘/11/畏	六/管仲/26/畏	六/子儀/9/畏
六/子儀/11/畏	五/三壽/12/矛	五/三壽/12/駇	六/管仲/22/送	六/子儀/15/傚
四/別卦/2/僕	五/湯丘/4/僕	六/管仲/15/僕	六/管仲/15/僕	六/管仲/16/僕
七/晉文/8/僕	七/子犯/8/僕	七/越公/22/僕	七/趙簡/8/親	七/越公/4/親
七/越公/8/親	七/越公/15/親	七/越公/30/親	七/越公/30/親	七/越公/40/親
七/越公/42/親	七/越公/45/親	六/管仲/15/侣	六/管仲/15/侣	六/管仲/15/侣

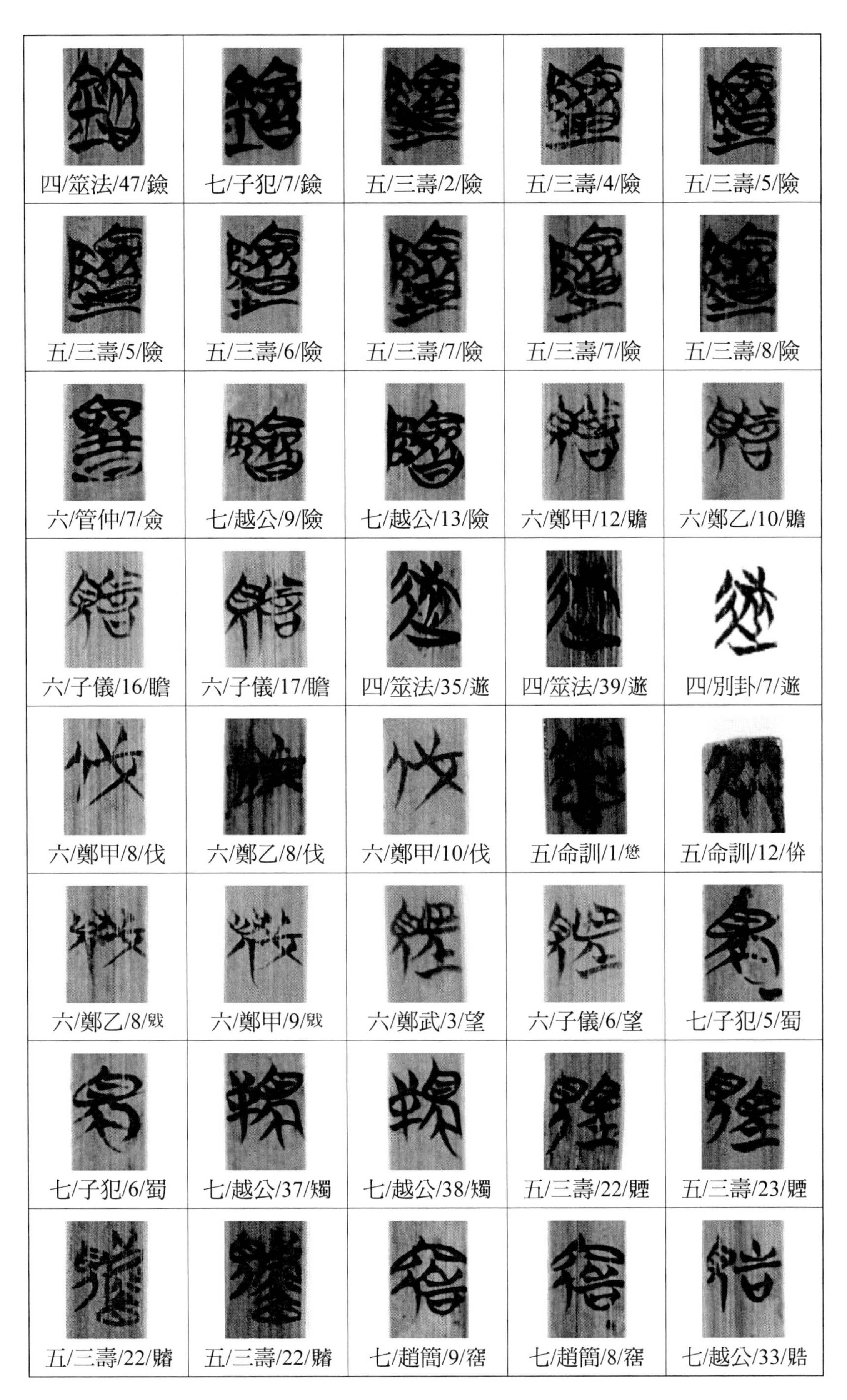
四/筮法/47/鐱
七/子犯/7/鐱
五/三壽/2/險
五/三壽/4/險
五/三壽/5/險
五/三壽/5/險
五/三壽/6/險
五/三壽/7/險
五/三壽/7/險
五/三壽/8/險
六/管仲/7/僉
七/越公/9/險
七/越公/13/險
六/鄭甲/12/贍
六/鄭乙/10/贍
六/子儀/16/瞻
六/子儀/17/瞻
四/筮法/35/遴
四/筮法/39/遴
四/別卦/7/遴
六/鄭甲/8/伐
六/鄭乙/8/伐
六/鄭甲/10/伐
五/命訓/1/⿱伐心
五/命訓/12/⿰亻⿱伐心
六/鄭乙/8/戝
六/鄭甲/9/戝
六/鄭武/3/望
六/子儀/6/望
七/子犯/5/蜀
七/子犯/6/蜀
七/越公/37/⿰貝蜀
七/越公/38/⿰貝蜀
五/三壽/22/⿰貝聖
五/三壽/23/⿰貝聖
五/三壽/22/⿰貝睿
五/三壽/22/⿰貝睿
七/趙簡/9/窖
七/趙簡/8/窖
七/越公/33/賠

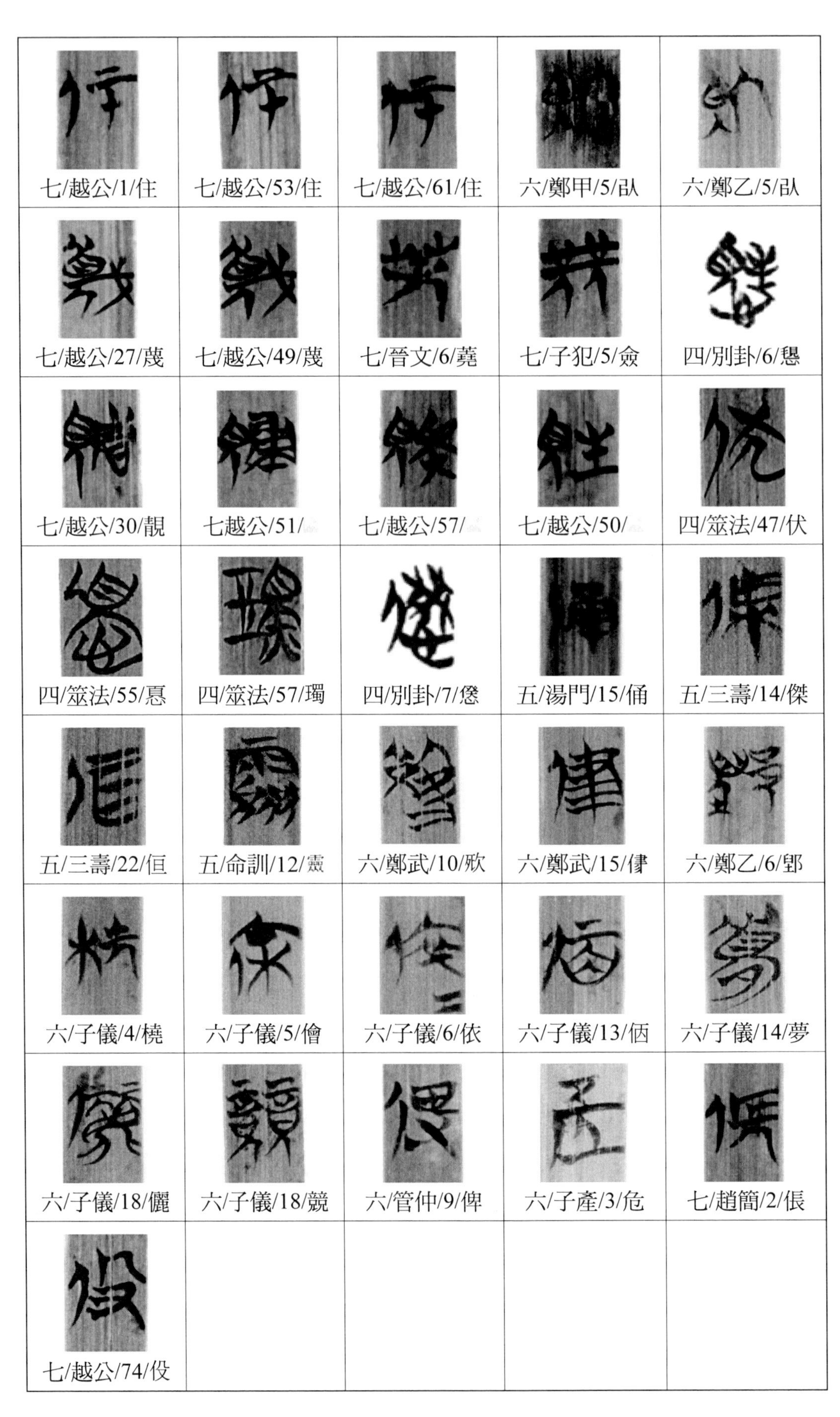

七/越公/1/住	七/越公/53/住	七/越公/61/住	六/鄭甲/5/臥	六/鄭乙/5/臥
七/越公/27/蔑	七/越公/49/蔑	七/晉文/6/蕘	七/子犯/5/僉	四/別卦/6/悬
七/越公/30/靚	七越公/51/[illegible]	七/越公/57/[illegible]	七/越公/50/[illegible]	四/筮法/47/伏
四/筮法/55/悥	四/筮法/57/璵	四/別卦/7/慫	五/湯門/15/傠	五/三壽/14/傑
五/三壽/22/佢	五/命訓/12/霝	六/鄭武/10/欦	六/鄭武/15/傕	六/鄭乙/6/郢
六/子儀/4/橈	六/子儀/5/僧	六/子儀/6/依	六/子儀/13/佰	六/子儀/14/夢
六/子儀/18/儷	六/子儀/18/競	六/管仲/9/俾	六/子產/3/危	七/趙簡/2/倀
七/越公/74/役				

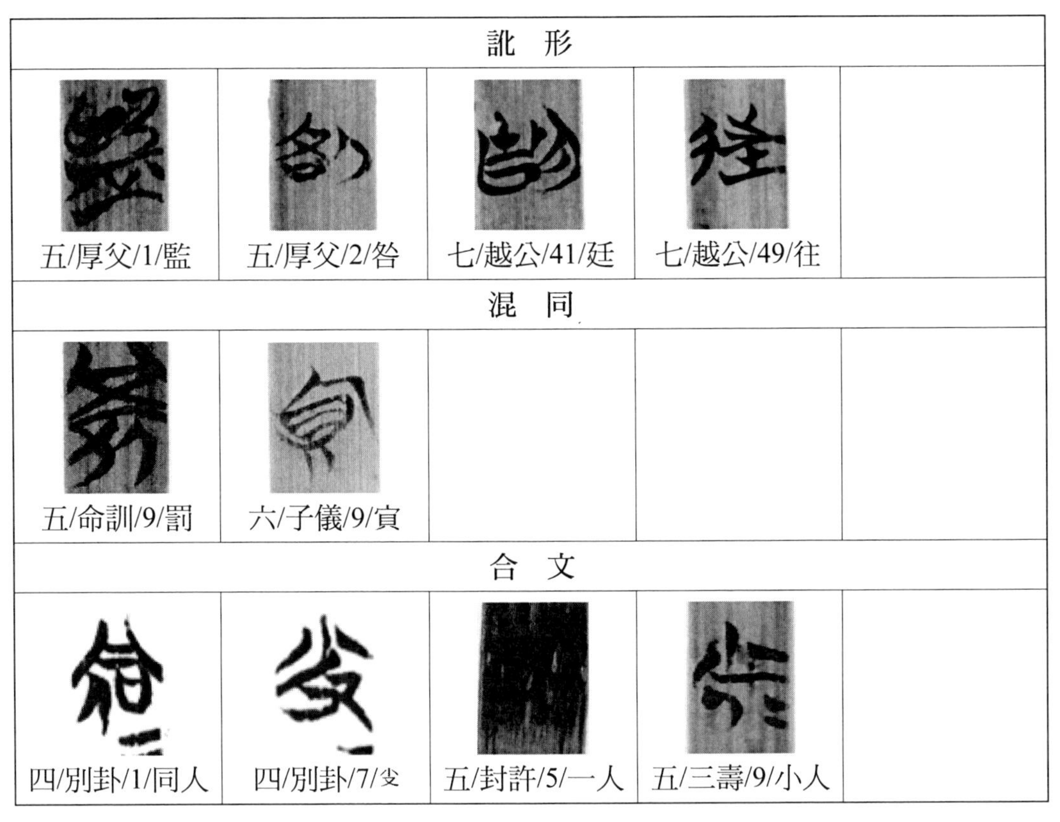

訛　形				
五/厚父/1/監	五/厚父/2/咎	七/越公/41/廷	七/越公/49/往	
混　同				
五/命訓/9/罰	六/子儀/9/貢			
合　文				
四/別卦/1/同人	四/別卦/7/叏	五/封許/5/一人	五/三壽/9/小人	

《說文·卷八·人部》:「，天地之性最貴者也。此籀文。象臂脛之形。凡人之屬皆从人。」甲骨文「人」字寫作：(《合集》137)，(《合集》20463)，(《合集》32272)。金文「人」字寫作：(《次尊》)、(《作冊矢令簋》)。林義光釋形作：「象人側立形，有頭背臂脛也。」〔註1〕

002　元

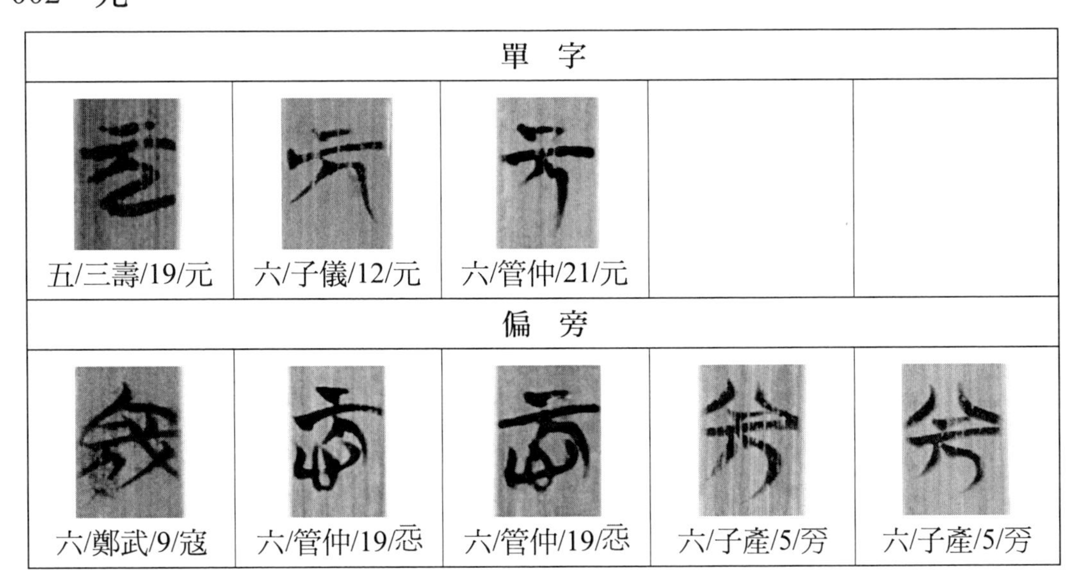

單　字				
五/三壽/19/元	六/子儀/12/元	六/管仲/21/元		
偏　旁				
六/鄭武/9/寇	六/管仲/19/忨	六/管仲/19/忨	六/子產/5/旁	六/子產/5/旁

〔註1〕林義光：《文源》，頁43。

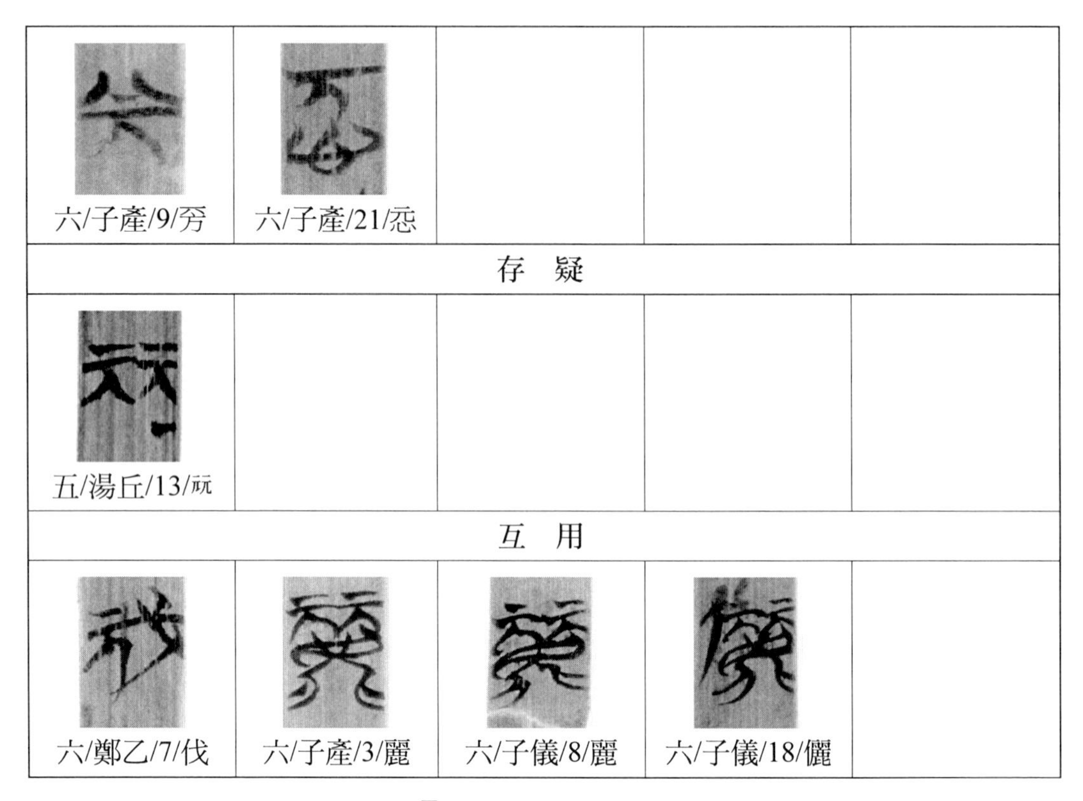

六/子產/9/㝵	六/子產/21/忨			
存　疑				
五/湯丘/13/翫				
互　用				
六/鄭乙/7/伐	六/子產/3/麗	六/子儀/8/麗	六/子儀/18/儷	

《說文・卷七・元部》:「，始也。从一从兀。」甲骨文字形作：(《合集》14822)，(《屯南》0130)。金文形體作(《多友鼎》)，(《狽作父戊卣》)。季旭昇師以為:「元、兀本一字……字從人，頭部以誇張的筆法加大，表示要強調的是人的這個部分。《說文》訓為『始也』，是引申義，不是本義。其後首形綫條化為一橫，字形作『兀』；再其後，上部又增飾筆作二橫畫，遂成『元』形。」〔註 2〕

从本文所整理的字形來看，楚簡文字中的「元」字寫作，上承甲骨文與金文形體，變化並不大。偶而有省略上邊一短橫的情況，寫作。下部的人形或有變化，寫作。

003　亟

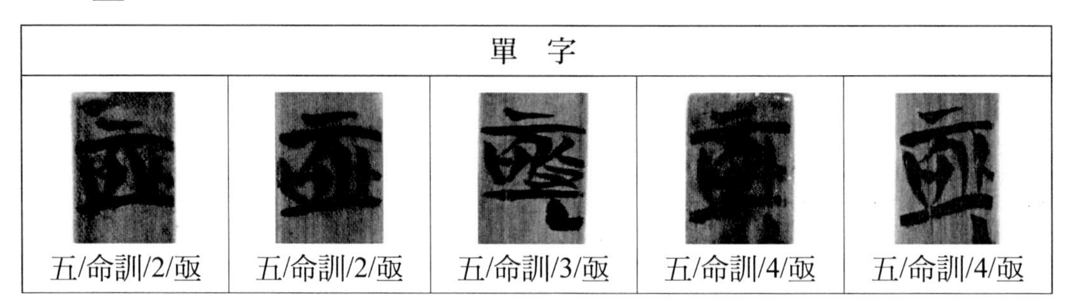

單　字				
五/命訓/2/亟	五/命訓/2/亟	五/命訓/3/亟	五/命訓/4/亟	五/命訓/4/亟

〔註 2〕季師旭昇：《說文新證》，頁 40。

 五/命訓/5/亟	 五/命訓/5/亟	 五/命訓/5/亟	 五/命訓/5/亟	 五/命訓/5/亟
 五/命訓/6/亟	 五/命訓/6/亟	 五/命訓/8/亟	 五/命訓/8/亟	 五/命訓/8/亟
 五/命訓/8/亟	 五/命訓/9/亟	 五/命訓/9/亟	 五/命訓/9/亟	 五/湯門/14/亟
 五/湯丘/18/亟	 五/湯丘/18/亟			
偏　旁				
 四/別卦/4/惡				

《說文・卷十三・二部》:「，敏疾也。从人从口，从又从二。二，天地也。」甲骨文形體寫作：（《合集》13637 反）。金文形體寫作：（《史牆盤》），（《毛公鼎》），（《伯汈其盨》）。于省吾認為亙是「亟」的初文，字形本義為「極」:「中从人，而上下有二橫畫，上極於頂，下極於踵」，至於加口、攴則屬孳乳：「此與周代金文敬字，由（羌）形孳乳為敬，其例正相同。」〔註 3〕這種變化規律也可以參考「叚」字。

〔註 3〕于省吾：《甲骨文字釋林》，頁 94～95。

004 千

單字				
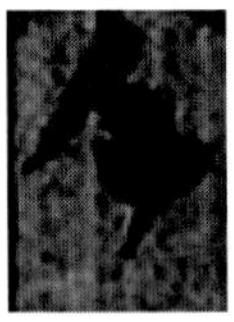 四/算表/3/千	 四/算表/3/千	 四/算表/3/千	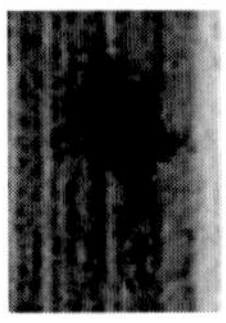 四/算表/3/千	 四/算表/3/千
 四/算表/3/千	四/算表/3/千	 四/算表/3/千	四/算表/4/千	四/算表/4/千
四/算表/4/千	 四/算表/4/千	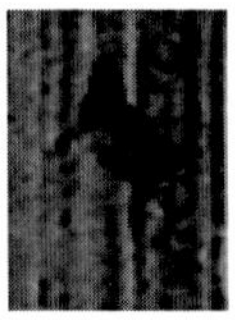 四/算表/4/千	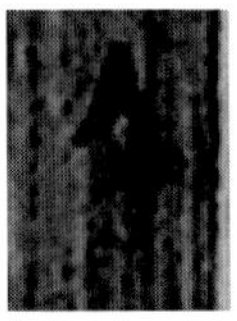 四/算表/4/千	 四/算表/4/千
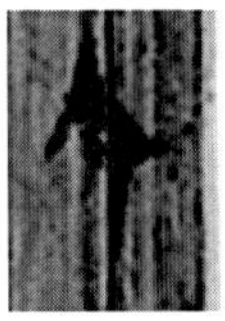 四/算表/4/千	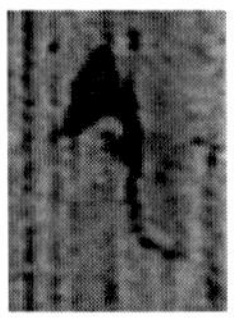 四/算表/5/千	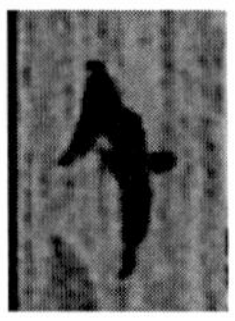 四/算表/5/千	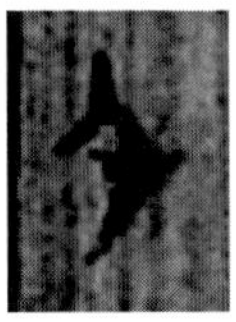 四/算表/5/千	 四/算表/5/千
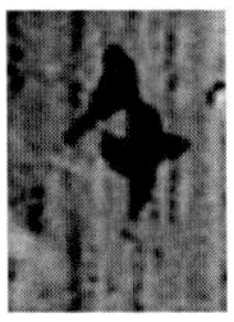 四/算表/5/千	 四/算表/5/千	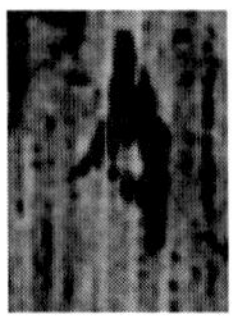 四/算表/5/千	四/算表/6/千	 四/算表/6/千
 四/算表/6/千	 四/算表/6/千	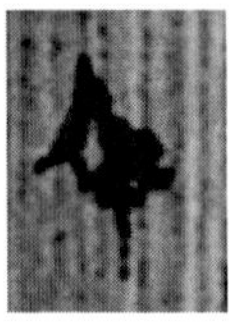 四/算表/6/千	 四/算表/6/千	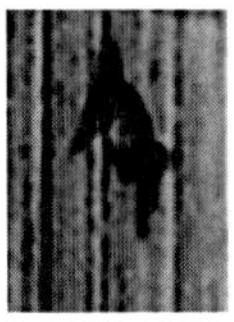 四/算表/6/千
四/算表/6/千	 四/算表/7/千	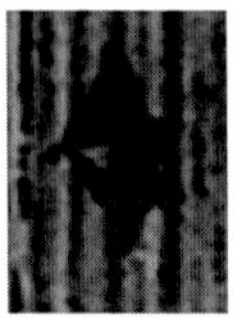 四/算表/7/千	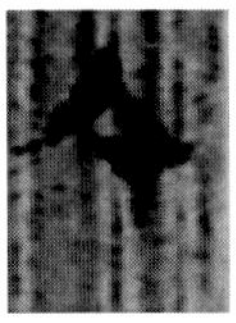 四/算表/7/千	 四/算表/7/千

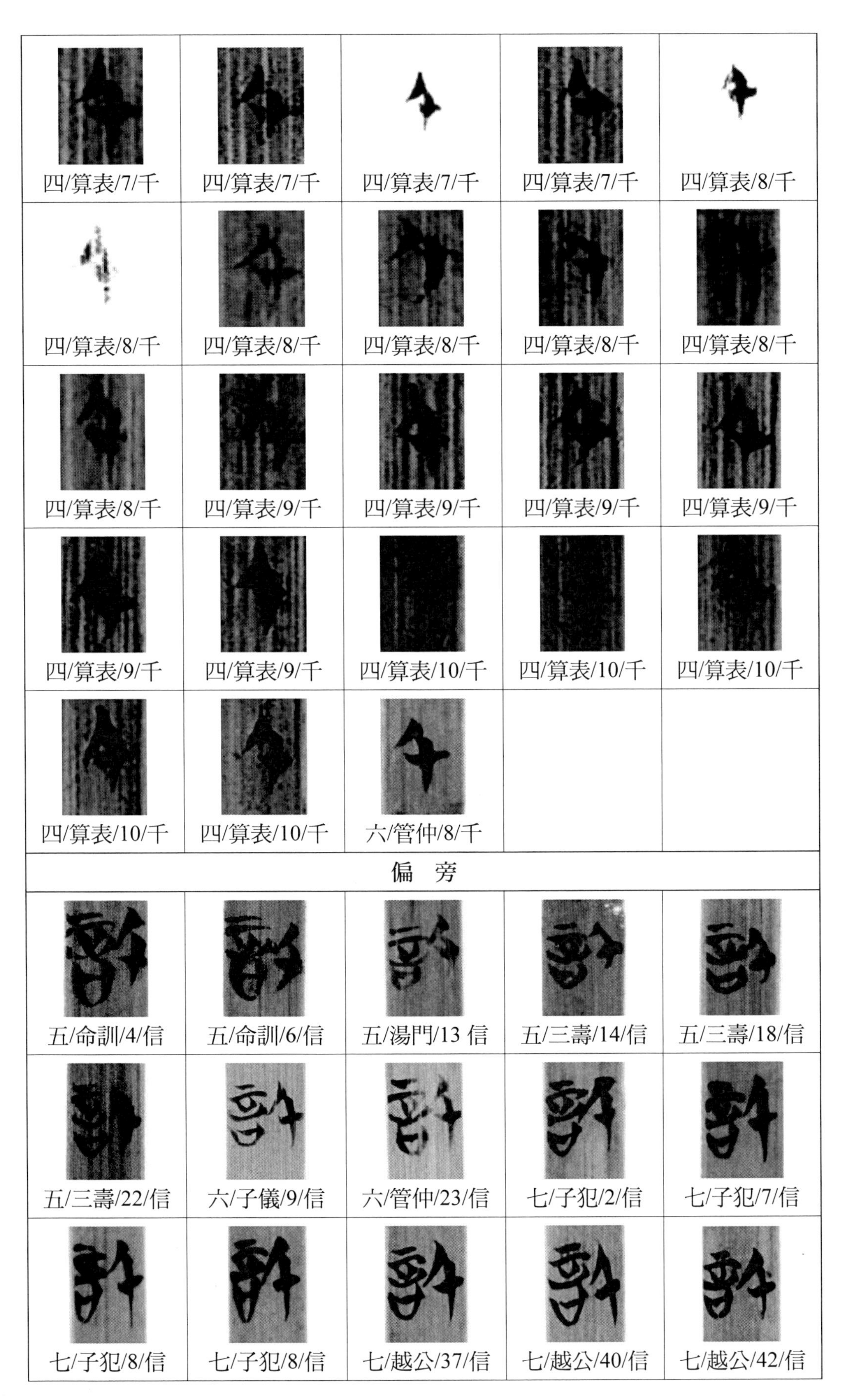

四/算表/7/千	四/算表/7/千	四/算表/7/千	四/算表/7/千	四/算表/8/千
四/算表/8/千	四/算表/8/千	四/算表/8/千	四/算表/8/千	四/算表/8/千
四/算表/8/千	四/算表/9/千	四/算表/9/千	四/算表/9/千	四/算表/9/千
四/算表/9/千	四/算表/9/千	四/算表/10/千	四/算表/10/千	四/算表/10/千
四/算表/10/千	四/算表/10/千	六/管仲/8/千		
偏　旁				
五/命訓/4/信	五/命訓/6/信	五/湯門/13 信	五/三壽/14/信	五/三壽/18/信
五/三壽/22/信	六/子儀/9/信	六/管仲/23/信	七/子犯/2/信	七/子犯/7/信
七/子犯/8/信	七/子犯/8/信	七/越公/37/信	七/越公/40/信	七/越公/42/信

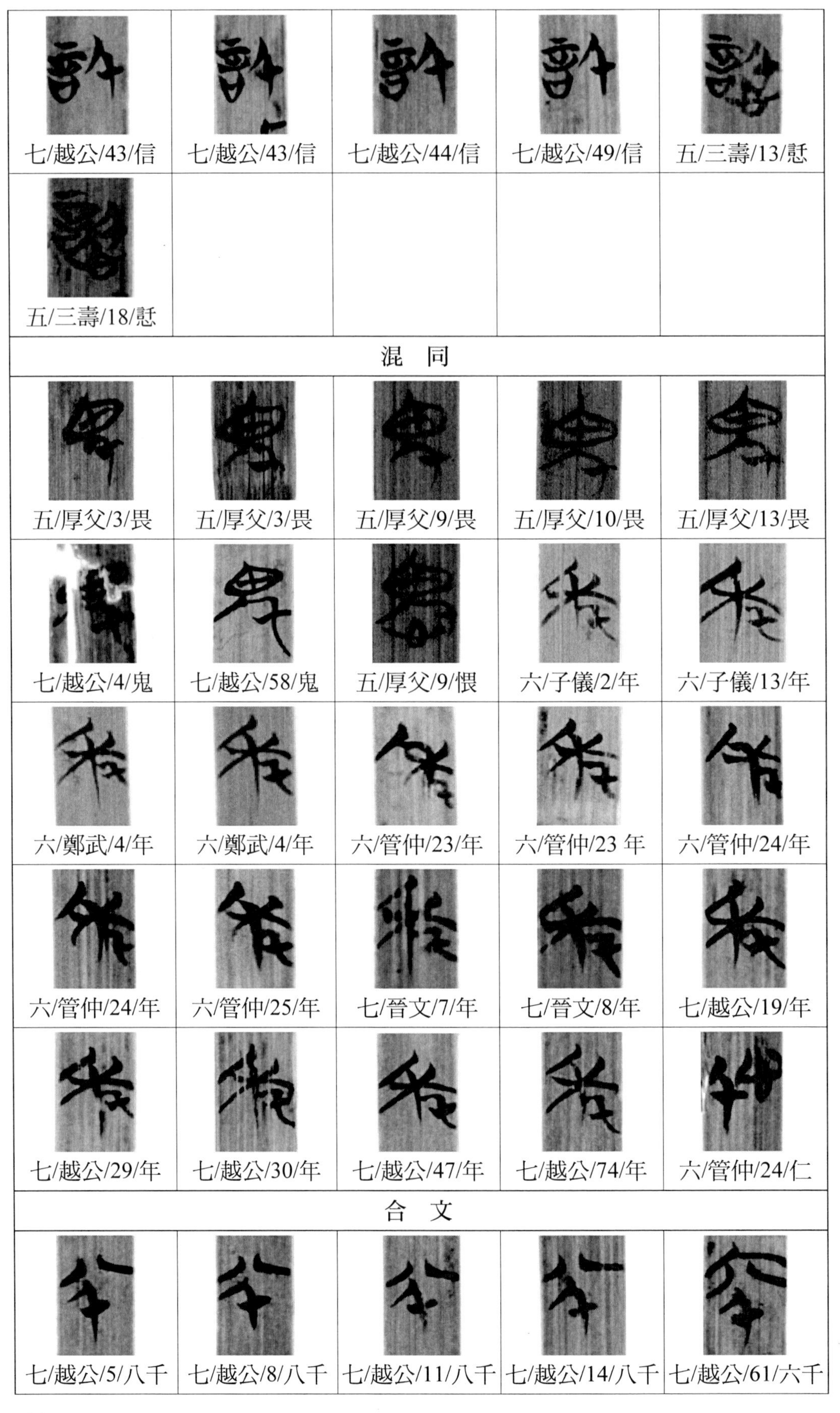

七/越公/43/信	七/越公/43/信	七/越公/44/信	七/越公/49/信	五/三壽/13/髺
五/三壽/18/髺				
混　同				
五/厚父/3/畏	五/厚父/3/畏	五/厚父/9/畏	五/厚父/10/畏	五/厚父/13/畏
七/越公/4/鬼	七/越公/58/鬼	五/厚父/9/愄	六/子儀/2/年	六/子儀/13/年
六/鄭武/4/年	六/鄭武/4/年	六/管仲/23/年	六/管仲/23 年	六/管仲/24/年
六/管仲/24/年	六/管仲/25/年	七/晉文/7/年	七/晉文/8/年	七/越公/19/年
七/越公/29/年	七/越公/30/年	七/越公/47/年	七/越公/74/年	六/管仲/24/仁
合　文				
七/越公/5/八千	七/越公/8/八千	七/越公/11/八千	七/越公/14/八千	七/越公/61/六千

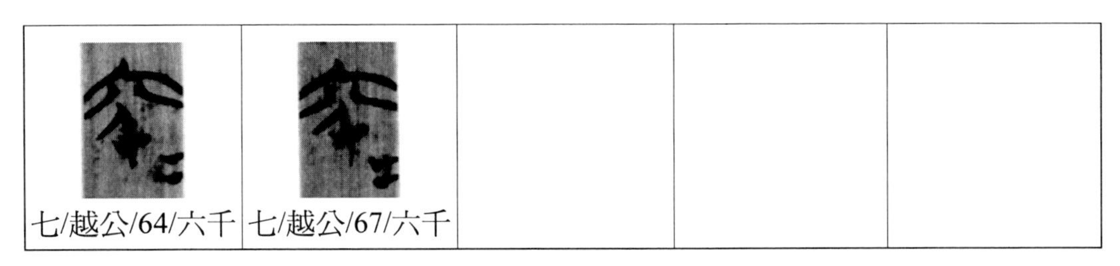

七/越公/64/六千	七/越公/67/六千			

《說文・卷三・十部》：「，十百也。从十从人。」甲骨文形體作：（《合集》32008），（《合集》06409）。金文形體作：（《大盂鼎》）。于省吾釋形作：「係在人字的中部附加一個橫畫，作為指事字的標誌，以別於人，而因人字以為聲。」〔註4〕

005　并

單　字				
七/趙簡/8/并	七/趙簡/9/并			
偏　旁				
五/湯丘/2/㔙	五/三壽/19/𢻹	五/三壽/21/𢻹	六/子產/8/賆	六/子產/23/賆
混　同				
五/湯門/16/鞞				

《說文・卷八・从部》：「，相從也。从从幵聲。一曰从持二為并。」甲骨文「并」字寫作（《合集》32833），（《屯》1247）。金文形體寫作：（《并伯甗》）。李孝定釋形作：「從『从』、從『二』或從『一』，象兩人相并之形。」〔註5〕

〔註4〕于省吾：《甲骨文字釋林》，頁451。
〔註5〕李孝定：《甲骨文字集釋》，頁2691。

006 身

單　字				
 四/筮法/32/身	 四/筮法/32/身	 五/命訓/6/身	 五/命訓/10/身	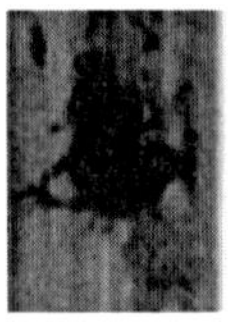 五/湯丘/2/身
 五/湯丘/14/身	 六/子產/1/身	 六/子產/4/身	 六/子產/5/身	 六/子產/14/身
 六/子產/15/身	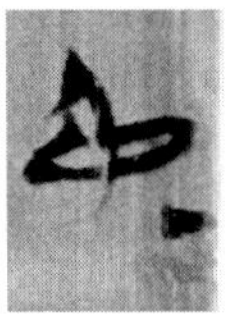 六/子產/28/身	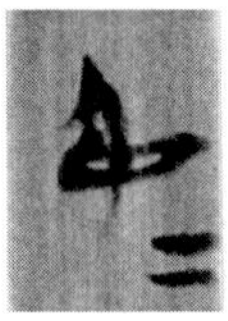 六/子產/28/身	 六/管仲/18/身	 六/管仲/18/身
 六/管仲/23/身	 七/子犯/2/身	 七/子犯/5/身	 七/子犯/12/身	 七/子犯/13/身
 七/越公/3/身	 七/越公/74/身			
偏　旁				
 四/筮法/32/躳	 五/命訓/6/㝵	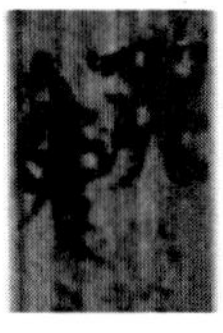 五/湯丘/2/纝	 五/湯門/10/躳	 六/子儀/5/竆
 六/鄭武/7/躳				

互　用				
 六/子產/1/謏	 六/子產/1/謏	 六/子產/1/謏	 六/子產/1/謏	 六/子產/2/謏
 六/子產/4/謏	 六/子產/19/謏			
訛　形				
 五/封許/3/殷	 五/封許/3/殷	 五/封許/7/殷	 五/三壽/10/殷	 六/鄭甲/13/殷
 七/子犯/12/殷				

《說文・卷八・身部》：「，躳也。象人之身。从人厂聲。凡身之屬皆从身。」甲骨文字形作：（《合集》13666），（《合集》13669）。金文形體作：（《班簋》），（《癲鍾》）。李孝定以為字形「從人而隆其腹，象人有身之形。」〔註6〕何琳儀說法近之，以為甲骨文「身」字像人腹部隆起有孕，人亦聲，為「僔」之初文。〔註7〕季師以為字從人，在身體軀幹部分增加指示符號，表示人身體部位。〔註8〕

〔註 6〕李孝定：《甲骨文字集釋》，頁 2719。
〔註 7〕何琳儀：《戰國古文字典》，頁 1138。
〔註 8〕季師旭昇：《說文新證》，頁 661。

007 夃

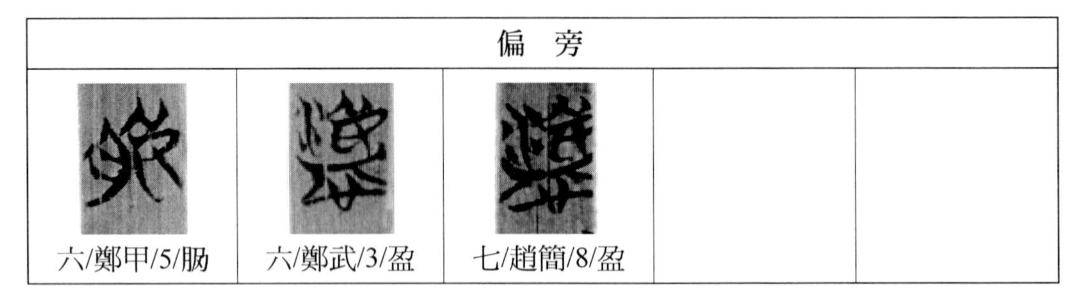

偏旁				
六/鄭甲/5/朒	六/鄭武/3/盈	七/趙簡/8/盈		

《說文·卷五·夊部》:「，秦以市買多得為夃。从乛从夊，益至也。从乃。《詩》曰:『我夃酌彼金罍。』(古乎切)」甲骨文作:(《合集》21871)、(《合集》13670)。金文作:(師訇簋)。趙平安認為「夃」即「股」之初文，字從人，而在股部加上指事符號，以表示股的部分。〔註9〕

008 介

單字				
四/別卦/4/介				
偏旁				
四/別卦/6/价	六/鄭甲/6/紒	六/鄭乙/5/紒		

《說文·卷二·八部》:「，畫也。从八从人。人各有介。」甲骨文字形作:(《合集》17706)，(《合集》19027)。羅振玉以為，「介」字像人穿著甲介。〔註10〕何琳儀以為「介」字為「疥」字初文，從人，像人兩側長有癬疥。〔註11〕季師根據《說文》的意見，提出:「從人，『八』形表示人身之界。」〔註12〕

〔註9〕趙平安:〈關於「夃」的形義來源〉《趙平安自選集》，頁38～44。

〔註10〕羅振玉:《增訂殷墟書契考釋(中)》，頁43。

〔註11〕何琳儀:《戰國古文字典》，頁902。

〔註12〕季師旭昇:《說文新證》，頁84。

009　𡎎

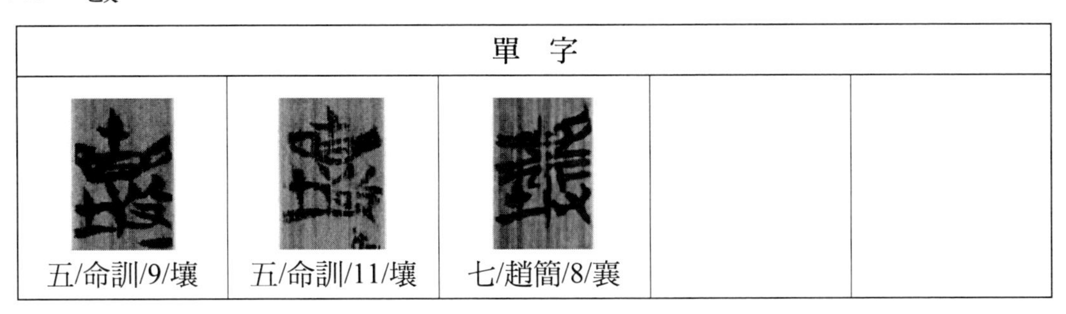

單　字				
 五/命訓/9/壞	 五/命訓/11/壞	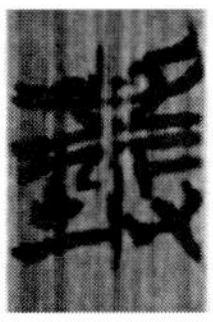 七/趙簡/8/襄		

《說文・卷八・衣部》：「，漢令：解衣耕謂之襄。从衣𡎎聲。，古文襄。」《說文・卷二・吅部》：「，亂也。从爻、工、交、吅。一曰窒𡎎。讀若禳。，籒文𡎎。」甲骨文字形寫作：（《合集》08196），（《屯》0361），（《合集》01133）。金文形體寫作：（《薛侯盤》），（《散氏盤》）。「𡎎」字本意待考，同樣的演進形式，可以參考「敬」、「亟」等字。

010　㒸

單　字				
 五/湯門/12/㒸	 五/湯門/12/㒸	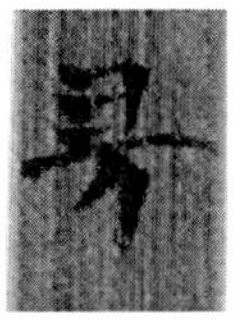 五/湯門/12/㒸	 五/湯門/13/㒸	 五/湯門/14/㒸
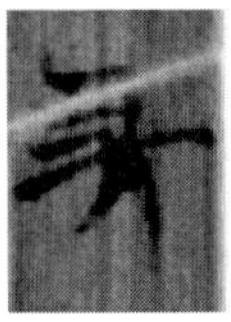 五/湯門/15/㒸	 五/湯門/16/㒸	 五/湯門/16/㒸	 五/湯門/17/㒸	 六/管仲/2/㒸
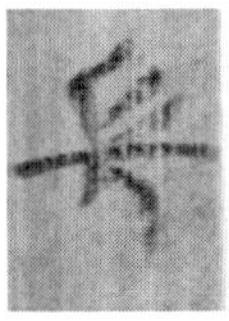 六/子產/7/㒸	 六/子產/8/㒸	 六/子產/23/㒸	 六/子產/26/㒸	
偏　旁				
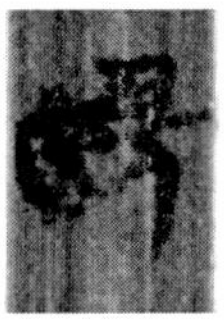 五/湯門/12/娧	 五/命訓/15/敚	 六/鄭武/7/娧	 七/越公/64/梲	 七/越公/65/梲

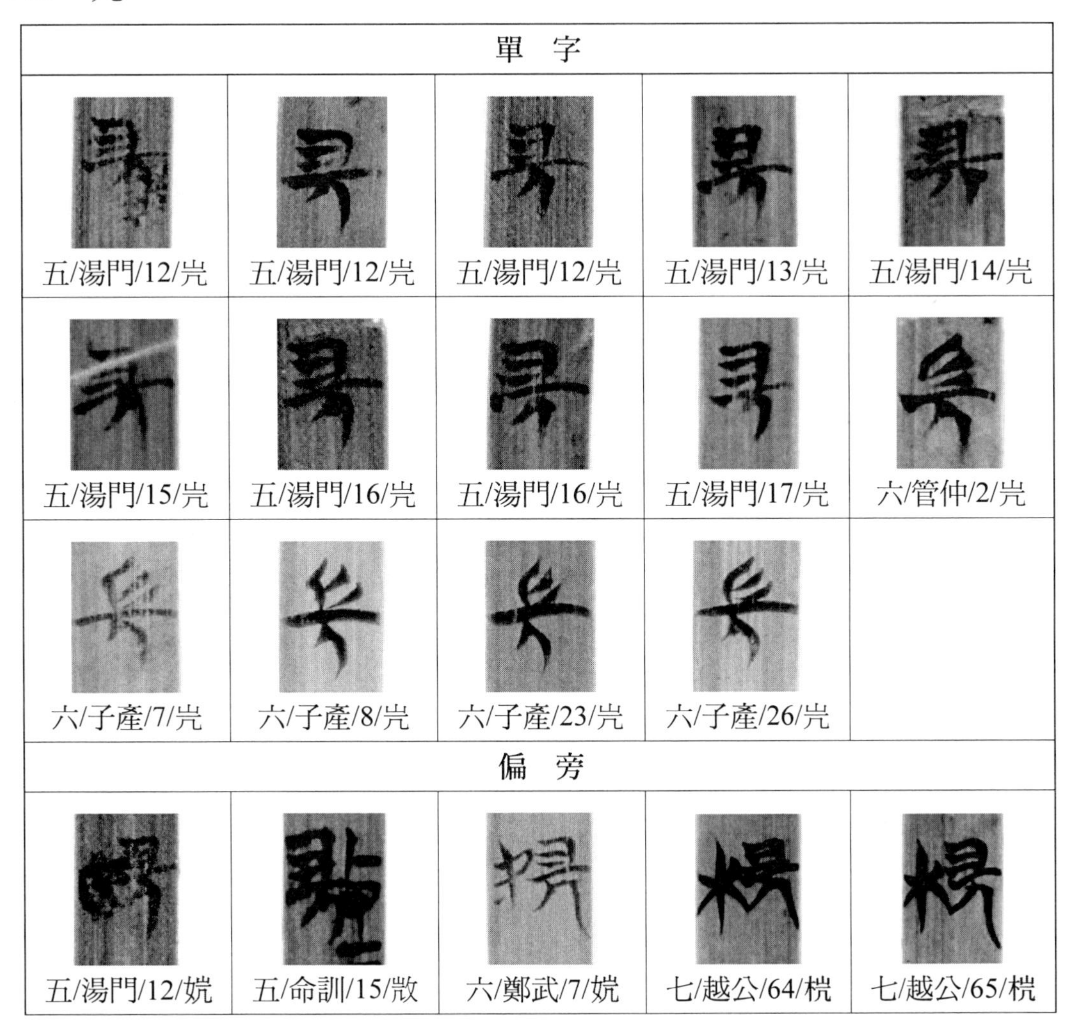

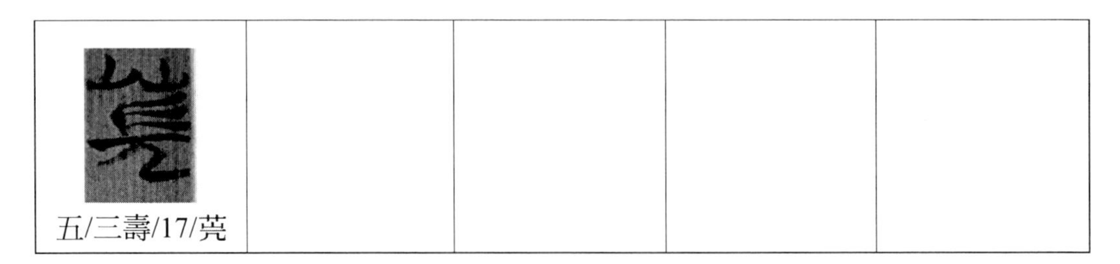

五/三壽/17/莞

《說文》未見「岏」字，與之相關的是「㣲」字。《說文·卷八·人部》：「[glyph]，妙也。从人从攴，豈省聲。」「㣲」字甲骨文字形作：[glyph]（《合集》17942）、[glyph]（《合集》27996）。金文形體作：[glyph]（《牆盤》）。高鴻晉以為，字形左側形體當為「髮」之初文，「㣲」字從髮從攴會意，言「髮既細小矣，攴之則斷而更㣲也。」〔註 13〕

011　長

單　字				
四/筮法/40/長	四/筮法/40/長	四/筮法/46/長	四/筮法/47/長	四/筮法/48/長
五/湯門/5/長	五/湯門/8/長	五/湯門/14/長	五/三壽/2/長	五/三壽/4/長
五/三壽/4/長	五/三壽/5/長	五/三壽/6/長	五/三壽/6/長	五/三壽/7/長
五/三壽/7/長	五/三壽/7/長	五/湯丘/8/長	五/命訓/15/長	六/管仲/9/長

〔註 13〕高鴻縉：〈散盤集釋〉《師大學報》第 2 期，頁 24～25。

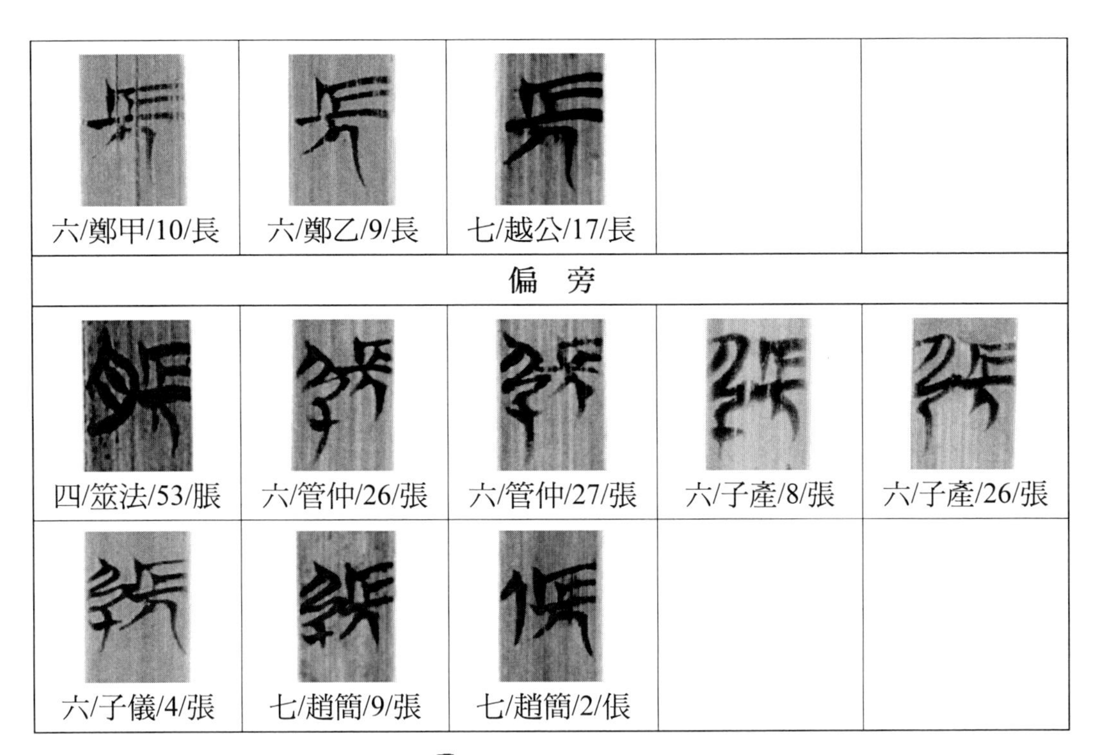

六/鄭甲/10/長	六/鄭乙/9/長	七/越公/17/長		
偏　旁				
四/筮法/53/脹	六/管仲/26/張	六/管仲/27/張	六/子產/8/張	六/子產/26/張
六/子儀/4/張	七/趙簡/9/張	七/趙簡/2/倀		

《說文・卷九・長部》:「𠑹，久遠也。从兀从匕。兀者，高遠意也。久則變化。亾聲。𠃌者，倒亾也。凡長之屬皆从長。臣鉉等曰：倒亡，不亡也。長久之義也。𠑷古文長。𠑶亦古文長。」甲骨文字形作：𠤏（《合集》28195）、𠤏（《合集》27641）。金文形體作𠑹（《牆盤》）。余永梁以為象人髮長茂，引申為長久義。〔註 14〕季旭昇師以為上部並不像頭髮，字形待考。〔註 15〕甲骨文字形象長者拄杖而立，字形或為年長者象形。

012　耂（老）

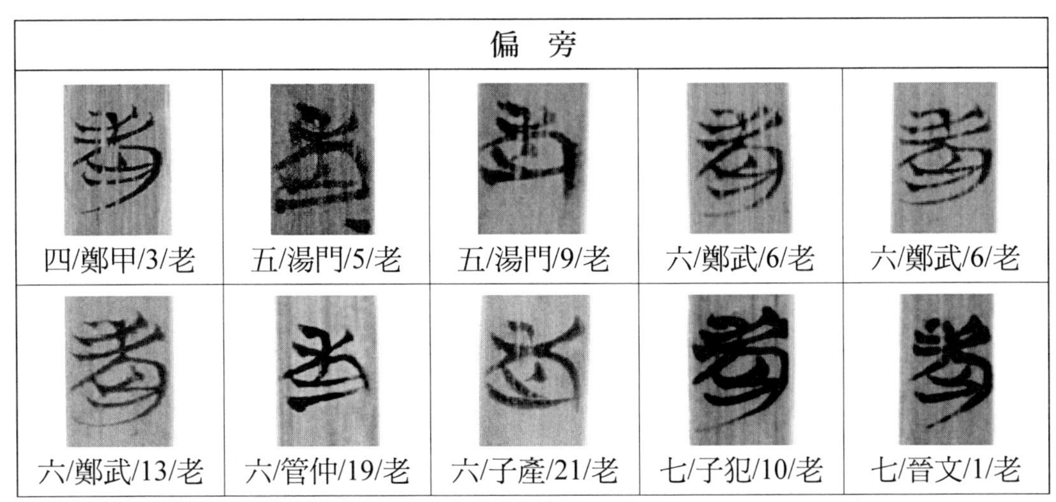

偏　旁				
四/鄭甲/3/老	五/湯門/5/老	五/湯門/9/老	六/鄭武/6/老	六/鄭武/6/老
六/鄭武/13/老	六/管仲/19/老	六/子產/21/老	七/子犯/10/老	七/晉文/1/老

〔註 14〕余永梁：〈殷墟文字續考〉《國學論叢》第 1 卷第 4 期，頁 5。
〔註 15〕季師旭昇：《說文新證》，頁 729。

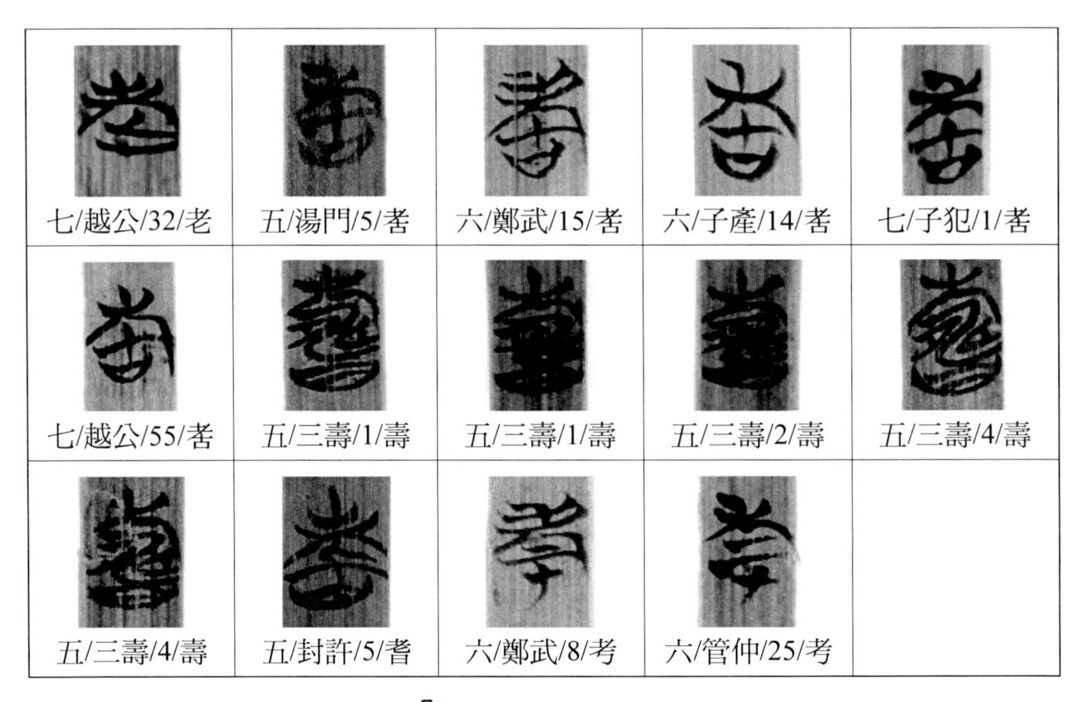

七/越公/32/老	五/湯門/5/耆	六/鄭武/15/耆	六/子產/14/耆	七/子犯/1/耆
七/越公/55/耆	五/三壽/1/壽	五/三壽/1/壽	五/三壽/2/壽	五/三壽/4/壽
五/三壽/4/壽	五/封許/5/耈	六/鄭武/8/考	六/管仲/25/考	

《說文・卷八・老部》:「，考也。七十曰老。从人、毛、七。言須髮變白也。凡老之屬皆从老。」《說文・卷八・老部》:「，老也。从老省，丂聲。」甲骨文「考」、「老」同字，寫作：（《合集》20280），（《合集》21495）。金文形體寫作：（《史季良父壺》）。甲骨「老」字為象形字，象老人持杖而行貌。西周金文後，兩字開始分化，戰國楚文字「老」字從「止」。〔註16〕

013　允

單　字				
五/湯丘/2/允				
偏　旁				
五/封許/2/𡖅	六/子產/21/暊	六/子產/24/暊	七/越公/47/夐	

《說文・卷八・儿部》:「，信也。从儿㠯聲。」甲骨文形體寫作：（《合

〔註16〕季師旭昇：《說文新證》，頁669。

集》20736），（《合集》5867），（《合集》34150）。金文形體寫作：（《班簋》），（《不期簋》）。，羅振玉以為：「象人回顧形，殆言行相顧之意」〔註 17〕季師以為：「疑為合體象形字，西周之後聲化為形聲字。」〔註 18〕

014　㠯

單　字				
四/箴法/39/㠯	四/箴法/40/㠯	四/箴法/44/㠯	五/厚父/4/㠯	五/厚父/11/㠯
五/封許/5/㠯	五/封許/8/㠯	五/命訓/1/㠯	五/命訓/1/㠯	五/命訓/1/㠯
五/命訓/3/㠯	五/命訓/4/㠯	五/命訓/4/㠯	五/命訓/4/㠯	五/命訓/5/㠯
五/命訓/6/㠯	五/命訓/6/㠯	五/命訓/7/㠯	五/命訓/7/㠯	五/命訓/7/㠯
五/命訓/8/㠯	五/命訓/10/㠯	五/命訓/11/㠯	五/命訓/11/㠯	五/命訓/11/㠯
五/命訓/11/㠯	五/命訓/11/㠯	五/命訓/12/㠯	五/命訓/12/㠯	五/命訓/12/㠯

〔註 17〕羅振玉：《增訂殷虛書契考釋（中）》，頁 54。

〔註 18〕季師旭昇：《說文新證》，頁 688。

五/命訓/12/目	五/命訓/12/目	五/命訓/12/目	五/命訓/12/目	五/命訓/12/目
五/命訓/14/目	五/命訓/14/目	五/命訓/15/目	五/命訓/15/目	五/命訓/15/目
五/命訓/15/目	五/命訓/15/目	五/命訓/15/目	五/湯丘/1/目	五/湯丘/2/目
五/湯丘/2/目	五/湯丘/2/目	五/湯丘/3/目	五/湯丘/5/目	五/湯丘/7/目
五/湯丘/8/目	五/湯丘/8/目	五/湯丘/8/目	五/湯丘/9/目	五/湯丘/11/目
五/湯丘/15/目	五/湯丘/15/目	五/湯丘/12/目	五/湯丘/16/目	五/湯門/2/目
五/湯門/2/目	五/湯門/2/目	五/湯門/2/目	五/湯門/4/目	五/湯門/4/目
五/湯門/4/目	五/湯門/4/目	五/湯門/4/目	五/湯門/4/目	五/湯門/4/目

五/湯門/5/目
五/湯門/5/目
五/湯門/5/目
五/湯門/6/目
五/湯門/9/目
五/湯門/9/目
五/湯門/10/目
五/湯門/10/目
五/湯門/11/目
五/湯門/13/目
五/湯門/14/目
五/湯門/14/目
五/湯門/16/目
五/湯門/16/目
五/湯門/17/目
五/湯門/17/目
五/湯門/18/目
五/湯門/18/目
五/湯門/18/目
五/湯門/19/目
五/湯門/19/目
五/湯門/19/目
五/湯門/19/目
五/湯門/20/目
五/湯門/21/目
五/三壽/9/目
五/三壽/19/目
五/三壽/22/目
五/三壽/26/目
六/鄭武/2/目
六/鄭武/7/目
六/鄭武/7/目
六/鄭武/7/目
六/鄭武/8/目
六/鄭武/8/目
六/鄭武/9/目
六/鄭武/10/目
六/鄭武/11/目
六/鄭武/12/目
六/鄭甲/2/目

六/鄭甲/5/㠯	六/鄭甲/5/㠯	六/鄭甲/5/㠯	六/鄭乙/4/㠯	六/鄭乙/5/㠯
六/鄭乙/5/㠯	六/子儀/3/㠯	六/子儀/4/㠯	六/子儀/5/㠯	六/子儀/7/㠯
六/子儀/8/㠯	六/子儀/9/㠯	六/子儀/10/㠯	六/子儀/11/㠯	六/子儀/12/㠯
六/子儀/12/㠯	六/子儀/17/㠯	六/子產/1/㠯	六/子產/1/㠯	六/子產/1/㠯
六/子產/2/㠯	六/子產/4/㠯	六/子產/6/㠯	六/子產/6/㠯	六/子產/7/㠯
六/子產/9/㠯	六/子產/10/㠯	六/子產/11/㠯	六/子產/12/㠯	六/子產/13/㠯
六/子產/13/㠯	六/子產/13/㠯	六/子產/13/㠯	六/子產/13/㠯	六/子產/14/㠯
六/子產/15/㠯	六/子產/15/㠯	六/子產/15/㠯	六/子產/15/㠯	六/子產/15/㠯

六/子產/16/目	六/子產/17/目	六/子產/19/目	六/子產/20/目	六/子產/20/目
六/子產/20/目	六/子產/23/目	六/子產/24/目	六/子產/24/目	六/子產/25/目
六/子產/25/目	六/子產/25/目	六/子產/25/目	六/子產/26/目	六/子產/27/目
六/子產/27/目	六/子產/28/目	六/子產/28/目	六/子產/28/目	六/子產/29/目
六/管仲/1/目	六/管仲/2/目	六/管仲/6/目	六/管仲/8/目	六/管仲/10/目
六/管仲/10/目	六/管仲/10/目	六/管仲/11/目	六/管仲/11/目	六/管仲/11/目
六/管仲/11/目	六/管仲/11/目	六/管仲/12/目	六/管仲/13/目	六/管仲/13/目
六/管仲/14/目	六/管仲/14/目	六/管仲/16/目	六/管仲/16/目	六/管仲/17/目

六/管仲/17/目	六/管仲/18/目	六/管仲/18/目	六/管仲/18/目	六/管仲/19/目
六/管仲/20/目	六/管仲/20/目	六/管仲/21/目	六/管仲/21/目	六/管仲/22/目
六/管仲/22/目	六/管仲/23/目	六/管仲/25/目	六/管仲/25/目	六/管仲/26/目
六/管仲/26/目	七/子犯/3/目	七/子犯/5/目	七/子犯/8/目	七/子犯/11/目
七/子犯/11/目	七/子犯/13/目	七/子犯/14/目	七/子犯/14/目	七/晉文/1/目
七/晉文/2/目	七/晉文/2/目	七/晉文/3/目	七/晉文/3/目	七/晉文/4/目
七/晉文/5/目	七/晉文/5/目	七/晉文/6/目	七/晉文/6/目	七/晉文/6/目
七/晉文/7/目	七/晉文/7/目	七/晉文/7/目	七/趙簡/4/目	七/趙簡/4/目

七/趙簡/7/目	七/趙簡/8/目	七/越公/3/目	七/越公/6/目	七/越公/8/目
七/越公/8/目	七/越公/9/目	七/越公/10/目	七/越公/11/目	七/越公/11/目
七/越公/13/目	七/越公/14/目	七/越公/17/目	七/越公/19/目	七/越公/20/目
七/越公/20/目	七/越公/22/目	七/越公/23/目	七/越公/24/目	七/越公/26/目
七/越公/31/目	七/越公/31/目	七/越公/38/目	七/越公/41/目	七/越公/47/目
七/越公/48/目	七/越公/48/目	七/越公/51/目	七/越公/53/目	七/越公/54/目
七/越公/58/目	七/越公/61/目	七/越公/63/目	七/越公/64/目	七/越公/64/目
七/越公/65/目	七/越公/65/目	七/越公/65/目	七/越公/66/目	七/越公/66/目

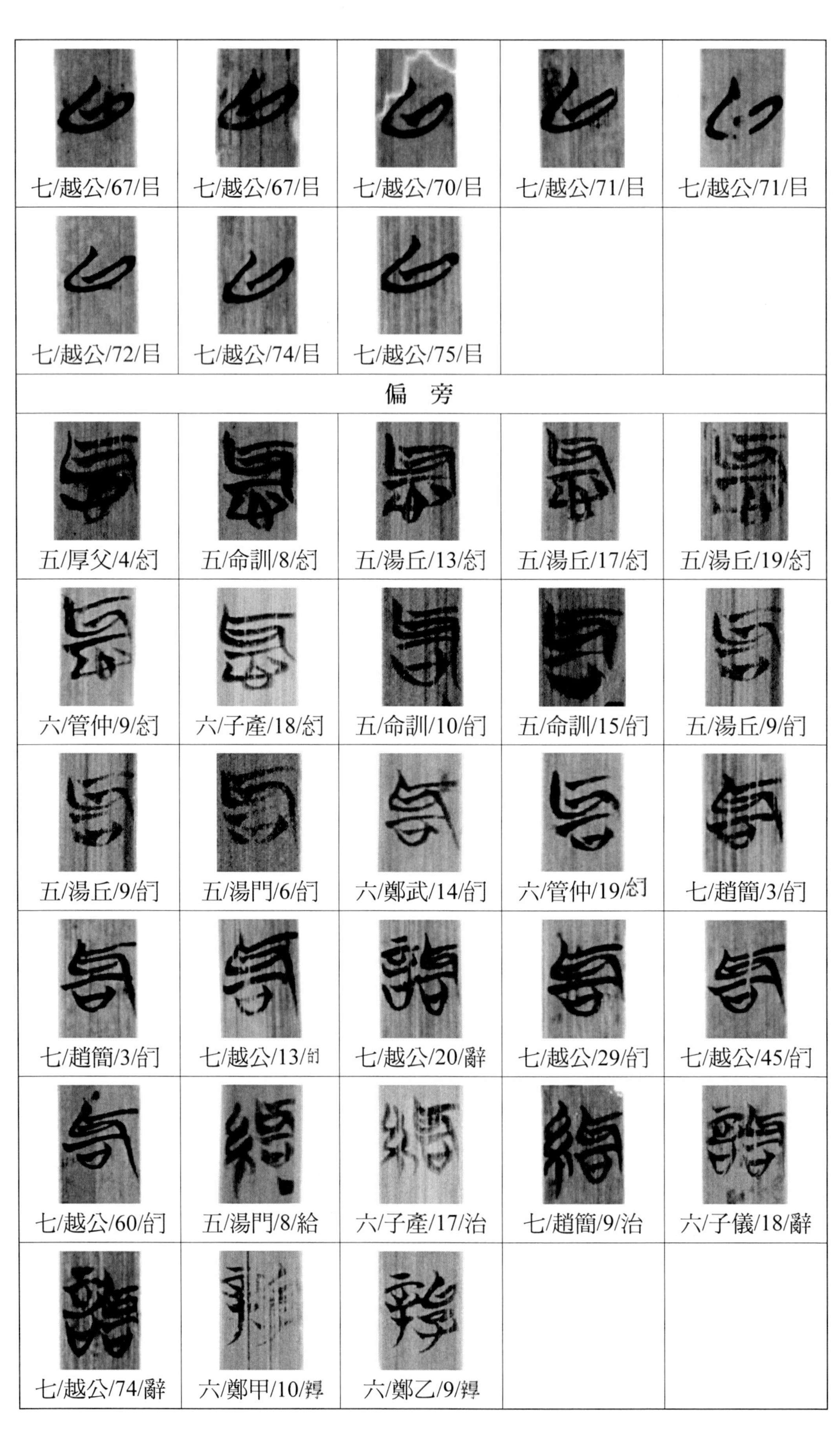

七/越公/67/㠯	七/越公/67/㠯	七/越公/70/㠯	七/越公/71/㠯	七/越公/71/㠯
七/越公/72/㠯	七/越公/74/㠯	七/越公/75/㠯		
偏　旁				
五/厚父/4/⿱㠯心	五/命訓/8/⿱㠯心	五/湯丘/13/⿱㠯心	五/湯丘/17/⿱㠯心	五/湯丘/19/⿱㠯心
六/管仲/9/⿱㠯心	六/子產/18/⿱㠯心	五/命訓/10/⿱㠯口	五/命訓/15/⿱㠯口	五/湯丘/9/⿱㠯口
五/湯丘/9/⿱㠯口	五/湯門/6/⿱㠯口	六/鄭武/14/⿱㠯口	六/管仲/19/⿱㠯心	七/趙簡/3/⿱㠯口
七/趙簡/3/⿱㠯口	七/越公/13/⿱㠯口	七/越公/20/辭	七/越公/29/⿱㠯口	七/越公/45/⿱㠯口
七/越公/60/⿱㠯口	五/湯門/8/給	六/子產/17/治	七/趙簡/9/治	六/子儀/18/辭
七/越公/74/辭	六/鄭甲/10/⿰辛孚	六/鄭乙/9/⿰辛孚		

《說文‧卷十四‧㠯部》:「，用也。从反巳。賈侍中說：巳，意巳實也。象形。」「㠯」字甲骨文字形分為兩種類型：，(《合集》19779)，(《合集》32314)。金文形体作：(《靜簋》)，(《頌簋》)。郭沫若認為字義象提挈之形。〔註 19〕季師從甲骨、金文的文獻用例出發，證明「㠯」字常用作「提挈」的詞義。〔註 20〕

015　尸

偏　旁				
 四/箴法/11/凥	 四/箴法/14/凥	 五/湯丘/1/屋	 五/湯丘/15/屋	 六/鄭甲/6/凥
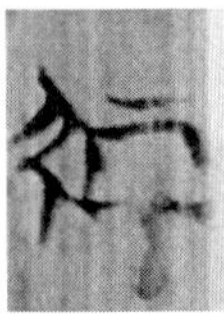 六/鄭乙/6/凥	 六/子儀/7/凥	 六/子儀/14/凥	 六/鄭武/4/凥	 七/趙簡/7/凥
 七/子犯/1/凥	 七/晉文/4/凥	 七/越公/55/凥	 五/命訓/2/居	 五/命訓/2/居
 五/三壽/20/居	 七/子犯/7/居	 七/越公/50/居	 五/三壽/2/𡰥	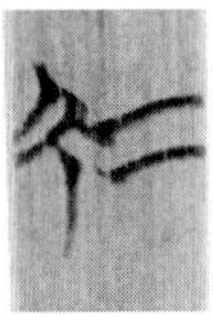 六/鄭甲/11/𡰥
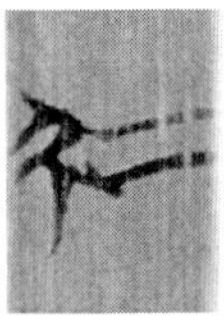 六/鄭乙/10/𡰥	 六/子儀/12/𡰥	 七/子犯/11/𡰥	 七/越公/49/𡰥	 七/越公/49/𡰥

〔註 19〕郭沫若：〈甲骨文字研究‧釋挈〉《甲骨文獻集成（第八冊）》，頁 26。

〔註 20〕季師旭昇師：《甲骨文字根研究》，頁 58。

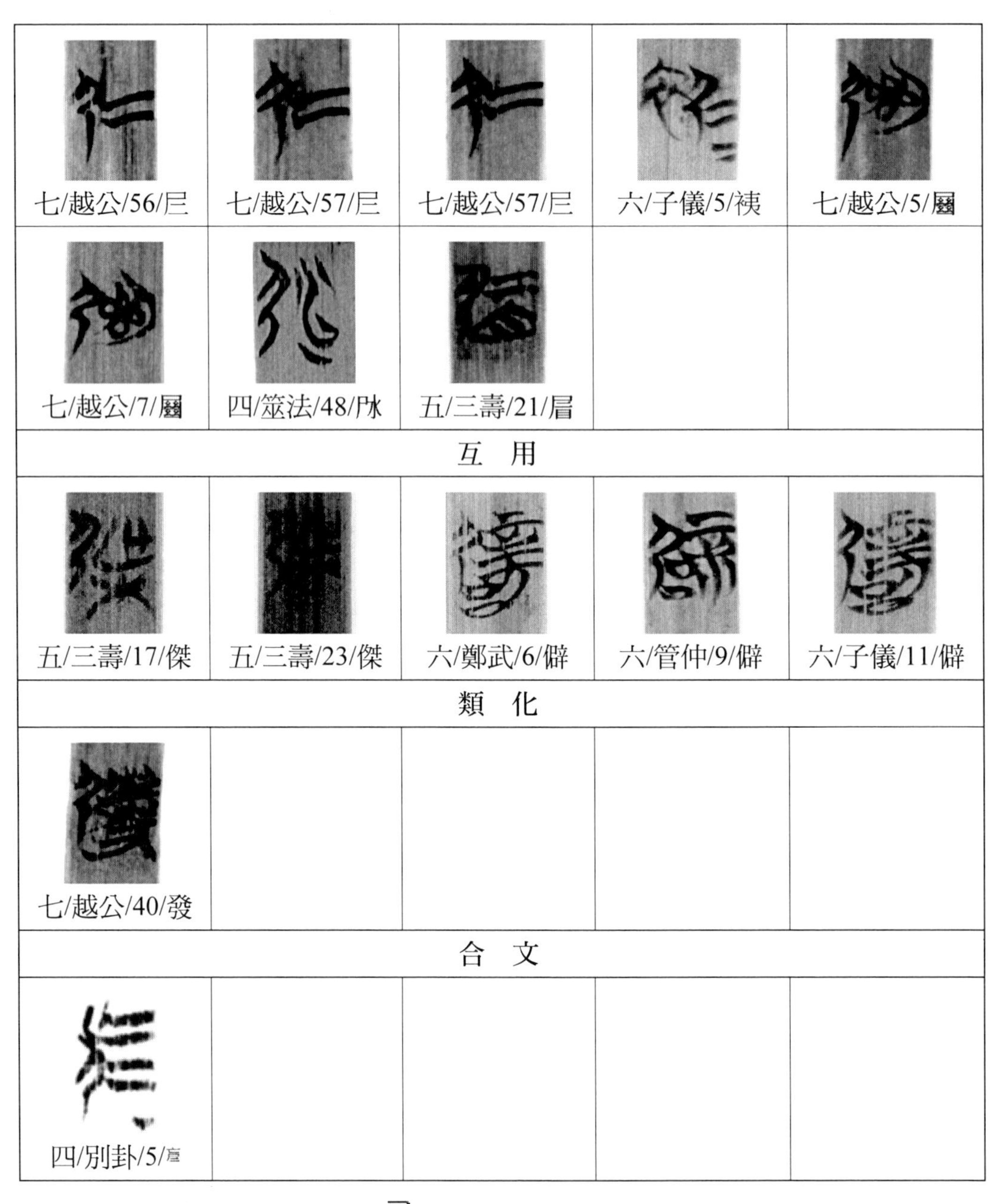

七/越公/56/𡰥	七/越公/57/𡰥	七/越公/57/𡰥	六/子儀/5/裧	七/越公/5/屭
七/越公/7/屭	四/箳法/48/𡰱	五/三壽/21/眉		
互　用				
五/三壽/17/傑	五/三壽/23/傑	六/鄭武/6/僻	六/管仲/9/僻	六/子儀/11/僻
類　化				
七/越公/40/發				
合　文				
四/別卦/5/[illegible]				

《說文・卷八・尸部》：「𡰣，陳也。象臥之形。凡尸之屬皆从尸。」甲骨文字形作：𡰣（《合集》14295），𡰣（《合集》00830）。金文字形作：𡰣（《盂鼎》）。徐中舒《甲骨文字典》以為：「尸與人字形相近，以其下肢較彎曲為二者之別，尸象膝蹲踞之形體，蹲踞與箕踞不同。」〔註21〕季師指出認為「人、尸恐為一字之分化，字從人而小變其筆。」〔註22〕楚簡當中的「人」、「尸」、「弓」，在形體上較為相似，偶有混淆。

〔註21〕徐中舒：《甲骨文字典》，頁942。
〔註22〕季師旭昇：《說文新證》，頁672。

016　弓

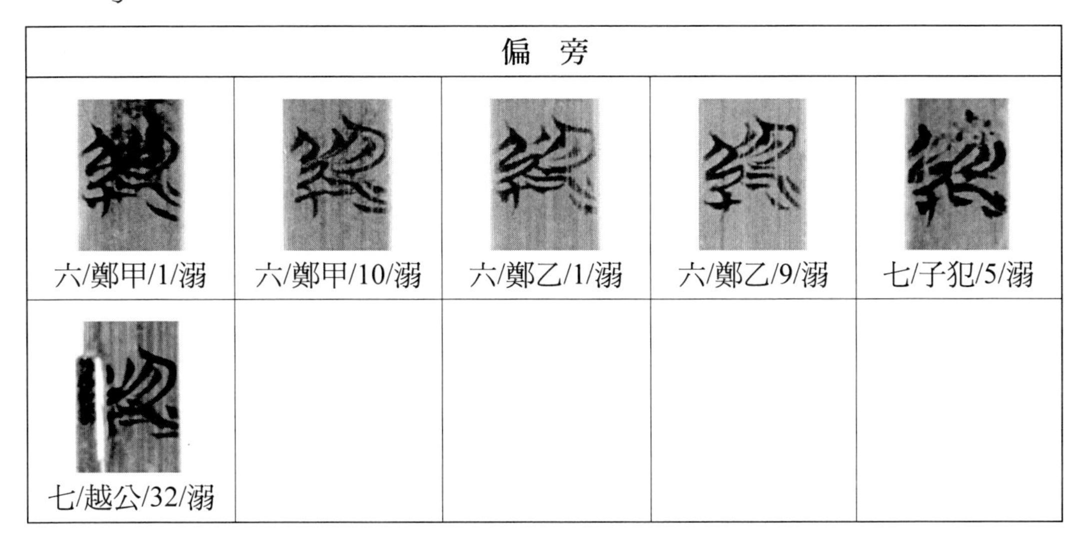

偏旁				
六/鄭甲/1/溺	六/鄭甲/10/溺	六/鄭乙/1/溺	六/鄭乙/9/溺	七/子犯/5/溺
七/越公/32/溺				

《說文・卷八・尾部》:「，人小便也。从尾从水。」《說文・卷九・彡部》:「，橈也。上象橈曲，彡象毛氂橈弱也。弱物并，故从二弓。」甲骨有字胡厚宣釋為「溺」，〔註 23〕字形寫作：（《合集》4305），（《合集》13887），（《合集》21418）。此字後有學者改釋為「㐱」，劉桓、宋鎮豪、王暉均持此說。〔註 24〕

017　化

單字				
六/子儀/6/化				
偏旁				
五/命訓/2/悠	五/命訓/3/悠	五/三壽/15/悠	六/子產/17/悠	六/管仲/19/悠

〔註 23〕胡厚宣：〈殷人疾病考〉《甲骨學商史論叢（初集）》，頁 428。

〔註 24〕何景成：《甲骨文字詁林補編》，頁 1。

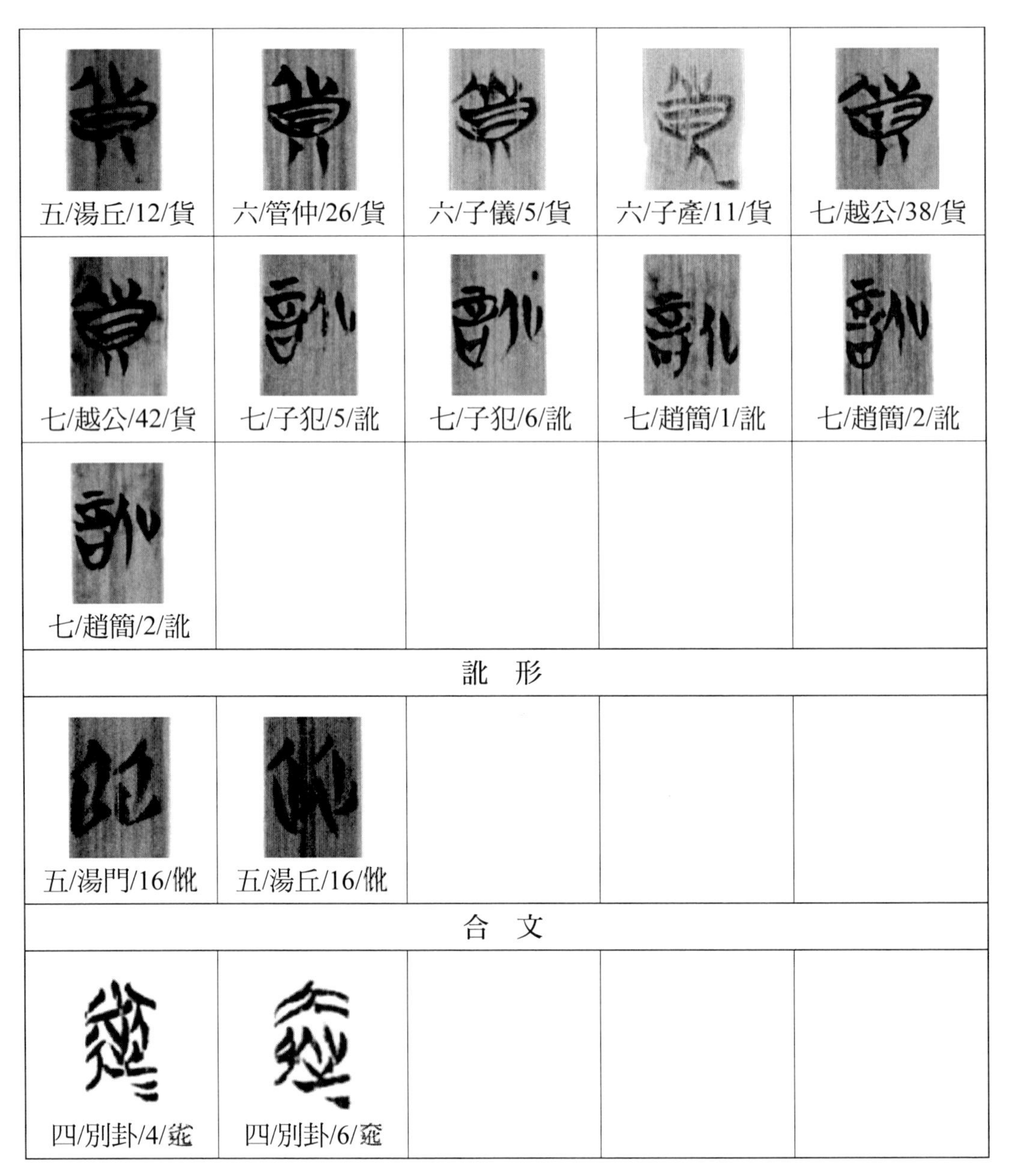

五/湯丘/12/貨	六/管仲/26/貨	六/子儀/5/貨	六/子產/11/貨	七/越公/38/貨
七/越公/42/貨	七/子犯/5/訛	七/子犯/6/訛	七/趙簡/1/訛	七/趙簡/2/訛
七/趙簡/2/訛				
訛　形				
五/湯門/16/㠯	五/湯丘/16/㠯			
合　文				
四/別卦/4/䘬	四/別卦/6/䘬			

《說文・卷八・尸部》:「，教行也。从七从人，七亦聲。」甲骨文形體寫作：（《合集》00150 正），（《合集》33195），（《合集》02385）。金文形體寫作：（《化鼎》），（《中子化盤》）。何琳儀:「從一正人，從一倒人，會生死變化之意。」〔註 25〕

〔註 25〕何琳儀：《戰國古文字典》，頁 835。

018　丏

偏　旁				
七/越公/6/賓				

《說文・卷七・宀部》：「，冥合也。从宀丏聲。讀若《周書》『若藥不眄眩』。」甲骨文形體寫作：（《前》1.46.5），（《甲》2402）。金文形體寫作：（《二祀邲其卣》），（《乃孫作且已鼎》）。「丏」即賓之初文，會意字，表示室內賓客安坐。〔註 26〕

019　尾

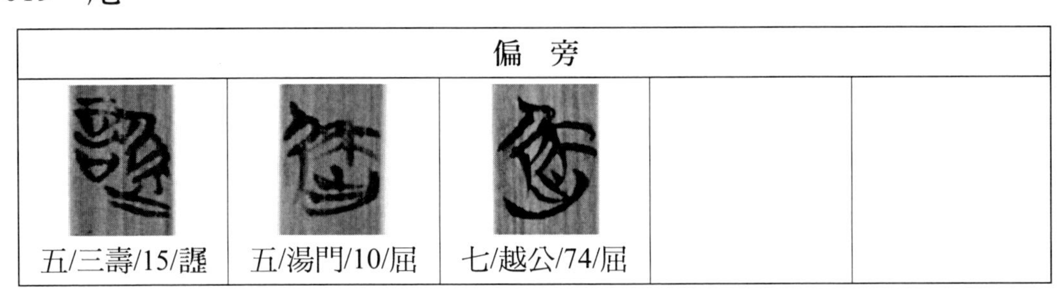

偏　旁				
五/三壽/15/遲	五/湯門/10/屈	七/越公/74/屈		

《說文・卷・八・尾部》：「，微也。从到毛在尸後。古人或飾係尾，西南夷亦然。凡尾之屬皆从尾。（今隸變作尾。）」《說文・卷二・辵部》：「，遂也。从辵止聲。，徙或从彳。，古文徙。」甲骨文形體寫作：（《合集》136）。金文形體寫作：（《逆鐘》「徙」字所從），（《叔弓鎛》「徙」字所從）。黃天樹先生認為：「尾」字象古人一種臀部有尾巴的服飾。〔註 27〕

020　童

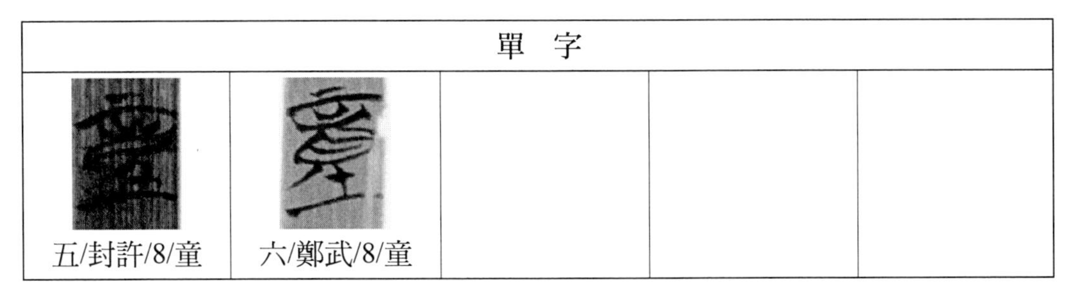

單　字				
五/封許/8/童	六/鄭武/8/童			

〔註 26〕季師旭昇：《說文新證》，頁 599。
〔註 27〕黃天樹：《說文解字通論》，頁 117。

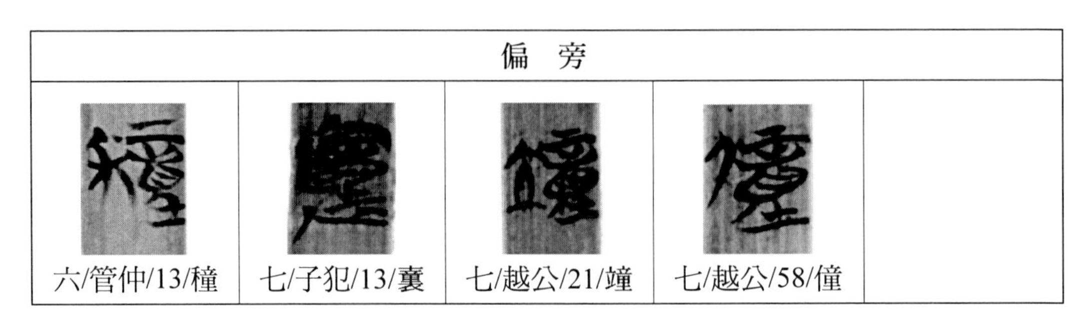

偏　旁				
六/管仲/13/穜	七/子犯/13/䡴	七/越公/21/鐘	七/越公/58/僮	

《說文・卷三・辛部》:「䇂，男有辠曰奴，奴曰童，女曰妾。从䇂，重省聲。䇂，籀文童，中與竊中同从廿。廿，以為古文疾字。」甲骨文形體寫作：(《合集》30178)，(《英藏》1886)。金文形體寫作：(《史牆盤》)，(《毛公鼎》)。甲骨文字形「目」上增「辛」，或增「東」聲。再於「東」下增加「土」。本意為男性罪犯，後引申為童僕。〔註 28〕

021　壬

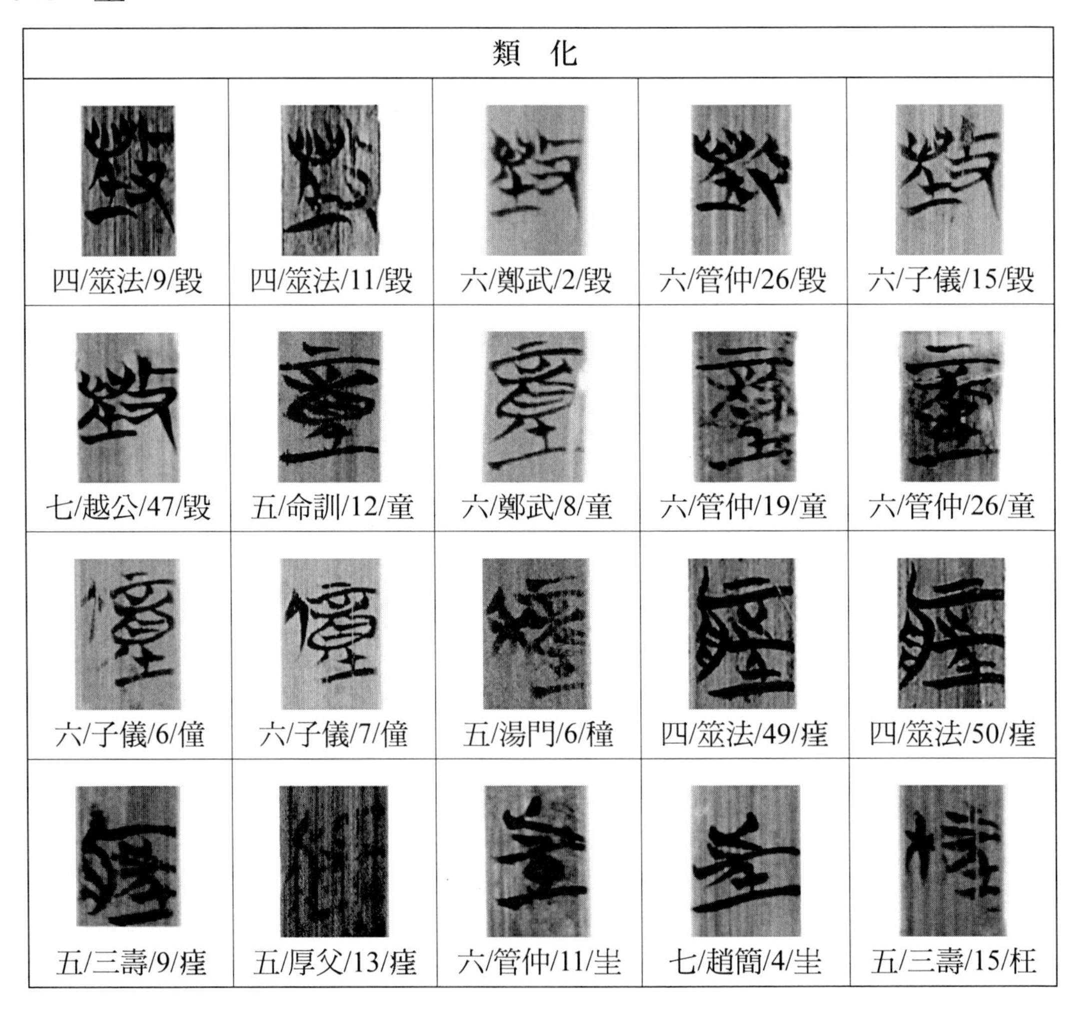

類　化				
四/筮法/9/毀	四/筮法/11/毀	六/鄭武/2/毀	六/管仲/26/毀	六/子儀/15/毀
七/越公/47/毀	五/命訓/12/童	六/鄭武/8/童	六/管仲/19/童	六/管仲/26/童
六/子儀/6/僮	六/子儀/7/僮	五/湯門/6/穜	四/筮法/49/瘇	四/筮法/50/瘇
五/三壽/9/瘇	五/厚父/13/瘇	六/管仲/11/㞷	七/趙簡/4/㞷	五/三壽/15/枉

〔註 28〕季師旭昇：《說文新證》，頁 166。

五/三壽/20/枉	五/三壽/28/枉	五/命訓/1/宔	五/命訓/8/宔	六/管仲/27/室
六/鄭乙/1/往	六/鄭甲/1/往	七/越公/60/往	六/子產/19/慌	六/管仲/6/匡
五/三壽/10/牲	六/鄭武/7/骴	五/三壽/22/魁	五/三壽/23/魁	六/鄭武/3/望
六/子儀/6/望	五/命訓/10/逞	五/命訓/13/逞	五/三壽/17/淫	五/命訓/14/逞
五/湯丘/6/虗	五/命訓/3/虝	五/命訓/3/虝	五/命訓/4/虝	五/命訓/5/虝
五/湯丘/6/虗	五/湯丘/8/虗	五/湯丘/9/虗	五/湯丘/13/虗	五/三壽/2/虗
五/三壽/4/虗	五/三壽/5/虗	五/三壽/6/虗	五/三壽/7/虗	五/三壽/7/虗
五/三壽/8/虗	五/三壽/9/虗	五/三壽/12/虗	五/三壽/27/虗	五/三壽/28/虗

五/三壽/23/虛	六/鄭武/1/虛	六/鄭武/3/虛	六/鄭武/3/虛	六/鄭武/3/虛
六/鄭武/5/虛	六/鄭武/5/虛	六/鄭武/9/虛	六/鄭武/10/虛	六/鄭武/10/虛
六/鄭武/11/虛	六/鄭武/11/虛	六/鄭武/15/虛	六/鄭武/16/虛	六/鄭武/16/虛
六/鄭武/17/虛	六/鄭武/18/虛	六/鄭甲/2/虛	六/鄭甲/4/虛	六/鄭甲/6/虛
六/鄭甲/6/虛	六/鄭甲/7/虛	六/鄭甲/7/虛	六/鄭甲/8/虛	六/鄭甲/9/虛
六/鄭甲/10/虛	六/鄭甲/10/虛	六/鄭甲/12/虛	六/鄭甲/13/虛	六/鄭乙/1/虛
六/鄭乙/5/虛	六/鄭乙/6/虛	六/鄭乙/6/虛	六/鄭乙/7/虛	六/鄭乙/7/虛
六/鄭乙/8/虛	六/鄭乙/9/虛	六/鄭乙/10/虛	六/鄭乙/12/虛	六/子儀/7/虛

六/子儀/10/虘	七/子犯/2/虘	七/子犯/4/虘	七/子犯/5/虘	七/子犯/10/虘
七/趙簡/1/虘	七/趙簡/2/虘	七/趙簡/2/虘	七/趙簡/4/虘	七/趙簡/7/虘
七/趙簡/8/虘	七/趙簡/10/虘	七/越公/3/虘	七/越公/11/虘	七/越公/12/虘
七/越公/12/虘	七/越公/13/虘	七/越公/14/虘	七/越公/16/虘	七/越公/49/虘
五/三壽/7/[illegible]	五/三壽/13/[illegible]	五/三壽/19/[illegible]	五/湯丘/15/睈	五/湯丘/15/睈
六/子產/1/睈	六/子產/13/睈	六/子產/23/睈	六/管仲/18/睈	七/子犯/9/睈
混　同				
五/三壽/24/成	五/三壽/23/成	五/三壽/6/成		
訛　形				
七/越公/49/往				

《說文・卷八・壬部》：「，善也。从人、士。士，事也。一曰象物出地挺生也。凡壬之屬皆从壬。」甲骨文形體寫作：（《合集》17975），（《屯南》625）。金文未見獨體字形，作為偏旁形體寫作：（《師望鼎》「聽」字），（《中山王鼎》）。李孝定：「鼎臣云『人在土上，壬然而立』是也。……字從人在土上，壬然而立，英挺勁拔，故引申之得有『善也』之誼也。」〔註 29〕戰國文字中的「壬」字多從「人」形演變而來。

022　戍

單　字				
七/越公/57/戍				

《說文・卷十二・戈部》：「，守邊也。从人持戈。」甲骨文形體寫作：（《合集》24219），（《合集》25877），（《後》1.22.6）。商代金文有同形字：（《父辛甗》）。金文形體寫作：（《史戍作父壬卣》），（《作冊矢令簋》）。「戍」字為會意字，會人手持戈戍衛之意。〔註 30〕古文字的「伐」字，從「人」從「戈」，寫作：（《合集》22178）。「戍」字同「伐」字形體區別在於「伐」字所從「戈」形的刃部在人的頸部。《鄭乙》簡 7 有一個「伐」字形體寫作：。此字所從人形類化為「元」形，和戰國楚簡中的「戍」字形體相似，容易訛混。

023　尼

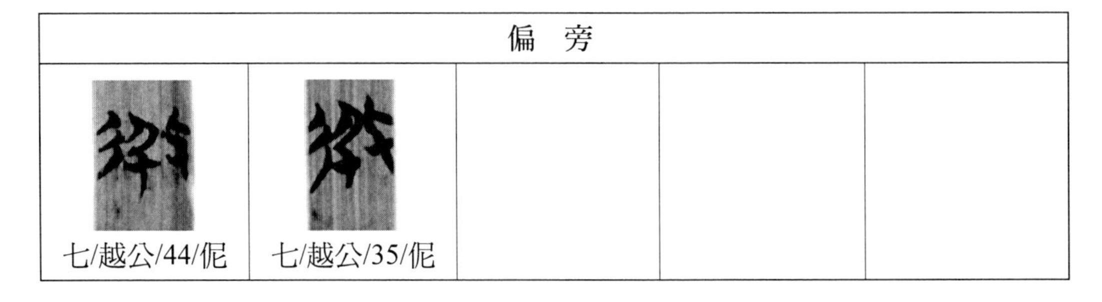

偏　旁				
七/越公/44/伲	七/越公/35/伲			

〔註 29〕李孝定：《甲骨文字集釋》，頁 2709。

〔註 30〕季師旭昇：《說文新證》，頁 863。

《說文・卷八・尸部》：「，從後近之。从尸匕聲。」甲骨文從「尼」的「秜」字形體寫作：（《合集》3212）。于省吾釋形作：象一人坐於另一人身之上。〔註 31〕楚簡文字下部的人形或訛為「耳」形，寫作：（《上博三・仲弓》）。《越公其事》簡文中的兩則從「尼」的字，「尼」字寫法同晉系文字相同。《侯馬盟書》中的（《侯馬盟書》一：一〇（2））。

024　付

單　字				
 六/鄭武/16/付				
偏　旁				
 七/趙簡/8/賓	 七/越公/47/賓			

《說文・卷八・人部》：「，與也。从寸持物對人。」陳劍提出，甲骨文形體中的（《合集》7139），（《英藏》59），（《合補》6475）。金文形體寫作：（《九年衛鼎》），（《散盤》）。戰國簡中的「付」字所從「手」形下部往往寫有一撇筆，如：（《鄭武》簡 16）。學者或誤釋「付」字從「肘」。實際上「付」字當從「又」，如：（《包山》簡 39），楚簡中存在「又」寫作「肘」形的例子。例如「叔」字甲骨文本從「又」，至稍晚時期的字形便寫成了從「肘」形。「付」的本義為「推」，後來加上意符「手」寫成後起形聲字「拊」。因此，「付」是釋為「推」義的「拊、軵」字的表意初文，其引申有「推倒」和「向前仆倒」之義。〔註 32〕

〔註 31〕于省吾：《甲骨文字釋林》，頁 676。
〔註 32〕陳劍：〈釋殷墟甲骨文的「付」字〉《古文字研究（第 30 輯）》，頁 35。

025 攸

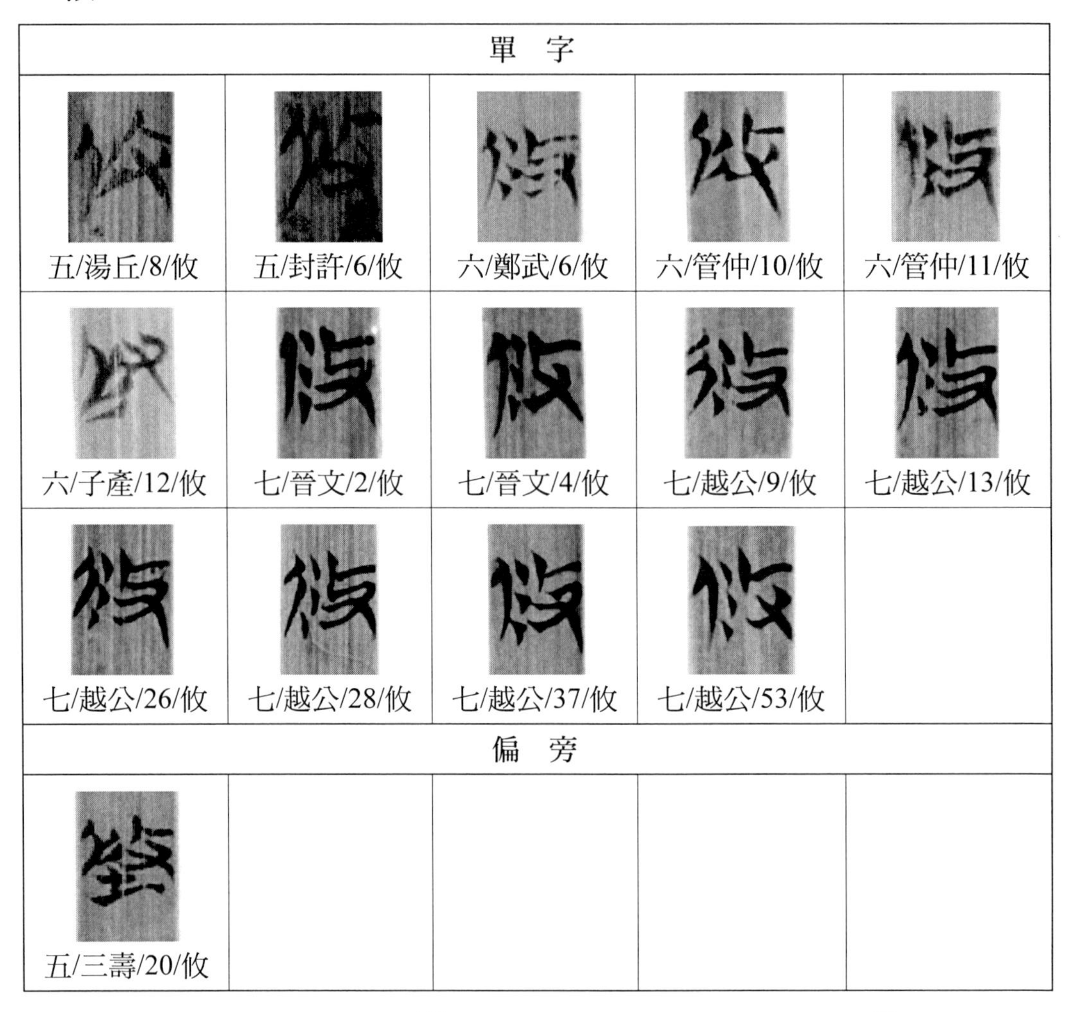

單字				
五/湯丘/8/攸	五/封許/6/攸	六/鄭武/6/攸	六/管仲/10/攸	六/管仲/11/攸
六/子產/12/攸	七/晉文/2/攸	七/晉文/4/攸	七/越公/9/攸	七/越公/13/攸
七/越公/26/攸	七/越公/28/攸	七/越公/37/攸	七/越公/53/攸	
偏旁				
五/三壽/20/攸				

《說文・卷三・攴部》：「，行水也。从攴从人，水省。，秦刻石繹山文攸字如此。」甲骨文形體寫作：（《合集》5760 正），（《合集》36822）。金文形體寫作：（《攸簋》），（《師酉簋》）。對於「攸」字本意，裘錫圭提：「『𤘽』表示刷洗牛，『攸』應該表示擦洗人身，攴在此表示手持擦洗工具。」〔註 33〕

〔註 33〕裘錫圭：〈𩰫器探索〉《裘錫圭學術文集（卷一）》，頁 138。

二、大 類

026　大

單　字				
 四/筮法/5/大	 四/筮法/35/大	 四/筮法/37/大	 四/筮法/37/大	 四/筮法/37/大
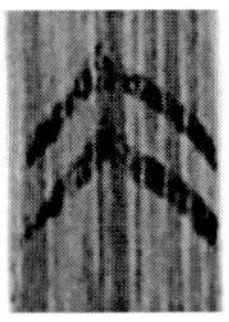 四/筮法/37/大	 四/筮法/38/大	 四/筮法/38/大	 四/筮法/38/大	 四/筮法/38/大
 四/筮法/40/大	 四/筮法/46/大	 四/筮法/56/大	 四/筮法/61/大	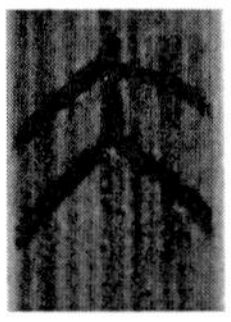 五/封許/2/大
 五/命訓/1/大	 五/命訓/1/大	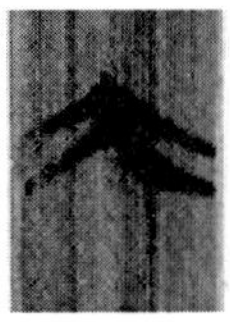 五/命訓/10/大	 五/命訓/10/大	 五/命訓/10/大
 五/命訓/10/大	 五/命訓/11/大	 五/命訓/11/大	 五/湯門/4/大	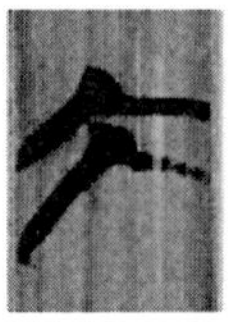 五/湯門/16/大
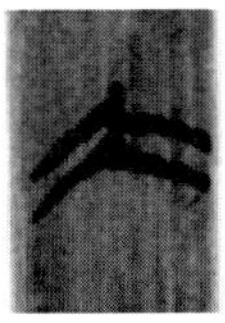 五/三壽/11/大	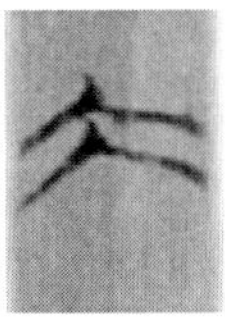 六/鄭武/1/大	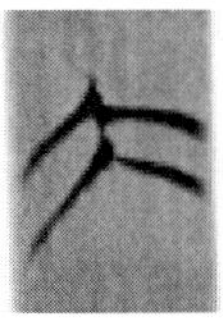 六/鄭武/3/大	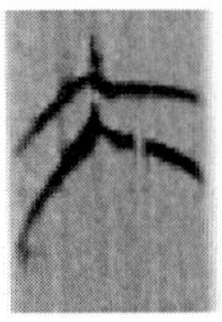 六/鄭武/4/大	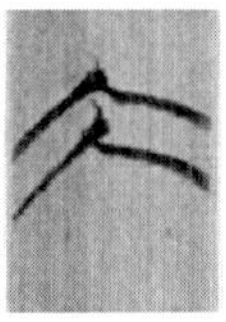 六/鄭武/17/大
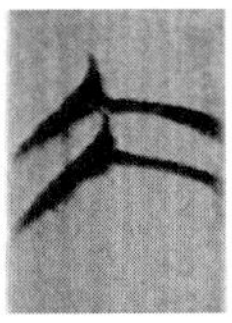 六/鄭甲/11/大	 六/鄭乙/9/大	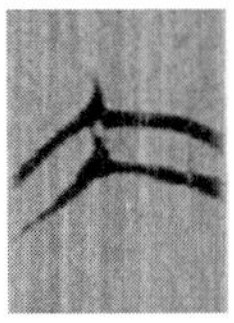 六/子儀/1/大	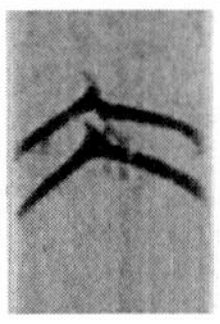 六/子儀/4/大	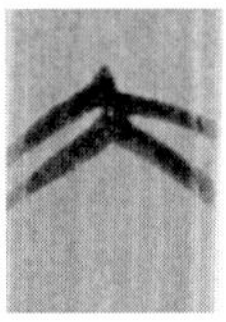 六/子產/7/大

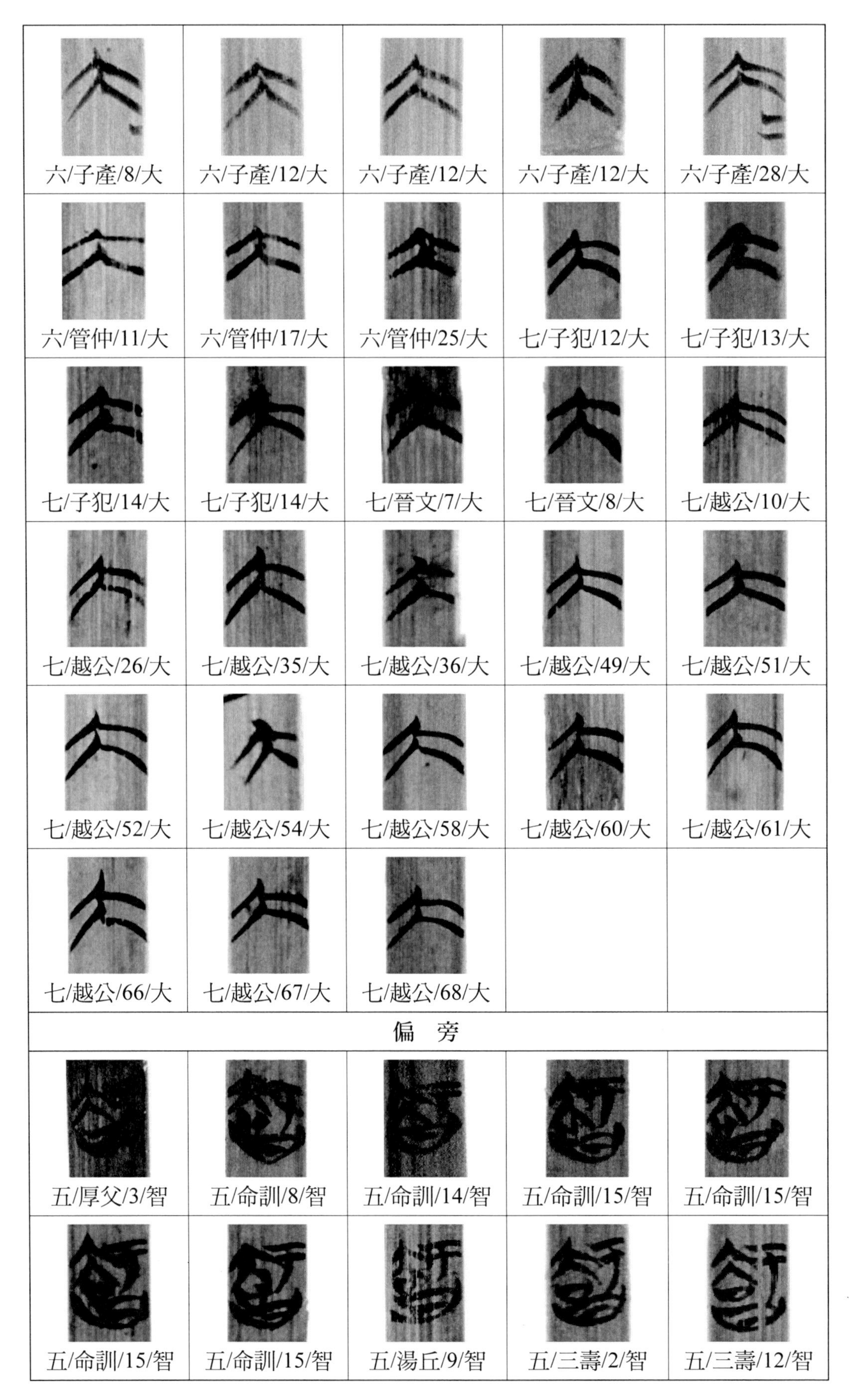

六/子產/8/大	六/子產/12/大	六/子產/12/大	六/子產/12/大	六/子產/28/大
六/管仲/11/大	六/管仲/17/大	六/管仲/25/大	七/子犯/12/大	七/子犯/13/大
七/子犯/14/大	七/子犯/14/大	七/晉文/7/大	七/晉文/8/大	七/越公/10/大
七/越公/26/大	七/越公/35/大	七/越公/36/大	七/越公/49/大	七/越公/51/大
七/越公/52/大	七/越公/54/大	七/越公/58/大	七/越公/60/大	七/越公/61/大
七/越公/66/大	七/越公/67/大	七/越公/68/大		
偏　旁				
五/厚父/3/智	五/命訓/8/智	五/命訓/14/智	五/命訓/15/智	五/命訓/15/智
五/命訓/15/智	五/命訓/15/智	五/湯丘/9/智	五/三壽/2/智	五/三壽/12/智

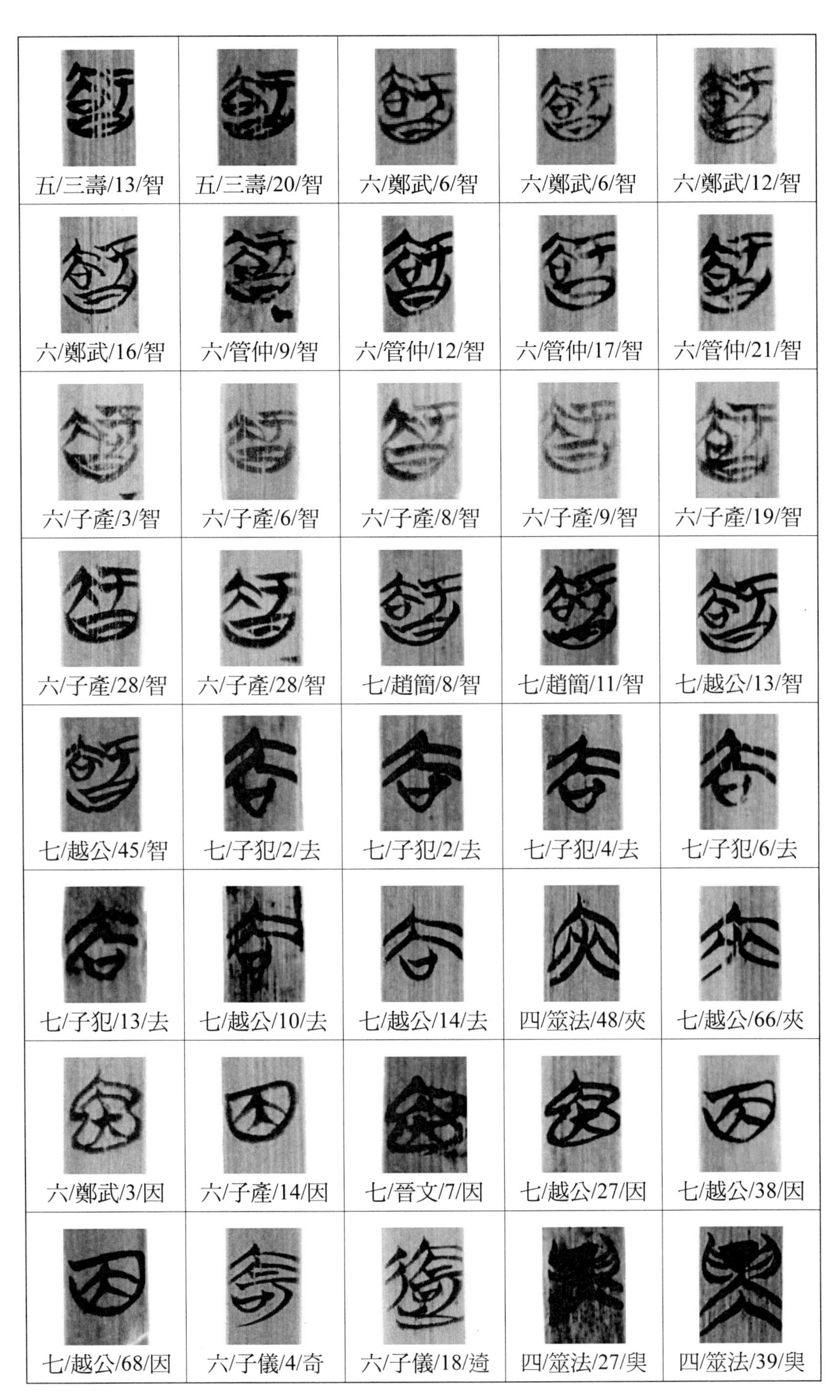

五/三壽/13/智	五/三壽/20/智	六/鄭武/6/智	六/鄭武/6/智	六/鄭武/12/智
六/鄭武/16/智	六/管仲/9/智	六/管仲/12/智	六/管仲/17/智	六/管仲/21/智
六/子產/3/智	六/子產/6/智	六/子產/8/智	六/子產/9/智	六/子產/19/智
六/子產/28/智	六/子產/28/智	七/趙簡/8/智	七/趙簡/11/智	七/越公/13/智
七/越公/45/智	七/子犯/2/去	七/子犯/2/去	七/子犯/4/去	七/子犯/6/去
七/子犯/13/去	七/越公/10/去	七/越公/14/去	四/筮法/48/夾	七/越公/66/夾
六/鄭武/3/因	六/子產/14/因	七/晉文/7/因	七/越公/27/因	七/越公/38/因
七/越公/68/因	六/子儀/4/奇	六/子儀/18/適	四/筮法/27/臾	四/筮法/39/臾

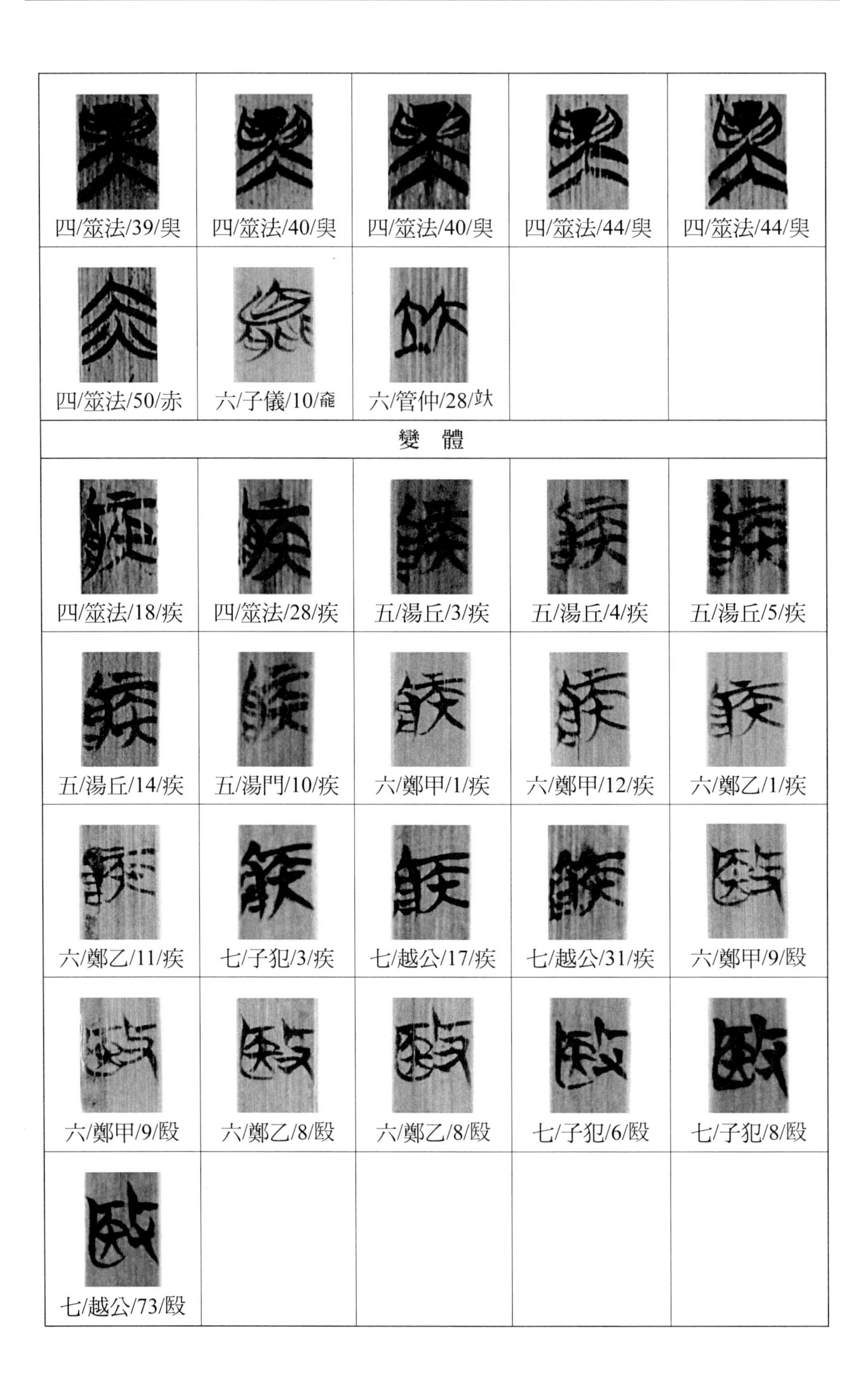

四/筮法/39/奐	四/筮法/40/奐	四/筮法/40/奐	四/筮法/44/奐	四/筮法/44/奐
四/筮法/50/赤	六/子儀/10/龕	六/管仲/28/[illegible]		
變　體				
四/筮法/18/疾	四/筮法/28/疾	五/湯丘/3/疾	五/湯丘/4/疾	五/湯丘/5/疾
五/湯丘/14/疾	五/湯門/10/疾	六/鄭甲/1/疾	六/鄭甲/12/疾	六/鄭乙/1/疾
六/鄭乙/11/疾	七/子犯/3/疾	七/越公/17/疾	七/越公/31/疾	六/鄭甲/9/殹
六/鄭甲/9/殹	六/鄭乙/8/殹	六/鄭乙/8/殹	七/子犯/6/殹	七/子犯/8/殹
七/越公/73/殹				

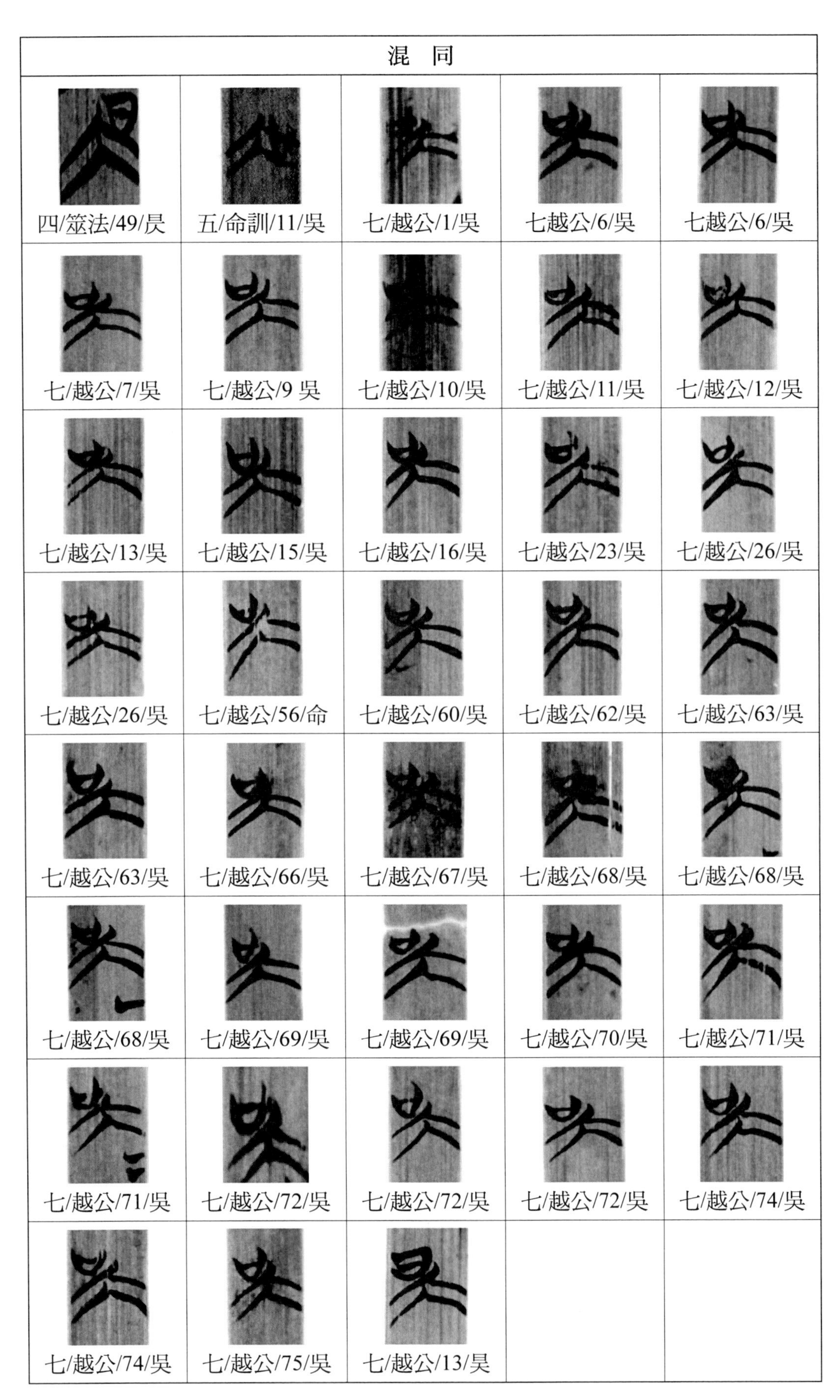

混　同				
四/筮法/49/昃	五/命訓/11/昊	七/越公/1/吳	七越公/6/吳	七越公/6/吳
七/越公/7/吳	七/越公/9 吳	七/越公/10/吳	七/越公/11/吳	七/越公/12/吳
七/越公/13/吳	七/越公/15/吳	七/越公/16/吳	七/越公/23/吳	七/越公/26/吳
七/越公/26/吳	七/越公/56/命	七/越公/60/吳	七/越公/62/吳	七/越公/63/吳
七/越公/63/吳	七/越公/66/吳	七/越公/67/吳	七/越公/68/吳	七/越公/68/吳
七/越公/68/吳	七/越公/69/吳	七/越公/69/吳	七/越公/70/吳	七/越公/71/吳
七/越公/71/吳	七/越公/72/吳	七/越公/72/吳	七/越公/72/吳	七/越公/74/吳
七/越公/74/吳	七/越公/75/吳	七/越公/13/昊		

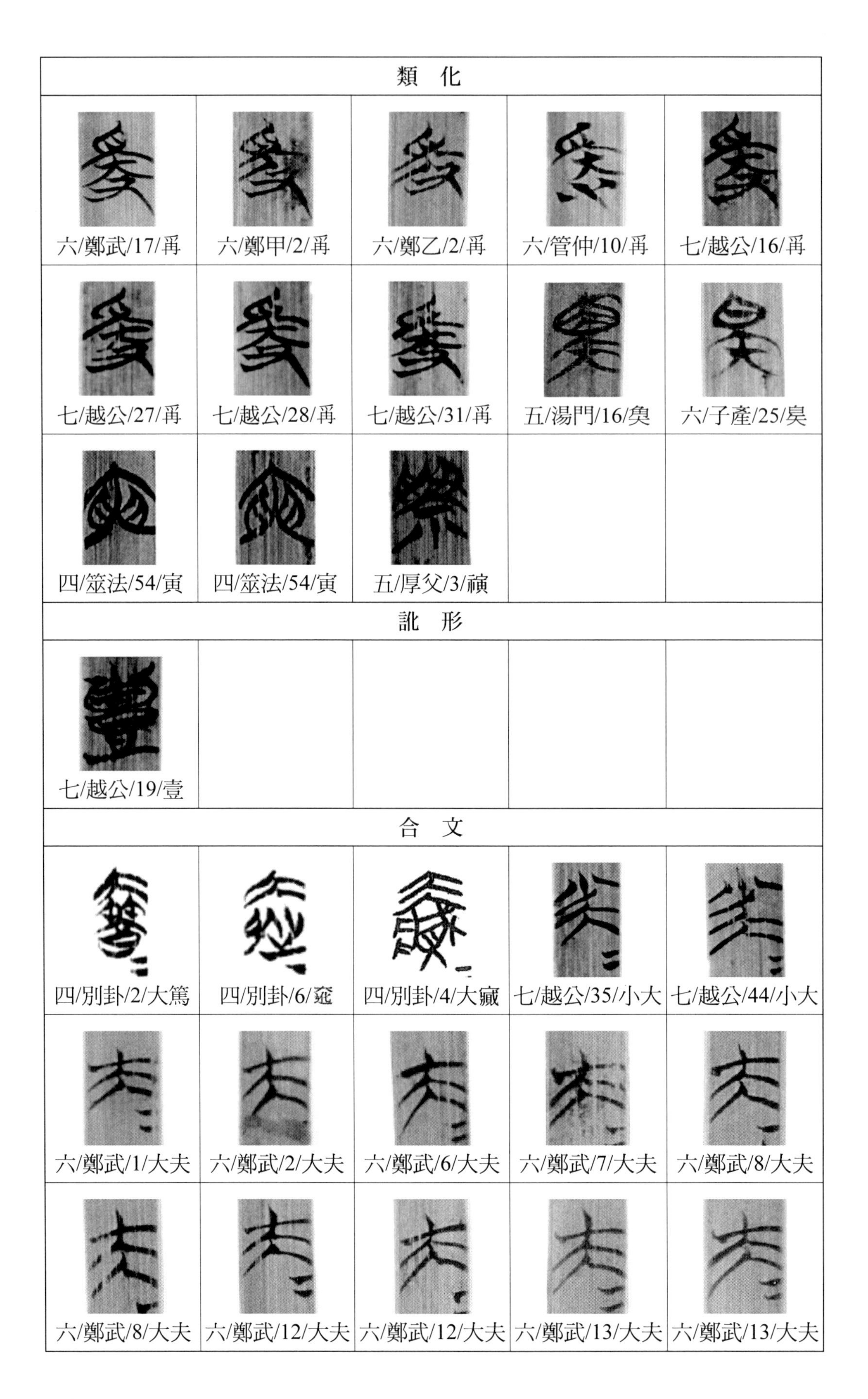

類　化				
六/鄭武/17/爯	六/鄭甲/2/爯	六/鄭乙/2/爯	六/管仲/10/爯	七/越公/16/爯
七/越公/27/爯	七/越公/28/爯	七/越公/31/爯	五/湯門/16/臭	六/子產/25/臭
四/筮法/54/寅	四/筮法/54/寅	五/厚父/3/⿰礻寅		
訛　形				
七/越公/19/壹				
合　文				
四/別卦/2/大篤	四/別卦/6/⿱穴亟	四/別卦/4/大⿸疒⿰豖戈	七/越公/35/小大	七/越公/44/小大
六/鄭武/1/大夫	六/鄭武/2/大夫	六/鄭武/6/大夫	六/鄭武/7/大夫	六/鄭武/8/大夫
六/鄭武/8/大夫	六/鄭武/12/大夫	六/鄭武/12/大夫	六/鄭武/13/大夫	六/鄭武/13/大夫

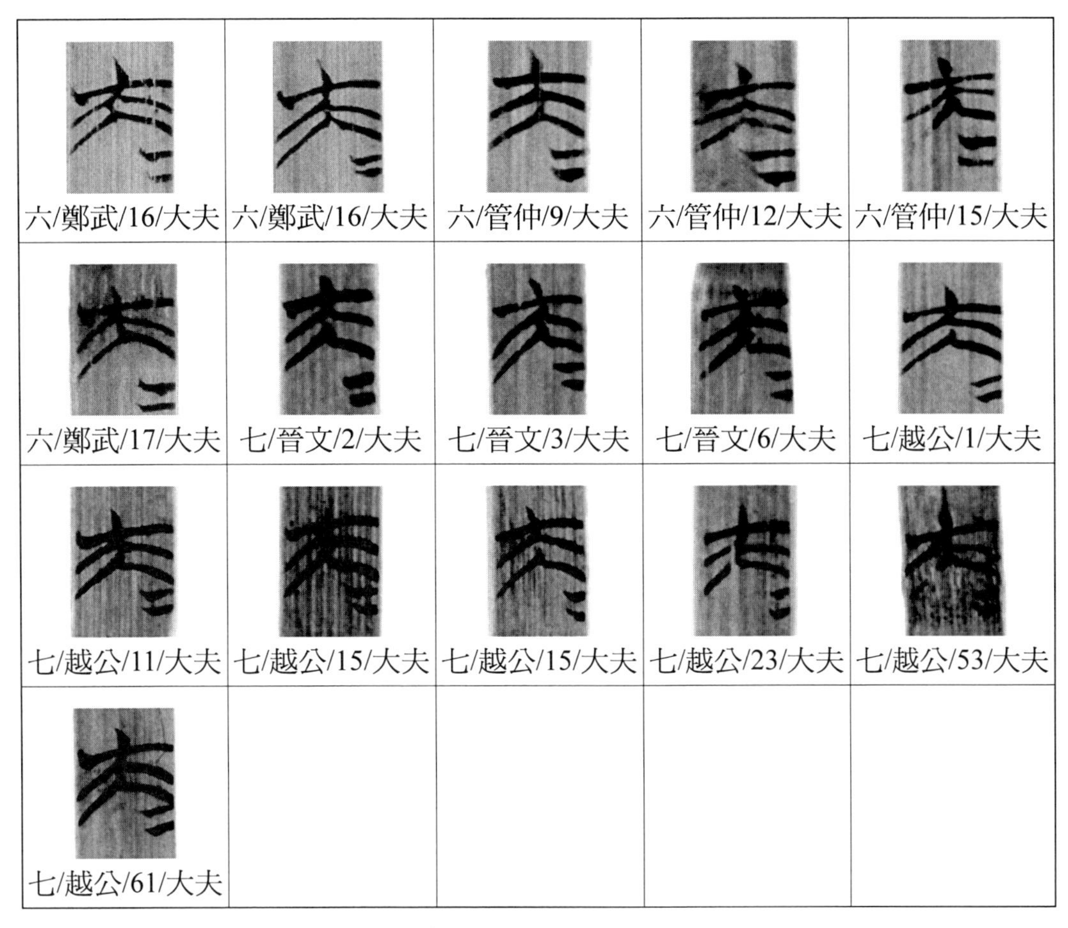

六/鄭武/16/大夫	六/鄭武/16/大夫	六/管仲/9/大夫	六/管仲/12/大夫	六/管仲/15/大夫
六/鄭武/17/大夫	七/晉文/2/大夫	七/晉文/3/大夫	七/晉文/6/大夫	七/越公/1/大夫
七/越公/11/大夫	七/越公/15/大夫	七/越公/15/大夫	七/越公/23/大夫	七/越公/53/大夫
七/越公/61/大夫				

《說文・卷十・大部》:「，天大，地大，人亦大。故大象人形。古文大（他達切）也。凡大之屬皆从大。，籀文大，改古文。亦象人形。凡大之屬皆从大。」甲骨文字形作：（《合集》32491）。金文字形作：（《大禾方鼎》）。林義光謂認為大字象形，象人正立之形。〔註34〕「疾」字從「大」，詳參陳劍老師講義。

027　天

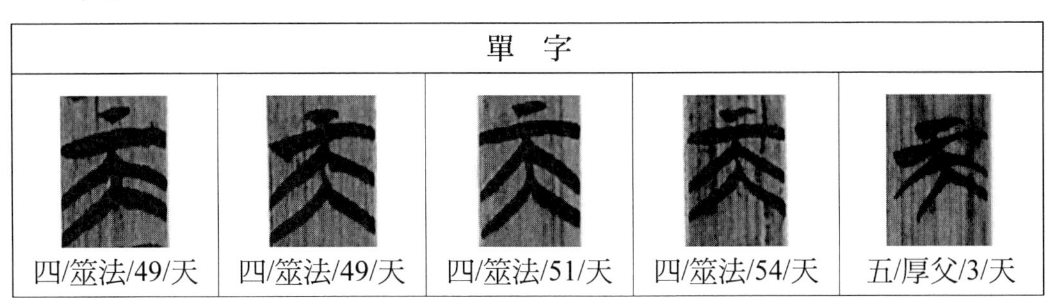

單　字				
四/筮法/49/天	四/筮法/49/天	四/筮法/51/天	四/筮法/54/天	五/厚父/3/天

〔註34〕林義光：《文源》，頁44。

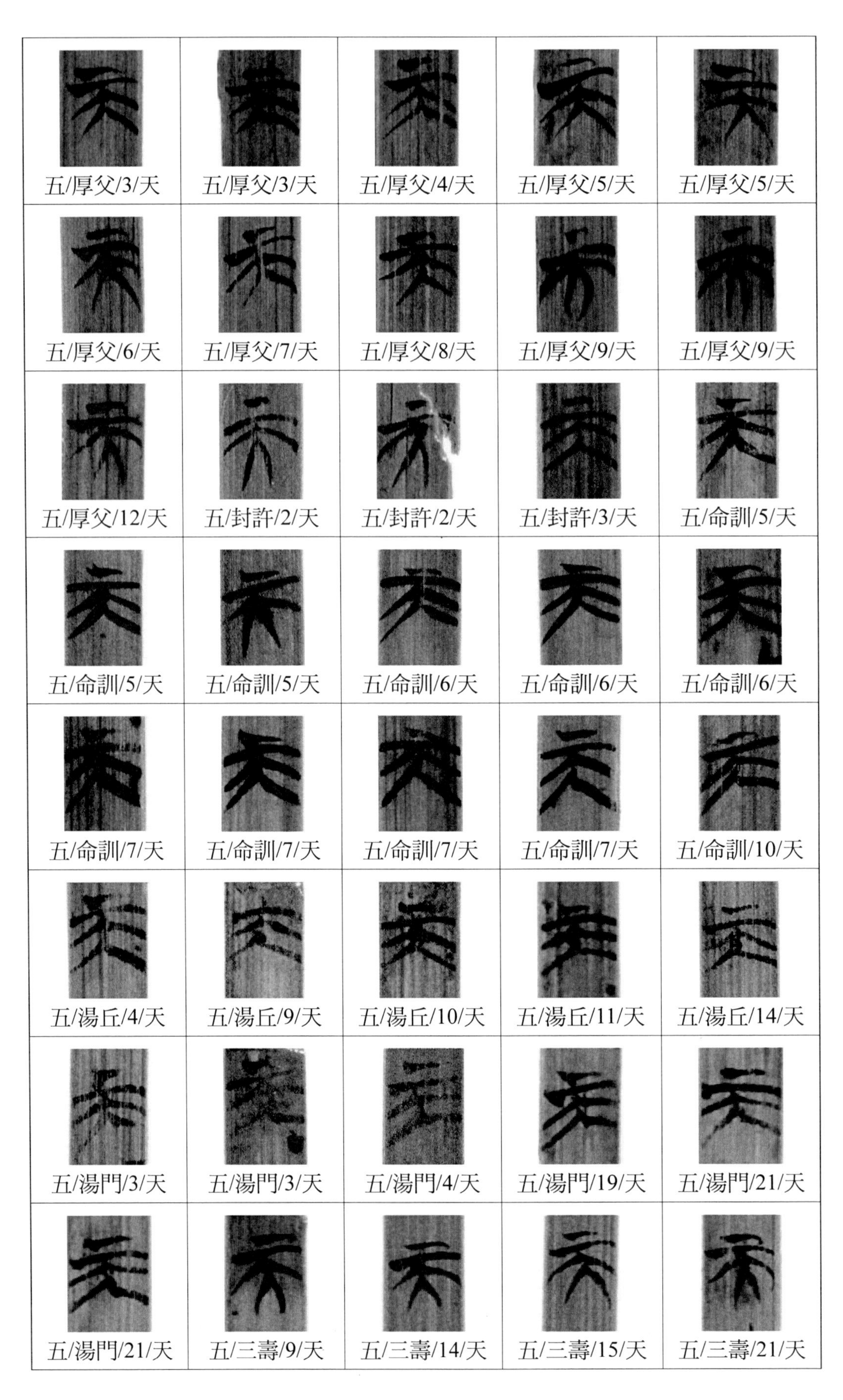

五/厚父/3/天	五/厚父/3/天	五/厚父/4/天	五/厚父/5/天	五/厚父/5/天
五/厚父/6/天	五/厚父/7/天	五/厚父/8/天	五/厚父/9/天	五/厚父/9/天
五/厚父/12/天	五/封許/2/天	五/封許/2/天	五/封許/3/天	五/命訓/5/天
五/命訓/5/天	五/命訓/5/天	五/命訓/6/天	五/命訓/6/天	五/命訓/6/天
五/命訓/7/天	五/命訓/7/天	五/命訓/7/天	五/命訓/7/天	五/命訓/10/天
五/湯丘/4/天	五/湯丘/9/天	五/湯丘/10/天	五/湯丘/11/天	五/湯丘/14/天
五/湯門/3/天	五/湯門/3/天	五/湯門/4/天	五/湯門/19/天	五/湯門/21/天
五/湯門/21/天	五/三壽/9/天	五/三壽/14/天	五/三壽/15/天	五/三壽/21/天

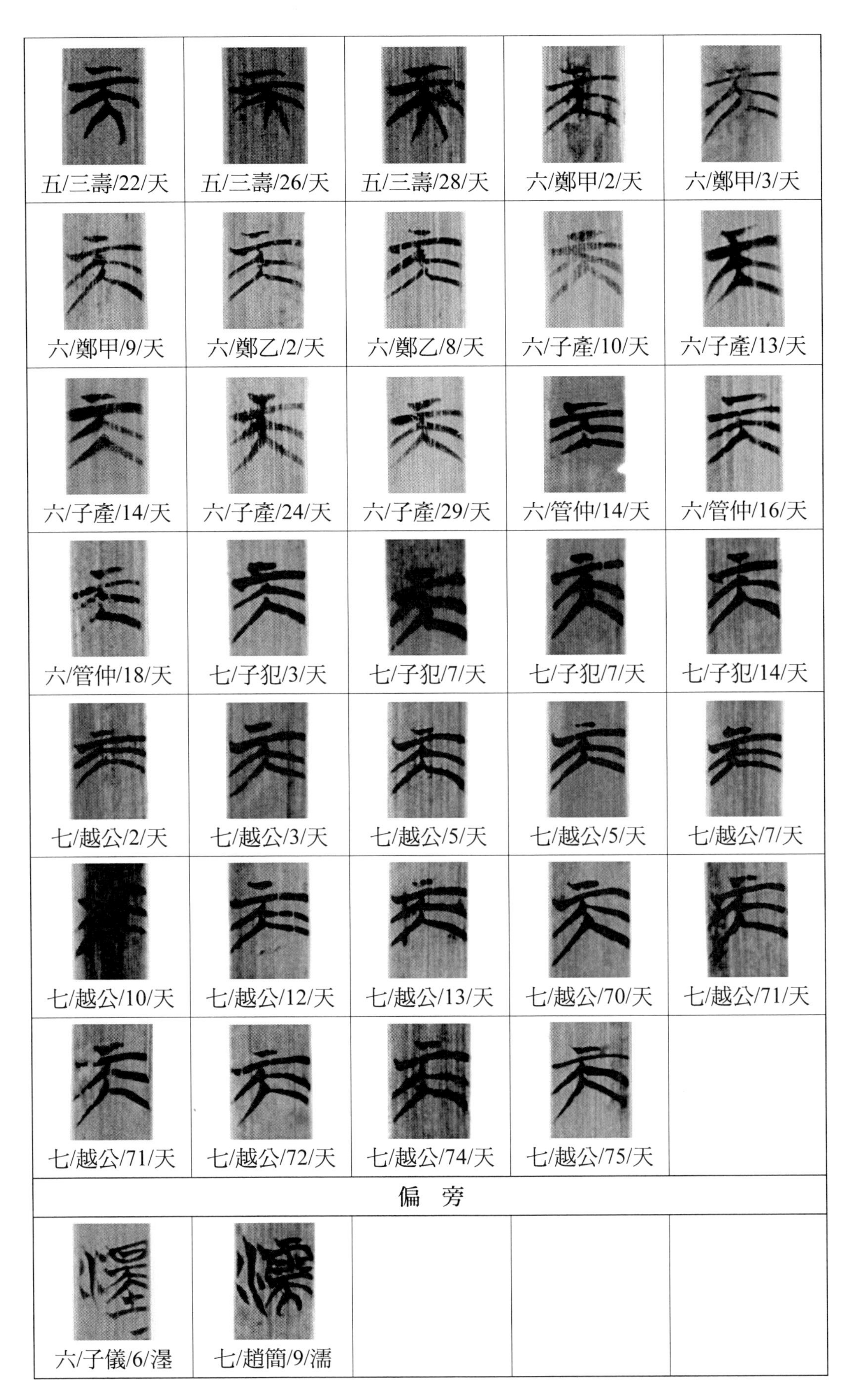

 五/三壽/22/天	 五/三壽/26/天	 五/三壽/28/天	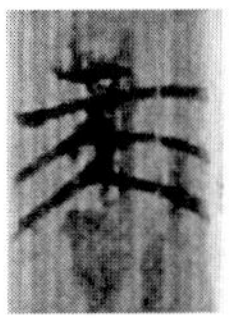 六/鄭甲/2/天	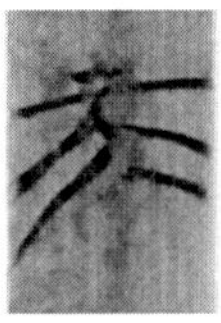 六/鄭甲/3/天
 六/鄭甲/9/天	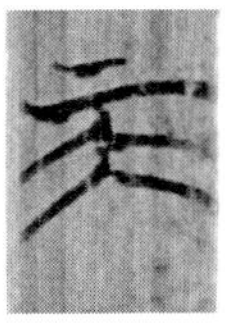 六/鄭乙/2/天	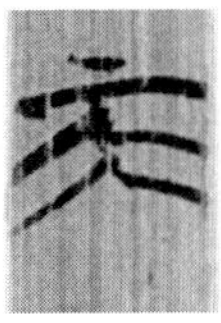 六/鄭乙/8/天	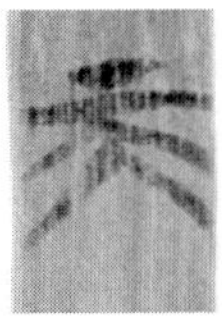 六/子產/10/天	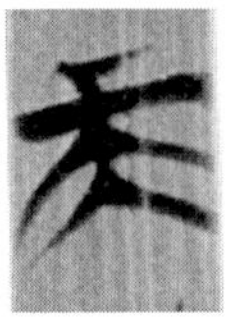 六/子產/13/天
 六/子產/14/天	 六/子產/24/天	 六/子產/29/天	 六/管仲/14/天	 六/管仲/16/天
 六/管仲/18/天	 七/子犯/3/天	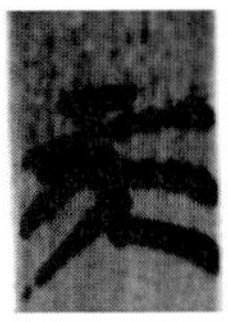 七/子犯/7/天	 七/子犯/7/天	 七/子犯/14/天
 七/越公/2/天	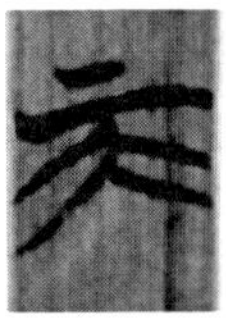 七/越公/3/天	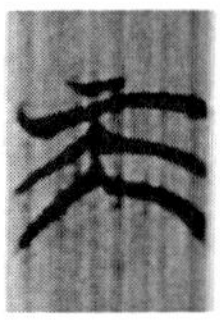 七/越公/5/天	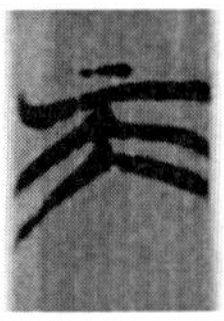 七/越公/5/天	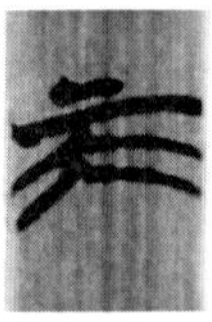 七/越公/7/天
 七/越公/10/天	 七/越公/12/天	 七/越公/13/天	 七/越公/70/天	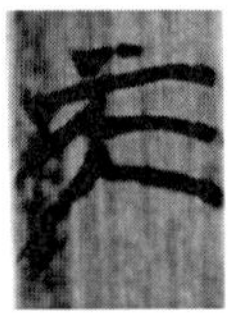 七/越公/71/天
 七/越公/71/天	 七/越公/72/天	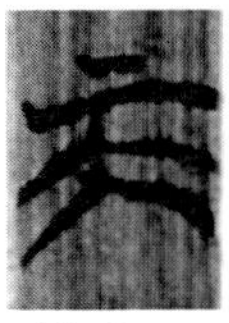 七/越公/74/天	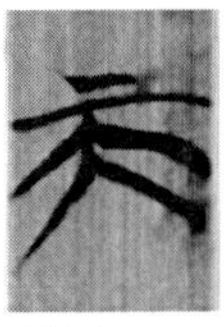 七/越公/75/天	
偏　旁				
 六/子儀/6/濦	 七/趙簡/9/濡			

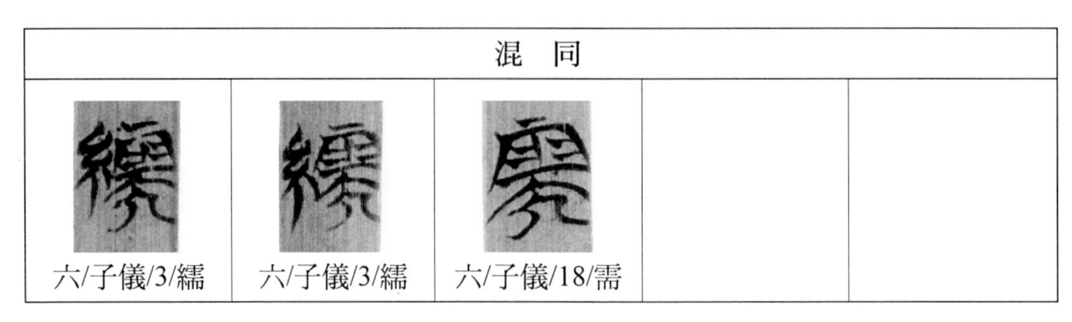

混　同				
六/子儀/3/繻	六/子儀/3/繻	六/子儀/18/需		

《說文・卷一・天部》:「，顛也。至高無上，从一、大。」甲骨文形體作：（《合集》36535），（《合集》17985），（《合集》22453）。金文形體作：（《天簋》），（《頌鼎》）。季師：「顛也，人頭……天，甲骨文作，金文作。口與○均象人首，義為顛為頂，刑天蓋即斷首之義。此亦『天』當釋為『顛』之一徵也。」〔註 35〕

028　立

單　字				
四/筮法/33/立	四/筮法/33/立	四/筮法/33/立	四/筮法/33/立	四/筮法/33/立
四/筮法/33/立	四/筮法/33/立	四/筮法/33/立	四/筮法/33/立	四/筮法/36/立
四/筮法/36/立	四/筮法/36/立	四/筮法/36/立	四/筮法/36/立	四/筮法/36/立
四/筮法/36/立	四/筮法/36/立	四/筮法/39/立	五/命訓/1/立	六/子產/2/立

〔註 35〕季師旭昇：《說文新證》，頁 41。

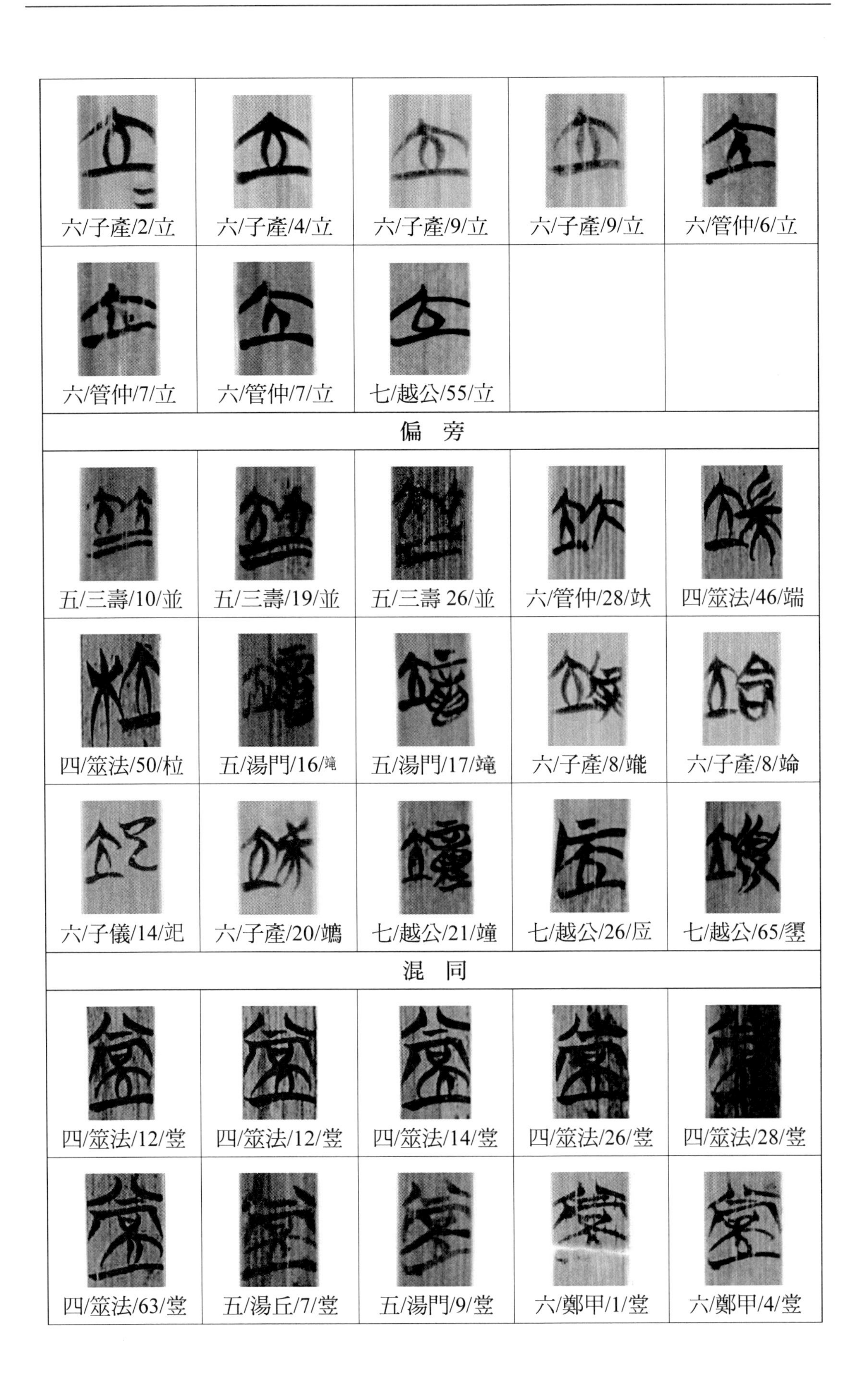

六/子產/2/立	六/子產/4/立	六/子產/9/立	六/子產/9/立	六/管仲/6/立
六/管仲/7/立	六/管仲/7/立	七/越公/55/立		
偏　旁				
五/三壽/10/並	五/三壽/19/並	五/三壽 26/並	六/管仲/28/竧	四/筮法/46/端
四/筮法/50/柆	五/湯門/16/竃	五/湯門/17/竃	六/子產/8/竉	六/子產/8/竛
六/子儀/14/竝	六/子產/20/竬	七/越公/21/竳	七/越公/26/竝	七/越公/65/壨
混　同				
四/筮法/12/堂	四/筮法/12/堂	四/筮法/14/堂	四/筮法/26/堂	四/筮法/28/堂
四/筮法/63/堂	五/湯丘/7/堂	五/湯門/9/堂	六/鄭甲/1/堂	六/鄭甲/4/堂

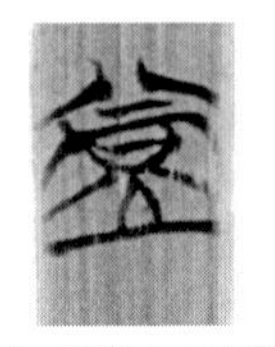	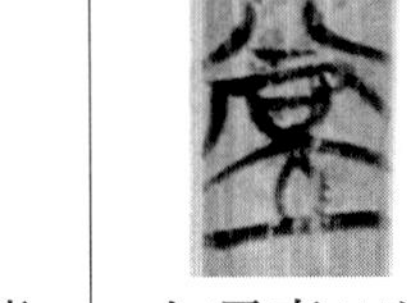	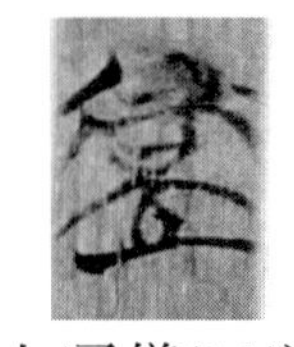		
六/鄭乙/1/㕣	六/子產/4/㕣	六/子儀/14/㕣	六/管仲/12/㕣	六/管仲/12/㕣

《說文・卷十・立部》：「，住也。从大立一之上。凡立之屬皆从立。」甲骨文字形作：（《合集》07363）。金文字形作：（《立父辛觶》），（《吳方彝蓋》）。季師釋形作：「合體象形，從大立一（象地）上。站立。」〔註 36〕

029　夫

單　字				
四/箴法/1/夫	四/箴法/8/夫	四/箴法/20/夫	四/箴法/21/夫	四/箴法/25/夫
四/箴法/35/夫	四/箴法/51/夫	五/命訓/2/夫	五/命訓/3/夫	五/命訓/4/夫
五/命訓/4/夫	五/命訓/6/夫	五/命訓/6/夫	五/湯門/10/夫	五/湯門/19/夫
五/三壽/4/夫	五/三壽/5/夫	五/三壽/6/夫	五/三壽/7/夫	五/三壽/7/夫
五/三壽/8/夫	五/三壽/9/夫	六/鄭武/1/夫	六/鄭甲/13/夫	六/鄭乙/12/夫

〔註 36〕季師旭昇：《說文新證》，頁 783。

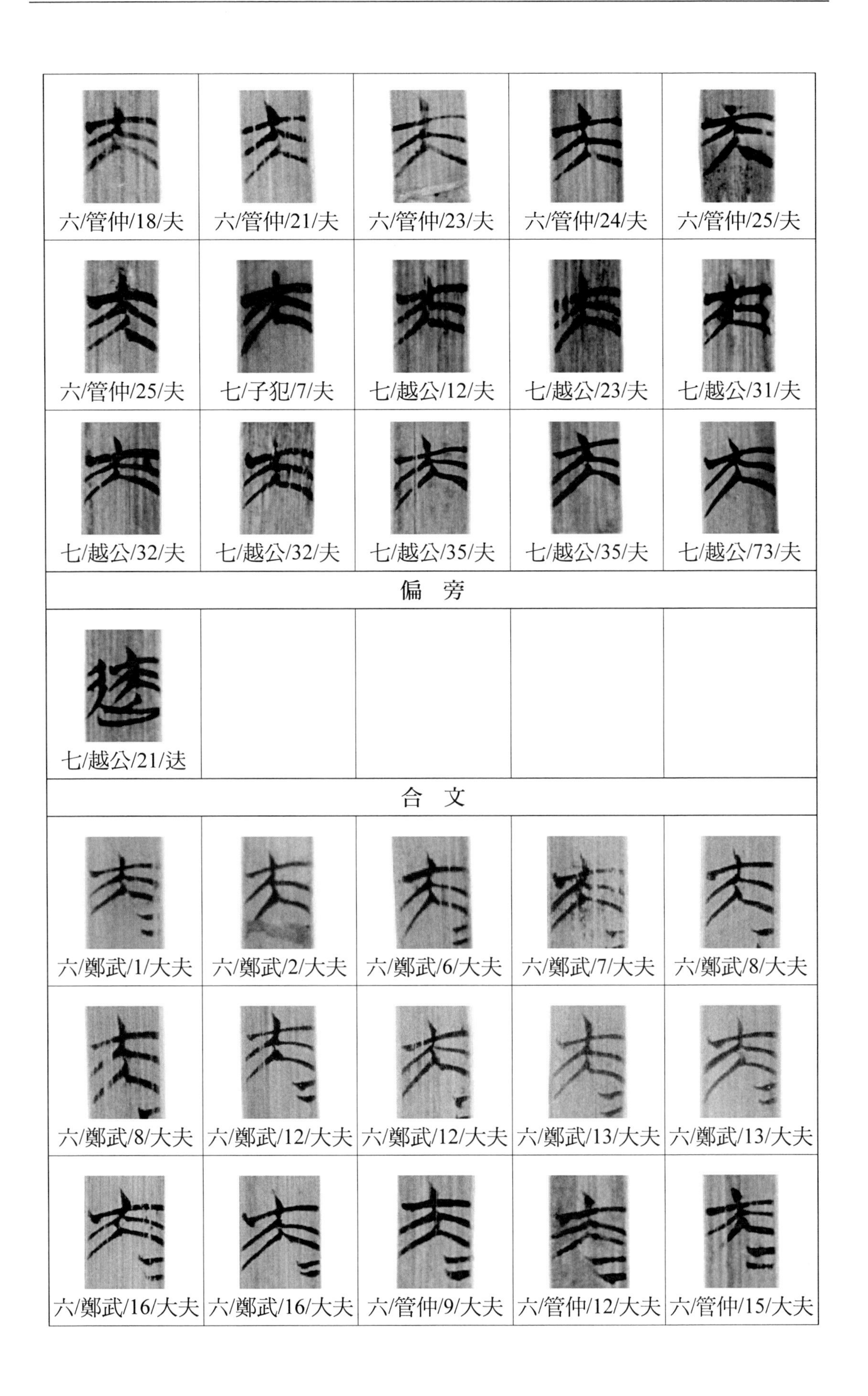

六/管仲/18/夫	六/管仲/21/夫	六/管仲/23/夫	六/管仲/24/夫	六/管仲/25/夫
六/管仲/25/夫	七/子犯/7/夫	七/越公/12/夫	七/越公/23/夫	七/越公/31/夫
七/越公/32/夫	七/越公/32/夫	七/越公/35/夫	七/越公/35/夫	七/越公/73/夫
偏　旁				
七/越公/21/䢗				
合　文				
六/鄭武/1/大夫	六/鄭武/2/大夫	六/鄭武/6/大夫	六/鄭武/7/大夫	六/鄭武/8/大夫
六/鄭武/8/大夫	六/鄭武/12/大夫	六/鄭武/12/大夫	六/鄭武/13/大夫	六/鄭武/13/大夫
六/鄭武/16/大夫	六/鄭武/16/大夫	六/管仲/9/大夫	六/管仲/12/大夫	六/管仲/15/大夫

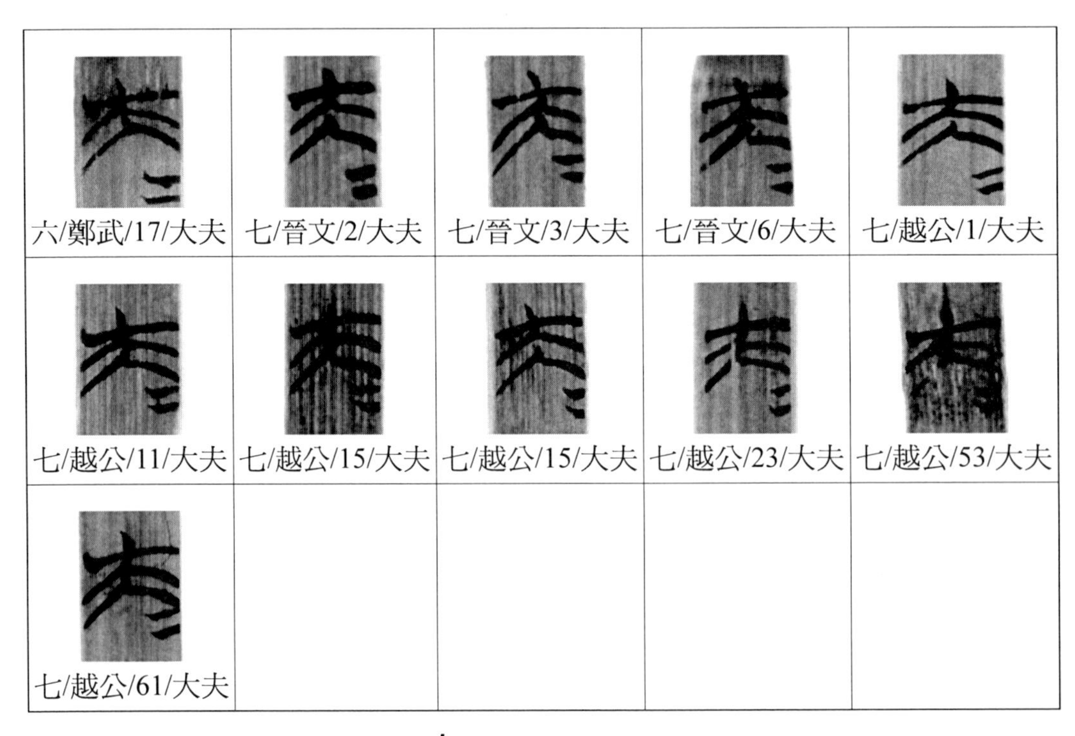

六/鄭武/17/大夫	七/晉文/2/大夫	七/晉文/3/大夫	七/晉文/6/大夫	七/越公/1/大夫
七/越公/11/大夫	七/越公/15/大夫	七/越公/15/大夫	七/越公/23/大夫	七/越公/53/大夫
七/越公/61/大夫				

《說文・卷十・夫部》：「，丈夫也。从大，一以象簪也。周制以八寸為尺，十尺為丈。人長八尺，故曰丈夫。凡夫之屬皆从夫。」甲骨文字形作：（《合集》19507），（《合集》18592）。金文形體作：（《小夫卣》），（《小克鼎》）。季師以為：「丈夫，即成年男子。從大，『一』以象簪，蓋成年而簪頭髮也。」〔註 37〕

030　亦

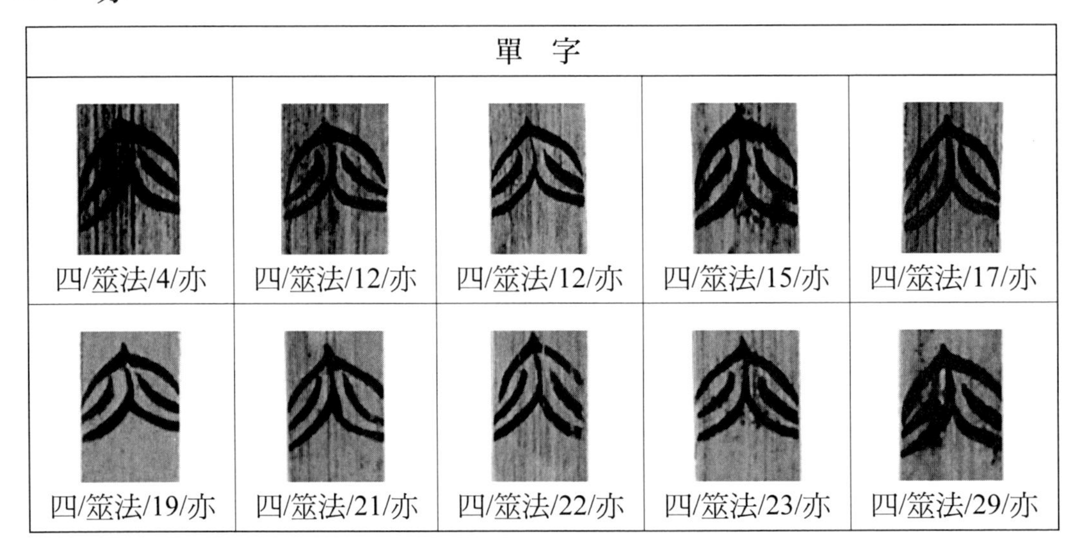

單字				
四/筮法/4/亦	四/筮法/12/亦	四/筮法/12/亦	四/筮法/15/亦	四/筮法/17/亦
四/筮法/19/亦	四/筮法/21/亦	四/筮法/22/亦	四/筮法/23/亦	四/筮法/29/亦

〔註 37〕季師旭昇：《說文新證》，頁 782。

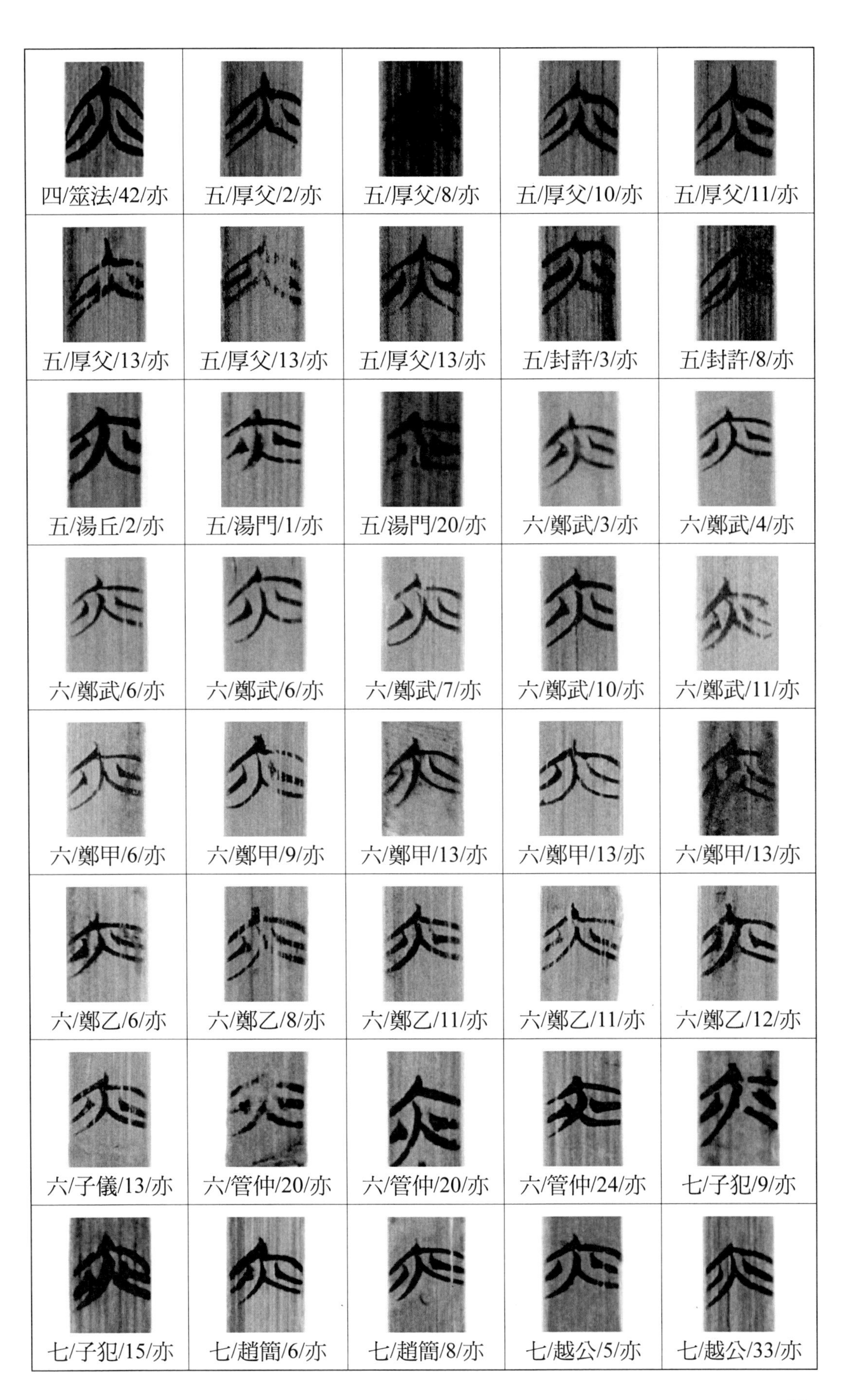
四/筮法/42/亦
五/厚父/2/亦
五/厚父/8/亦
五/厚父/10/亦
五/厚父/11/亦
五/厚父/13/亦
五/厚父/13/亦
五/厚父/13/亦
五/封許/3/亦
五/封許/8/亦
五/湯丘/2/亦
五/湯門/1/亦
五/湯門/20/亦
六/鄭武/3/亦
六/鄭武/4/亦
六/鄭武/6/亦
六/鄭武/6/亦
六/鄭武/7/亦
六/鄭武/10/亦
六/鄭武/11/亦
六/鄭甲/6/亦
六/鄭甲/9/亦
六/鄭甲/13/亦
六/鄭甲/13/亦
六/鄭甲/13/亦
六/鄭乙/6/亦
六/鄭乙/8/亦
六/鄭乙/11/亦
六/鄭乙/11/亦
六/鄭乙/12/亦
六/子儀/13/亦
六/管仲/20/亦
六/管仲/20/亦
六/管仲/24/亦
七/子犯/9/亦
七/子犯/15/亦
七/趙簡/6/亦
七/趙簡/8/亦
七/越公/5/亦
七/越公/33/亦

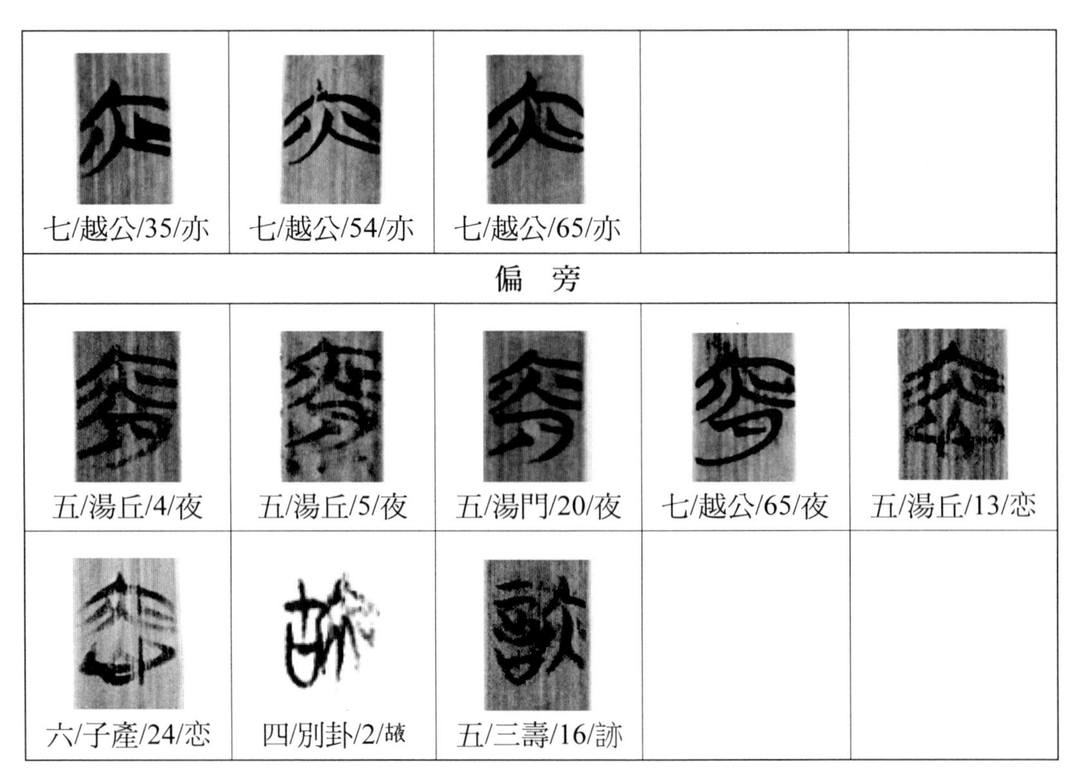

七/越公/35/亦	七/越公/54/亦	七/越公/65/亦		
偏 旁				
五/湯丘/4/夜	五/湯丘/5/夜	五/湯門/20/夜	七/越公/65/夜	五/湯丘/13/恋
六/子產/24/恋	四/別卦/2/⿰古夜	五/三壽/16/跡		

《說文・卷十・亦部》:「 ，人之臂亦也。从大，象兩亦之形。凡亦之屬皆从亦。臣鉉等曰：今別作腋，非是。」甲骨文形體作： (《合集》04441)， (《合集》05838)。金文： (《毛公旅方鼎》)。季師：「人之臂亦也，腋之本字。從大，以兩點指示兩腋之部位。」〔註38〕

031 交

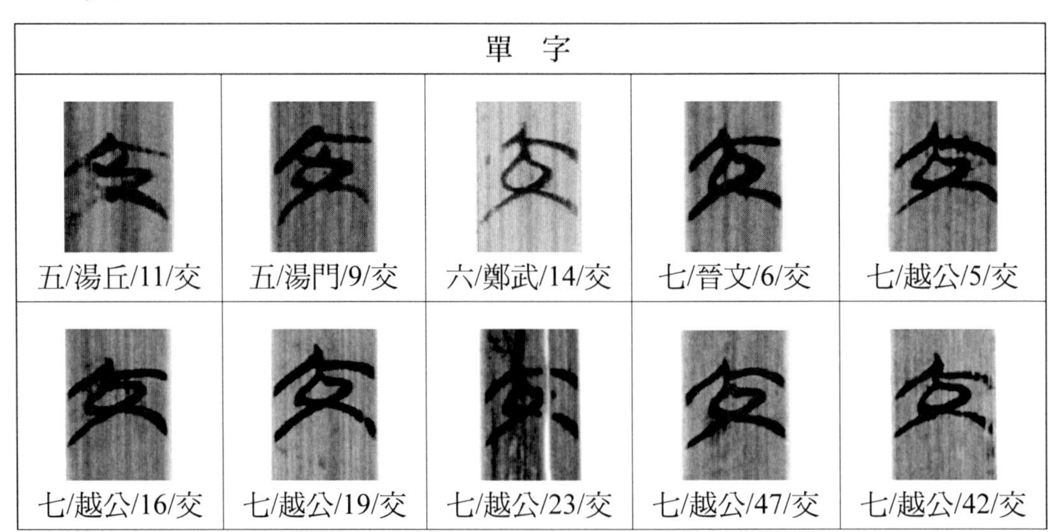

單 字				
五/湯丘/11/交	五/湯門/9/交	六/鄭武/14/交	七/晉文/6/交	七/越公/5/交
七/越公/16/交	七/越公/19/交	七/越公/23/交	七/越公/47/交	七/越公/42/交

〔註38〕季師旭昇：《說文新證》，頁765。

七/越公/61/交				
偏　旁				
五/湯丘/2/宎	六/管仲/4/宎			
存　疑				
六/子儀/4/[illegible]				

《說文・卷十・交部》:「[illegible]，交脛也。从大，象交形。凡交之屬皆从交。」甲骨文字形作：[illegible]（《合集》32509），[illegible]（《合集》9518）。金文形體作：[illegible]（《交鼎》）。季師：「《說文》以為交脛也。疑象交絞之形體。」〔註 39〕

032　文

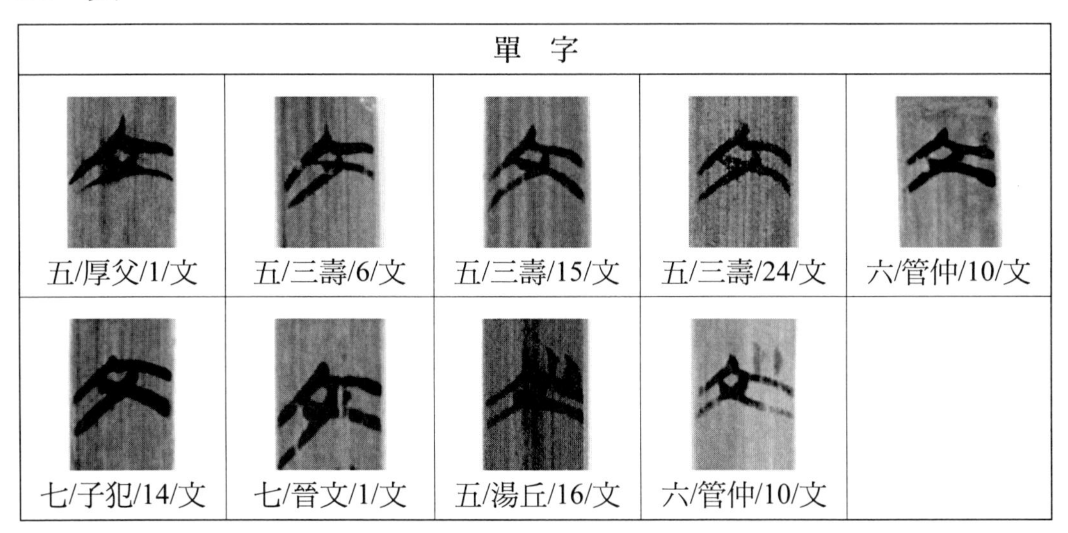

單　字				
五/厚父/1/文	五/三壽/6/文	五/三壽/15/文	五/三壽/24/文	六/管仲/10/文
七/子犯/14/文	七/晉文/1/文	五/湯丘/16/文	六/管仲/10/文	

〔註 39〕季師旭昇：《說文新證》，頁 770。

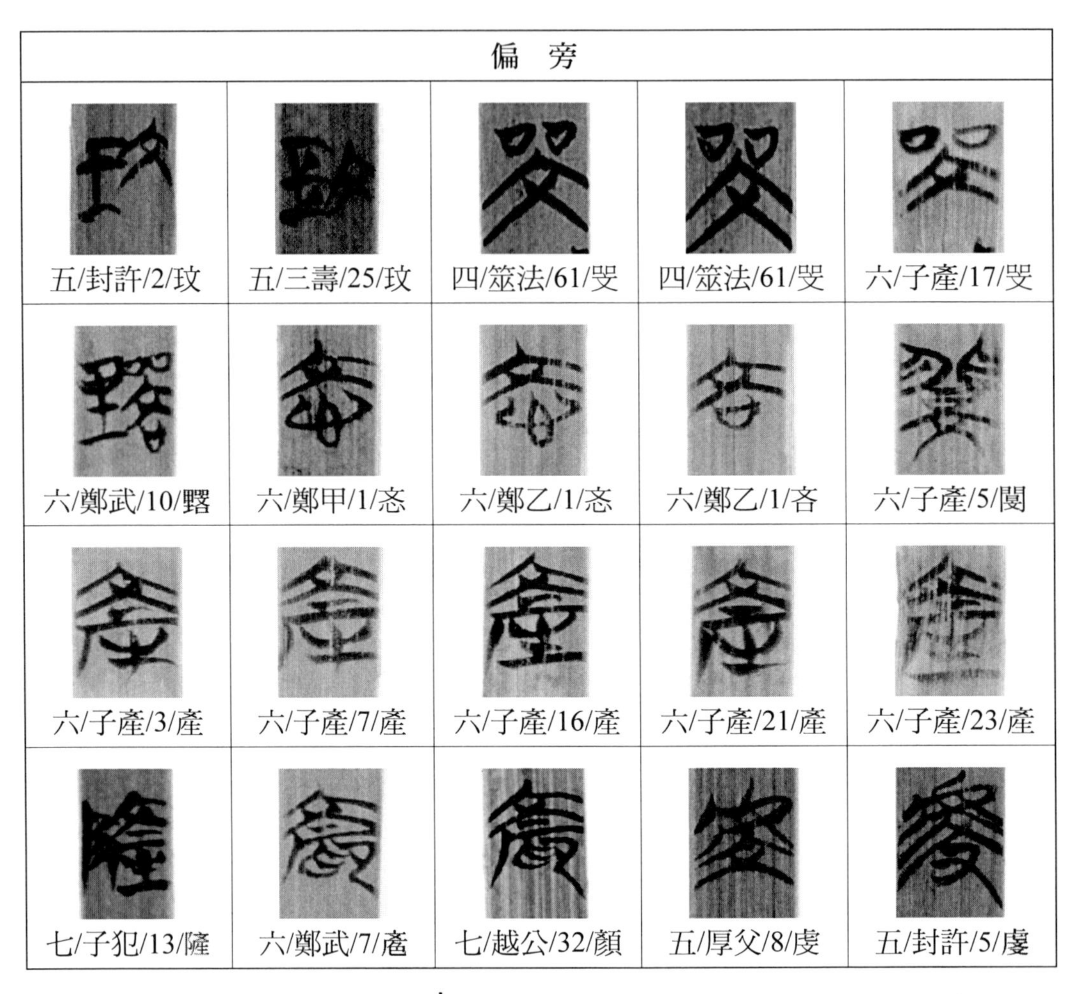

偏旁				
五/封許/2/玟	五/三壽/25/玟	四/筮法/61/[吅+文]	四/筮法/61/[吅+文]	六/子產/17/[吅+文]
六/鄭武/10/[里+吝]	六/鄭甲/1/忞	六/鄭乙/1/忞	六/鄭乙/1/吝	六/子產/5/閔
六/子產/3/產	六/子產/7/產	六/子產/16/產	六/子產/21/產	六/子產/23/產
七/子犯/13/隡	六/鄭武/7/𢡱	七/越公/32/顏	五/厚父/8/虔	五/封許/5/慶

《說文．卷九．文部》:「𐀀，錯畫也。象交文。凡文之屬皆从文。」甲骨文字形作：（《合集》4611），（《合集》4889）。（《文父丁簋》)。徐中舒以為「文」字象人正立之形，胸前有刻畫之紋飾，故以文身之紋為「文」。〔註 40〕

033 亢

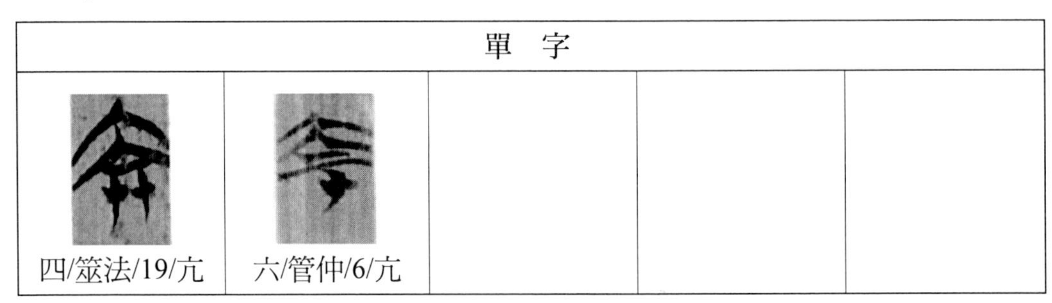

單字				
四/筮法/19/亢	六/管仲/6/亢			

〔註 40〕徐中舒：《甲骨文字典》，頁 995～997。

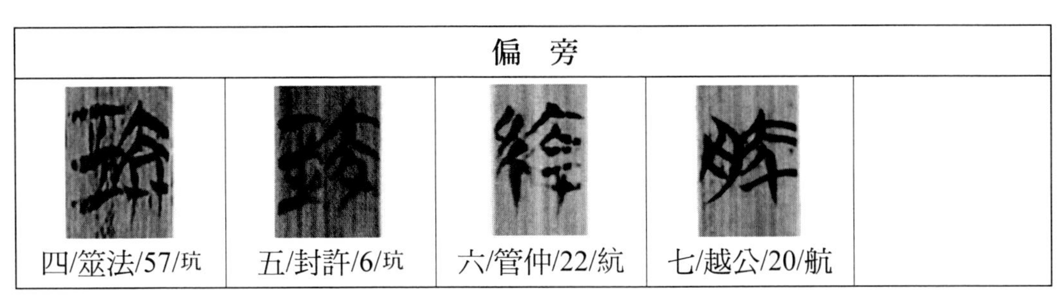

偏　旁				
四/筵法/57/玧	五/封許/6/玧	六/管仲/22/統	七/越公/20/航	

《說文．卷十．亢部》：「，人頸也。从大省，象頸脈形。凡亢之屬皆从亢。，亢或从頁。」甲骨文形體作：（《屯南》0312）。金文形體作：（《亢簋》），（《夨方彝》）。何琳儀：「從大，下加斜筆表示遮攔，指事。」〔註 41〕

034　太

單　字				
六/鄭甲/1/太	六/鄭甲/1/太	六/鄭甲/3/太	六/鄭乙/1/太	六/鄭乙/1/太
七/越公/61/文				
偏　旁				
四/筵法/53/汰				

《說文．卷十一．水部》：「，滑也。从廾从水，大聲。臣鉉等曰：本音他達切。今《左氏傳》作汏輔，非是。，古文泰。」甲骨、金文未見「太」字形。于省吾釋形作：「係於『大』字下部附加一個折角形的曲劃，作為指示字的標誌，以別於大，而仍因大字以為聲。」〔註 42〕季師：「『太』，義同『大』。太為引申分化增體指事字。」〔註 43〕

〔註 41〕何琳儀：《戰國古文字典》，頁 637。
〔註 42〕于省吾：《甲骨文字釋林》，頁 458。
〔註 43〕季師旭昇：《說文新證》，頁 800。

035　黑

單　字				
 四/筮法/50/黑				
偏　旁				
 六/管仲/2/譳	 七/越公/58/𧹞			

《說文・卷十・黑部》：「，火所薰之色也。从炎，上出囪。囪，古窻字。凡黑之屬皆从黑。」甲骨文形體作：（《合集》10184）。金文形體作：（《鑄子弔黑簋》）。唐蘭釋形謂：「像正面人形，而面部被墨刑的人。」〔註44〕

036　夭

偏　旁				
 七/子犯/2/走	 七/子犯/2/走	 七/子犯/4/走	 七/子犯/6/走	 七/子犯/13/走
 七/越公/12/走	 七/越公/12/走	 七/越公/60/走	 七/子犯/11/奔	 七/越公/20/遳
 七/越公/1/赶	 七/越公/4/赶	 五/封許/3/趄	 六/管仲/1/趄	 六/管仲/2/趄

〔註44〕唐蘭：〈陝西省岐山縣董家村新出西周重要銅器銘辭的釋文和注釋〉《唐蘭先生金文論集》，頁202～203。

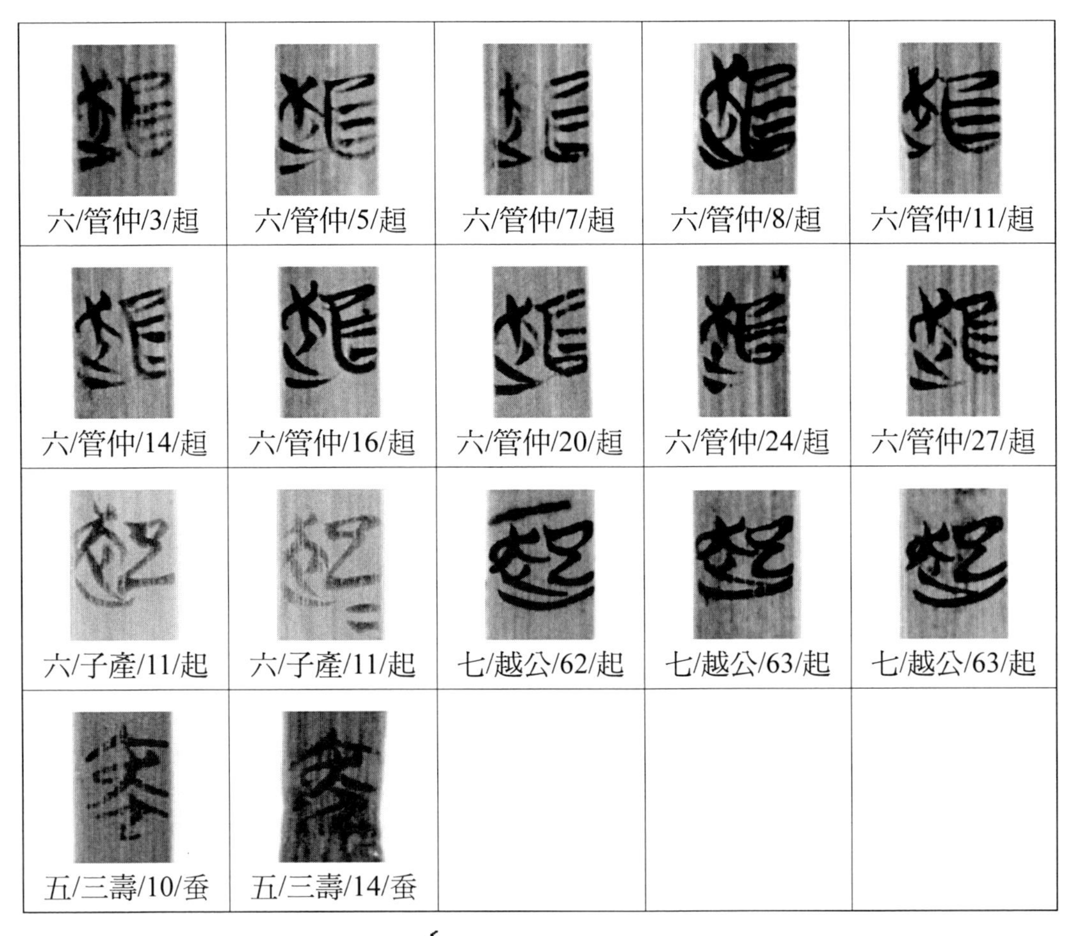

六/管仲/3/趄	六/管仲/5/趄	六/管仲/7/趄	六/管仲/8/趄	六/管仲/11/趄
六/管仲/14/趄	六/管仲/16/趄	六/管仲/20/趄	六/管仲/24/趄	六/管仲/27/趄
六/子產/11/起	六/子產/11/起	七/越公/62/起	七/越公/63/起	七/越公/63/起
五/三壽/10/蚕	五/三壽/14/蚕			

《說文．卷十．夭部》：「夭，屈也。从大，象形。凡夭之屬皆从夭。」甲骨文字形體中有，有夭一字，金文有形體。卜辭中的夭字，季師旭昇在《說文新證》中的「走」字與「夭」字下並收。季師根據龍宇純意見，以為：「甲骨文『夭』字，象人揮動兩手跑步之形。龍宇純以為就是『走』字（龍宇純《甲骨文金文𡗜字及其相關問題》），《甲編》2810：『庚申貞，其令亞夭馬口』，正用『夭』為『走』。『夭』，大徐本作於兆切，上古音屬影紐宵部，走屬精紐侯部，二字聲紐相去較遠，或甲骨文此字本可二讀，或為形義相近而借用，如『中』用為『艸』。金文或加義符『止』，『辵』，『彳』，作仲父簋或重『夭』形。戰國以後漸漸凝固為從『止』。」〔註 45〕本文對「夭」字構形另有討論，具體內容請參考第三章論述。

〔註 45〕季師旭昇：《說文新證》，767。

037 夨

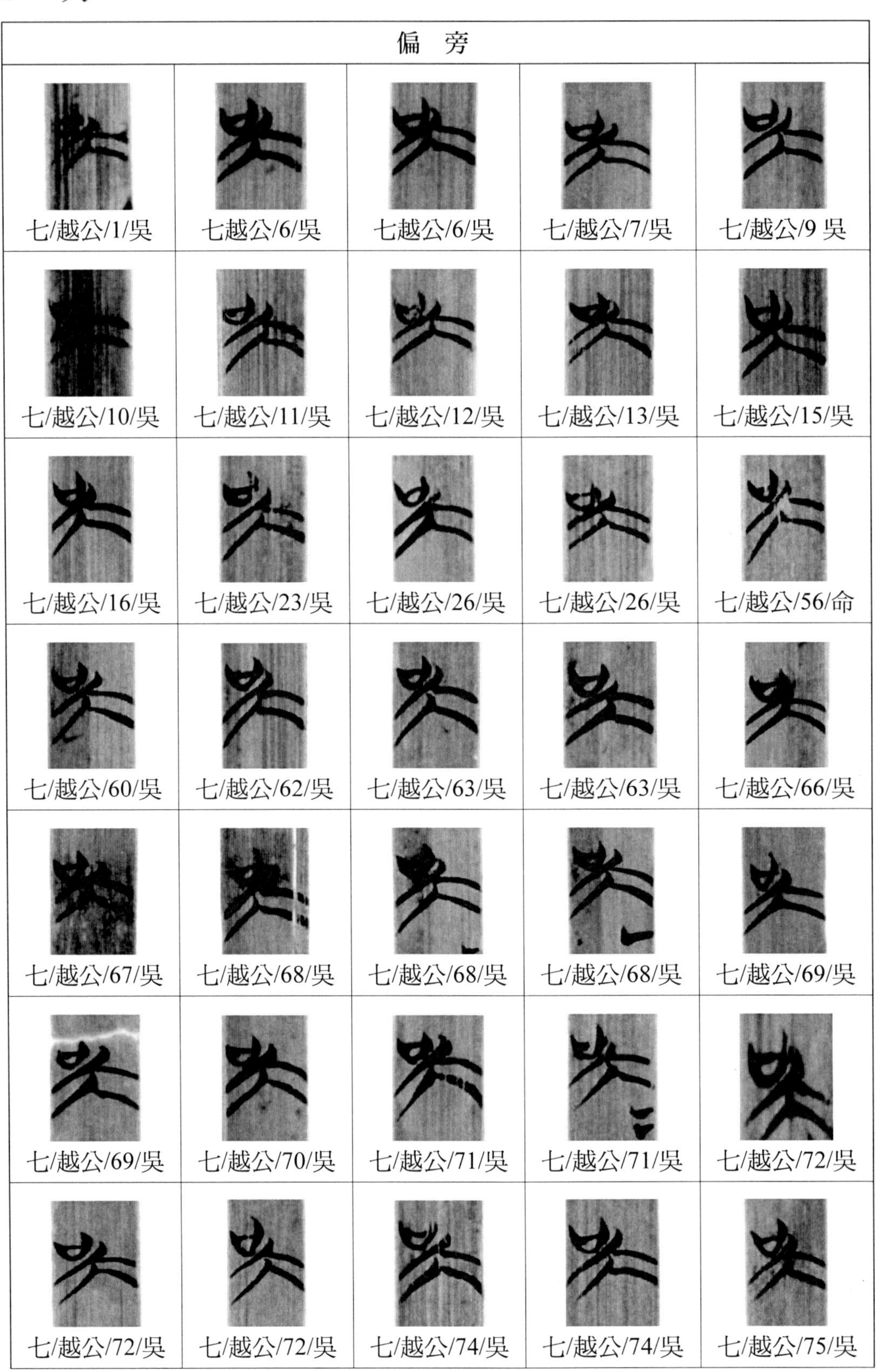

偏旁				
七/越公/1/吳	七/越公/6/吳	七/越公/6/吳	七/越公/7/吳	七/越公/9 吳
七/越公/10/吳	七/越公/11/吳	七/越公/12/吳	七/越公/13/吳	七/越公/15/吳
七/越公/16/吳	七/越公/23/吳	七/越公/26/吳	七/越公/26/吳	七/越公/56/命
七/越公/60/吳	七/越公/62/吳	七/越公/63/吳	七/越公/63/吳	七/越公/66/吳
七/越公/67/吳	七/越公/68/吳	七/越公/68/吳	七/越公/68/吳	七/越公/69/吳
七/越公/69/吳	七/越公/70/吳	七/越公/71/吳	七/越公/71/吳	七/越公/72/吳
七/越公/72/吳	七/越公/72/吳	七/越公/74/吳	七/越公/74/吳	七/越公/75/吳

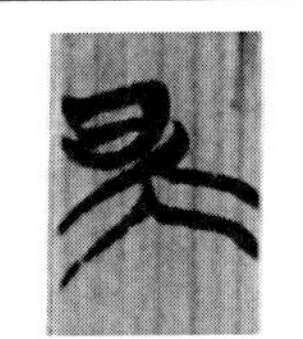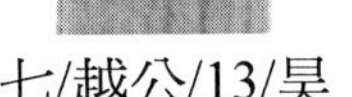七/越公/13/旲	四/筮法/49/昃	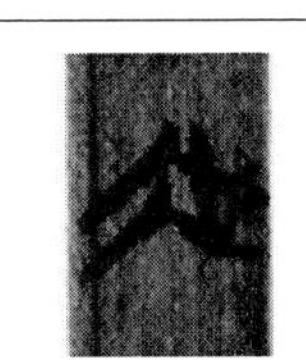五/命訓/11/吳		

《說文・卷十・夨部》：「 ，傾頭也。从大，象形。凡夨之屬皆从夨。」甲骨文形體寫作： （《合集》1051）， （《合集》1825）， （《合集》16846）。金文形體寫作： （《夨伯鬲》）， （《散氏盤》）。「夨」字從大，象人傾頭之形，《說文》之說可從。

038　矣

單　字				
五/命訓/8/矣	五/命訓/15/矣			
偏　旁				
七/越公/57/騃				

《說文・卷五・矢部》：「 ，語已詞也。从矢以聲。」甲骨文形體寫作： （《合集》26675）， （《合集》26381）。金文形體寫作： （《母辛卣》）。羅振玉釋形作：「象人仰首旁顧形，疑之象形。」〔註46〕

039　屰

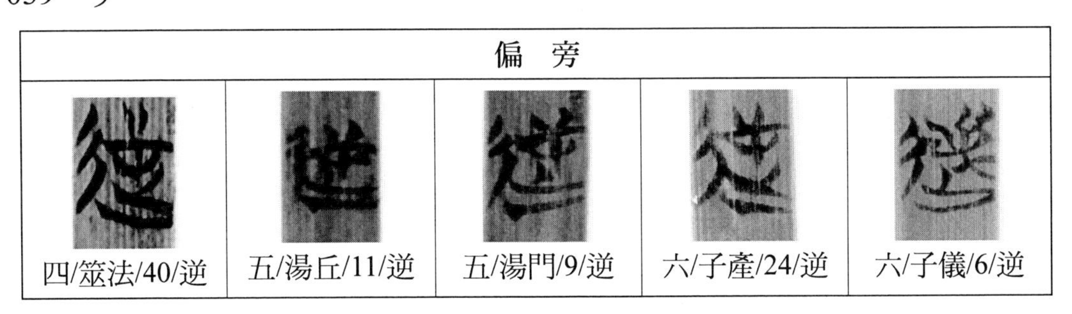

偏　旁				
四/筮法/40/逆	五/湯丘/11/逆	五/湯門/9/逆	六/子產/24/逆	六/子儀/6/逆

〔註46〕羅振玉：《增訂殷虛書契考釋（中）》，頁55。

混同				
七/子犯/5/幸				

《說文・卷三・𢆉部》:「𢆉,不順也。从干下屮。屰之也。」甲骨文形體寫作:(《合集》21626),(《合集》12450)。金文形體寫作:(《屰爵》),(《散氏盤》)。「屰」字為象形字,象倒立的大人,用以表示叛逆、不順從的人;引申為不順。〔註 47〕

040　乘

單字				
五/命訓/13/乘	六/子產/4/乘			
偏旁				
五/湯丘/1/媵	六/管仲/19/勳	六/鄭甲/5/雺	六/鄭乙/4/雺	七/晉文/4/雺
七/越公/62/雺				
省體				
四/筮法/25/戳	四/筮法/27/戳	四/筮法/51/戳	四/筮法/51/戳	六/管仲/9/雺

〔註 47〕季師旭昇:《說文新證》,148。

《說文‧卷五‧桀部》：「 ，覆也。从入、桀。桀，黠也。軍法曰乘。古文 從几。」甲骨文形體寫作： （《合集》00032）， （《合集》06483）。金文形體寫作： （《師同鼎》）， （《公臣簋》）。王國維釋形作：「象人乘木之形。」〔註 48〕

041　無

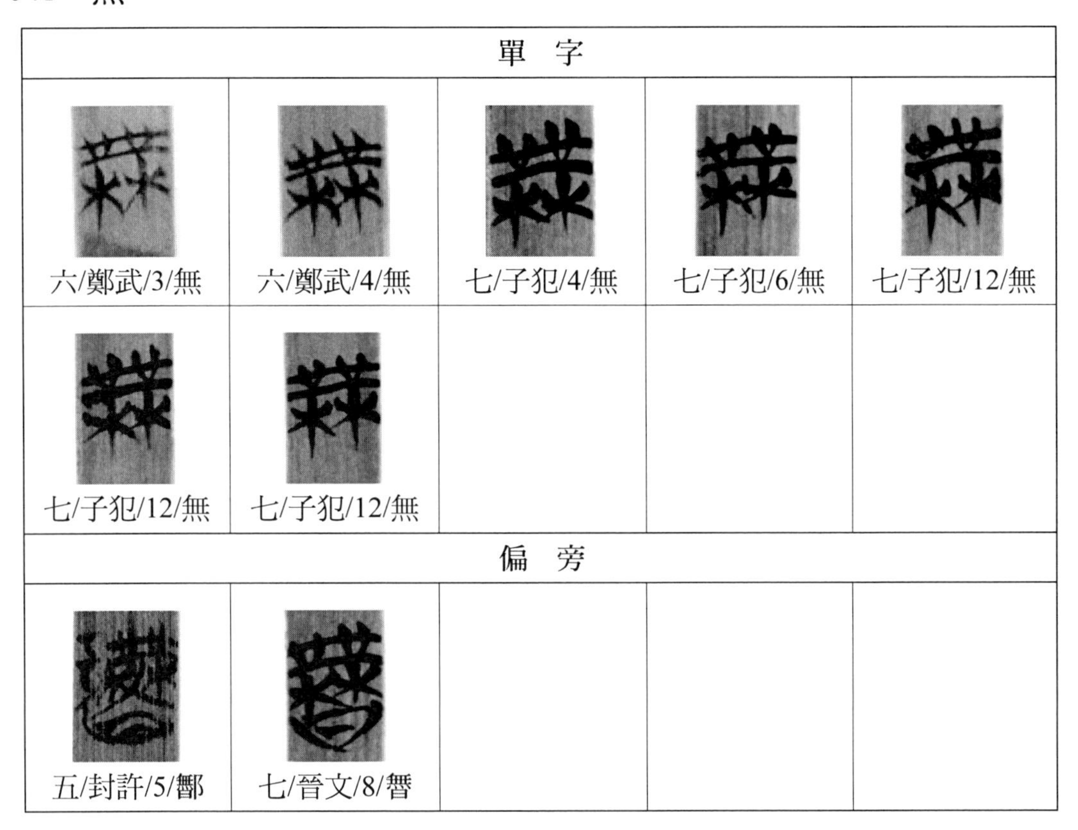

單字				
六/鄭武/3/無	六/鄭武/4/無	七/子犯/4/無	七/子犯/6/無	七/子犯/12/無
七/子犯/12/無	七/子犯/12/無			
偏旁				
五/封許/5/鄦	七/晉文/8/巹			

《說文‧卷十二‧亡部》：「 ，亡也。从亡無聲。 ，奇字无，通於元者。王育說：天屈西北為无。」甲骨文形體寫作： （《合集》20979）， （《合集》15996）， （《花東》391）。金文形體寫作： （《大盂鼎》）， （《柞伯簋》）。「無」字的本字為「舞」，象人配有裝飾舞蹈的狀態，後來假借為「無」。〔註 49〕

〔註 48〕王國維：《戩壽堂所藏殷虛文字考釋》，頁 26。
〔註 49〕季師旭昇：《說文新證》，頁 495。

042　蔡

單　字				
 六/鄭甲/7/蔡				

《說文・卷一・艸部》:「，艸也。从艸祭聲。」甲骨文形體寫作：（《合補》6209）。金文形體寫作：（《伯作蔡姬尊》），（《伯蔡父簋》）。何琳儀、黃德寬提出:「蔡」由「衰（象蓑衣形）」簡省分化而來，即由簡省為。〔註 50〕

043　異

單　字				
 五/三壽/27/異				

《說文・卷三・異部》:「，分也。从廾从畀。畀，予也。凡異之屬皆从異。」甲骨文形體寫作：（《合集》31903），（《合集》30416）。金文形體寫作：（《作冊大方鼎》），（《作冊封鬲》）。季師旭昇釋形作:「『異』字為『戴』字的初文，從甾，會人頭上戴甾，雙手翼持之意。」〔註 51〕

〔註 50〕何琳儀、黃德寬:〈說蔡〉《新出楚簡文字考》，頁 286～295。

〔註 51〕季師旭昇:《說文新證》，頁 178。

三、卩　類

044　卩

偏　旁				
 四/筮法/1/見	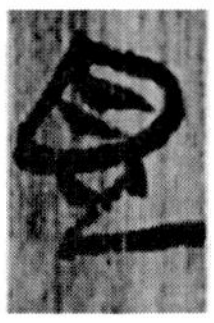 四/筮法/2/見	 四/筮法/3/見	 四/筮法/4/見	 四/筮法/5/見
 四/筮法/6/見	 四/筮法/7/見	 四/筮法/10/見	 四/筮法/10/見	 四/筮法/11/見
 四/筮法/16/見	 四/筮法/16/見	 四/筮法/16/見	 四/筮法/18/見	 四/筮法/18/見
 四/筮法/20/見	 四/筮法/20/見	 四/筮法/22/相	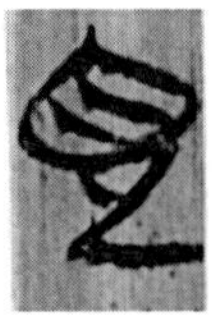 四/筮法/22/相	 四/筮法/25/相
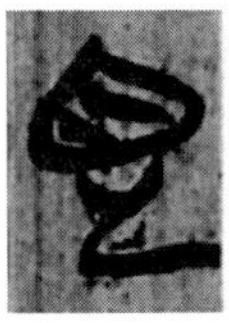 四/筮法/32/相	 四/筮法/62/見	 五/湯丘/4/見	 五/湯丘/8/見	 五/湯丘/8/見
 五/三壽/11/見	 五/三壽/26/目	 六/鄭武/4/見	 六/鄭武/4/見	 六/鄭甲/7/見
 六/鄭乙/7/見	 六/子儀/18/見	 六/子儀/18/見	 六/子儀/19/見	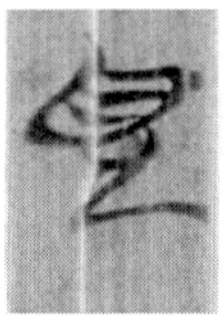 六/子儀/12/見

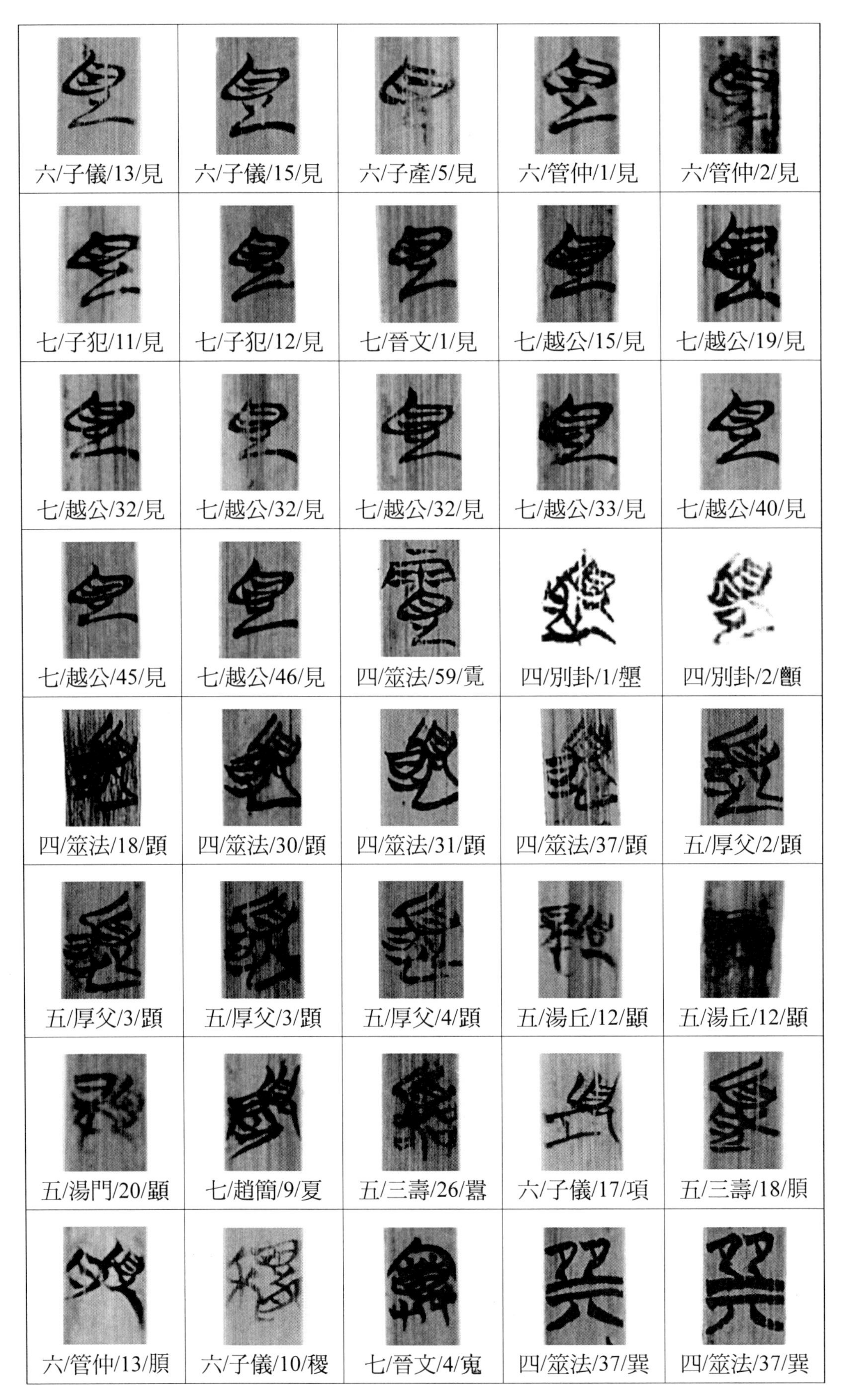

六/子儀/13/見	六/子儀/15/見	六/子產/5/見	六/管仲/1/見	六/管仲/2/見
七/子犯/11/見	七/子犯/12/見	七/晉文/1/見	七/越公/15/見	七/越公/19/見
七/越公/32/見	七/越公/32/見	七/越公/32/見	七/越公/33/見	七/越公/40/見
七/越公/45/見	七/越公/46/見	四/筮法/59/覔	四/別卦/1/墍	四/別卦/2/顫
四/筮法/18/頁	四/筮法/30/頁	四/筮法/31/頁	四/筮法/37/頁	五/厚父/2/頁
五/厚父/3/頁	五/厚父/3/頁	五/厚父/4/頁	五/湯丘/12/顯	五/湯丘/12/顯
五/湯門/20/顯	七/趙簡/9/夏	五/三壽/26/囂	六/子儀/17/項	五/三壽/18/順
六/管仲/13/順	六/子儀/10/稷	七/晉文/4/寬	四/筮法/37/巽	四/筮法/37/巽

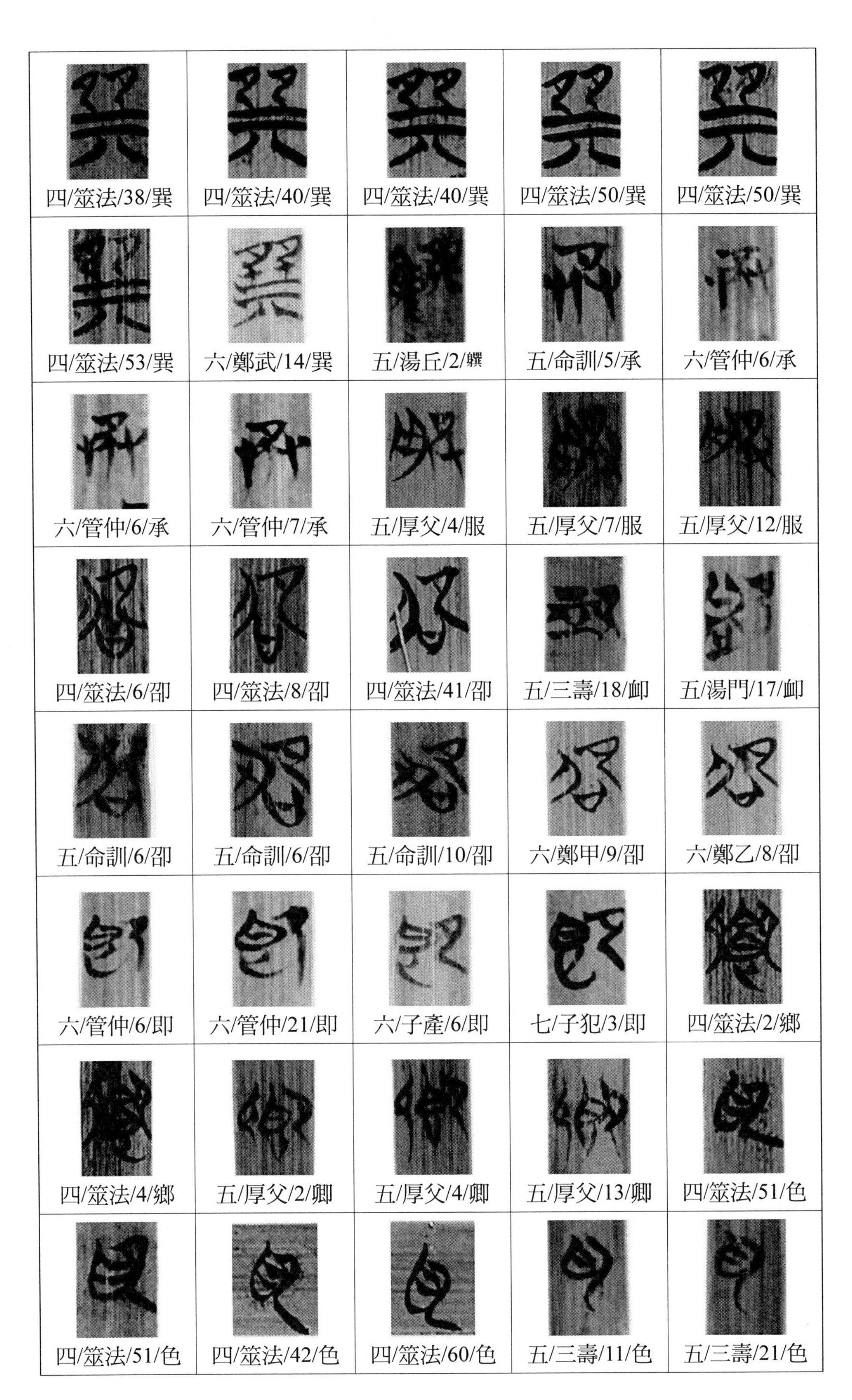
四/筮法/38/巽
四/筮法/40/巽
四/筮法/40/巽
四/筮法/50/巽
四/筮法/50/巽
四/筮法/53/巽
六/鄭武/14/巽
五/湯丘/2/饌
五/命訓/5/承
六/管仲/6/承
六/管仲/6/承
六/管仲/7/承
五/厚父/4/服
五/厚父/7/服
五/厚父/12/服
四/筮法/6/卲
四/筮法/8/卲
四/筮法/41/卲
五/三壽/18/卹
五/湯門/17/卹
五/命訓/6/卲
五/命訓/6/卲
五/命訓/10/卲
六/鄭甲/9/卲
六/鄭乙/8/卲
六/管仲/6/即
六/管仲/21/即
六/子產/6/即
七/子犯/3/即
四/筮法/2/鄉
四/筮法/4/鄉
五/厚父/2/卿
五/厚父/4/卿
五/厚父/13/卿
四/筮法/51/色
四/筮法/51/色
四/筮法/42/色
四/筮法/60/色
五/三壽/11/色
五/三壽/21/色

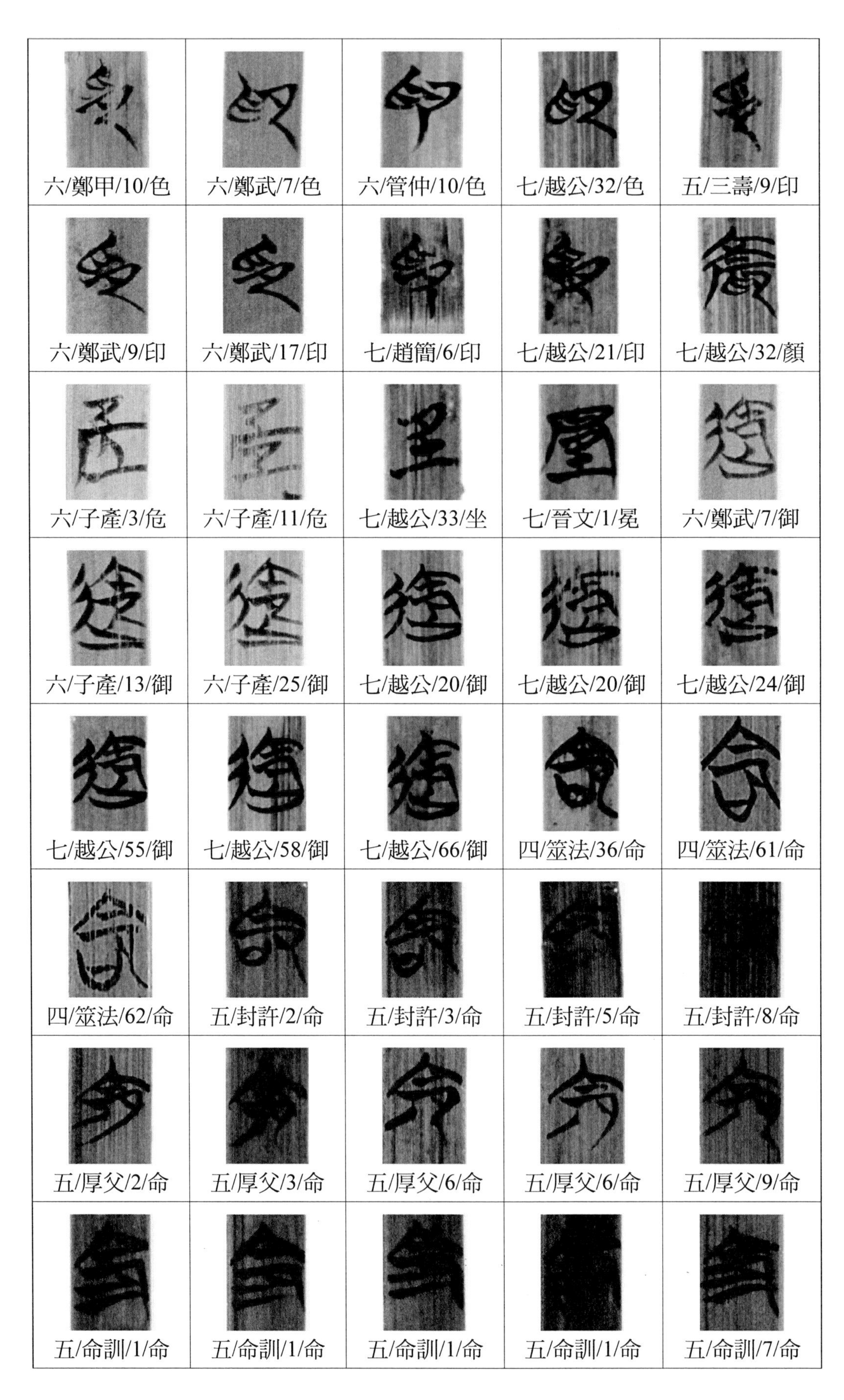

六/鄭甲/10/色	六/鄭武/7/色	六/管仲/10/色	七/越公/32/色	五/三壽/9/印
六/鄭武/9/印	六/鄭武/17/印	七/趙簡/6/印	七/越公/21/印	七/越公/32/顏
六/子產/3/危	六/子產/11/危	七/越公/33/坐	七/晉文/1/晃	六/鄭武/7/御
六/子產/13/御	六/子產/25/御	七/越公/20/御	七/越公/20/御	七/越公/24/御
七/越公/55/御	七/越公/58/御	七/越公/66/御	四/筮法/36/命	四/筮法/61/命
四/筮法/62/命	五/封許/2/命	五/封許/3/命	五/封許/5/命	五/封許/8/命
五/厚父/2/命	五/厚父/3/命	五/厚父/6/命	五/厚父/6/命	五/厚父/9/命
五/命訓/1/命	五/命訓/1/命	五/命訓/1/命	五/命訓/1/命	五/命訓/7/命

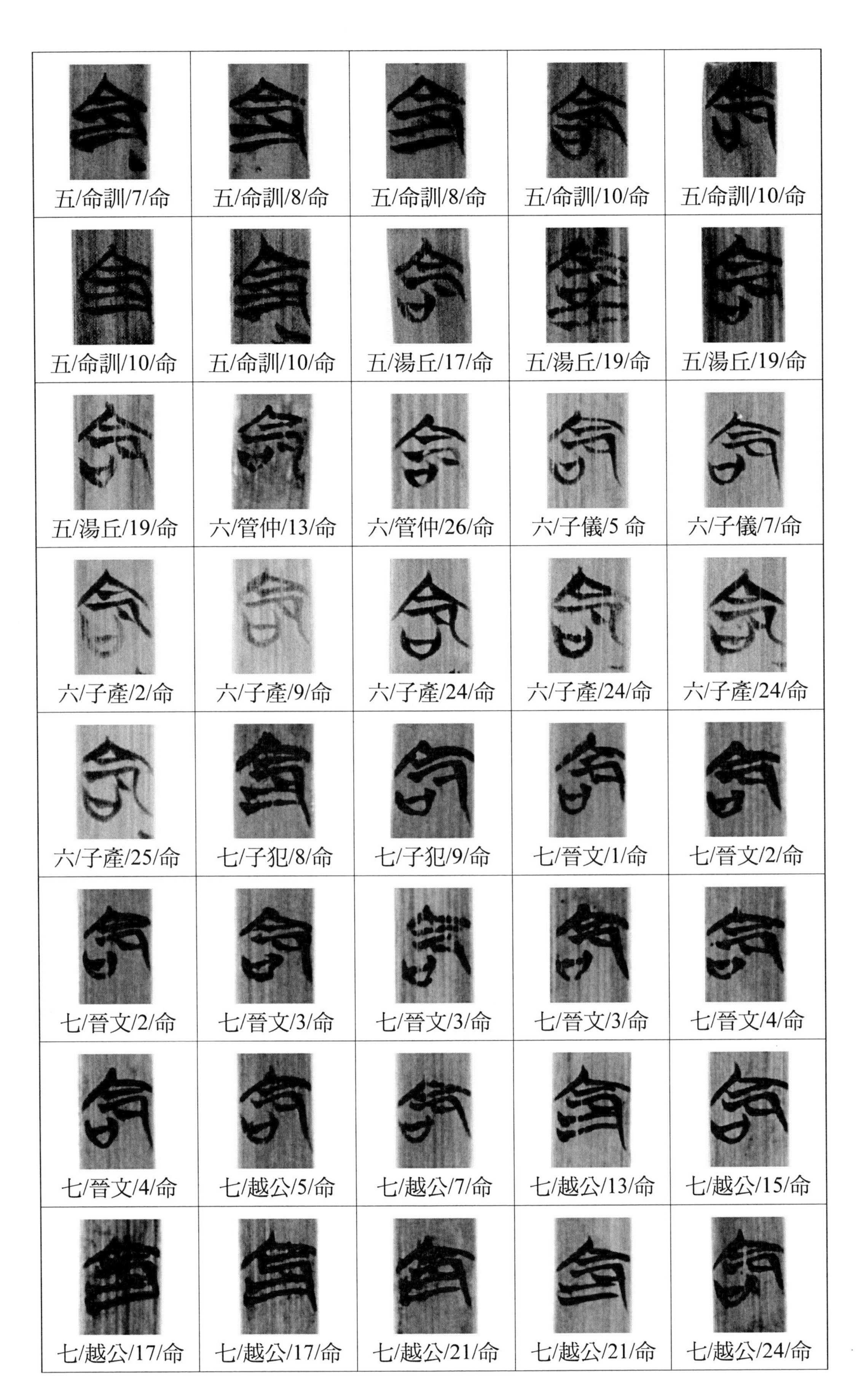

五/命訓/7/命	五/命訓/8/命	五/命訓/8/命	五/命訓/10/命	五/命訓/10/命
五/命訓/10/命	五/命訓/10/命	五/湯丘/17/命	五/湯丘/19/命	五/湯丘/19/命
五/湯丘/19/命	六/管仲/13/命	六/管仲/26/命	六/子儀/5 命	六/子儀/7/命
六/子產/2/命	六/子產/9/命	六/子產/24/命	六/子產/24/命	六/子產/24/命
六/子產/25/命	七/子犯/8/命	七/子犯/9/命	七/晉文/1/命	七/晉文/2/命
七/晉文/2/命	七/晉文/3/命	七/晉文/3/命	七/晉文/3/命	七/晉文/4/命
七/晉文/4/命	七/越公/5/命	七/越公/7/命	七/越公/13/命	七/越公/15/命
七/越公/17/命	七/越公/17/命	七/越公/21/命	七/越公/21/命	七/越公/24/命

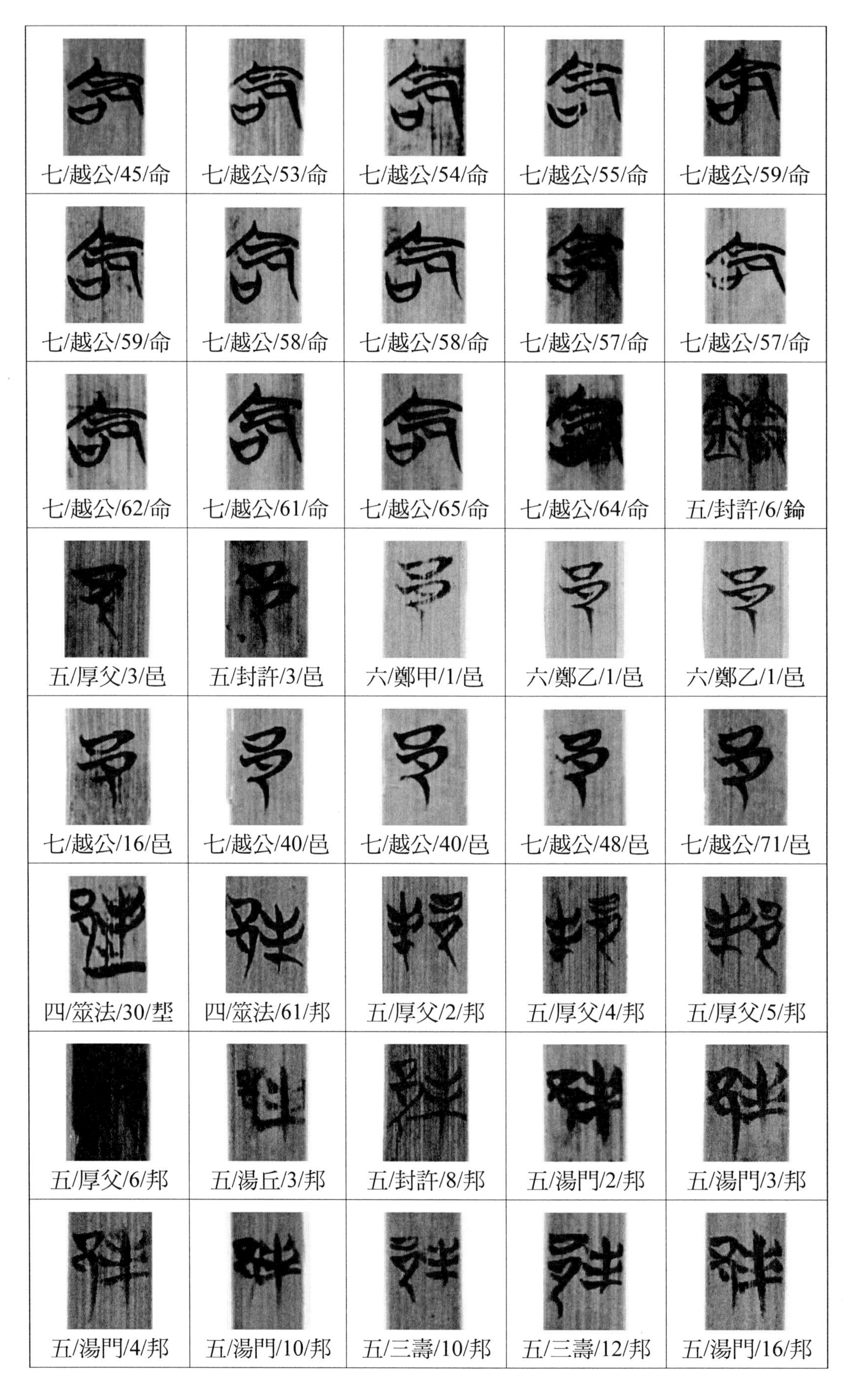

七/越公/45/命	七/越公/53/命	七/越公/54/命	七/越公/55/命	七/越公/59/命
七/越公/59/命	七/越公/58/命	七/越公/58/命	七/越公/57/命	七/越公/57/命
七/越公/62/命	七/越公/61/命	七/越公/65/命	七/越公/64/命	五/封許/6/鈴
五/厚父/3/邑	五/封許/3/邑	六/鄭甲/1/邑	六/鄭乙/1/邑	六/鄭乙/1/邑
七/越公/16/邑	七/越公/40/邑	七/越公/40/邑	七/越公/48/邑	七/越公/71/邑
四/筮法/30/埶	四/筮法/61/邦	五/厚父/2/邦	五/厚父/4/邦	五/厚父/5/邦
五/厚父/6/邦	五/湯丘/3/邦	五/封許/8/邦	五/湯門/2/邦	五/湯門/3/邦
五/湯門/4/邦	五/湯門/10/邦	五/三壽/10/邦	五/三壽/12/邦	五/湯門/16/邦

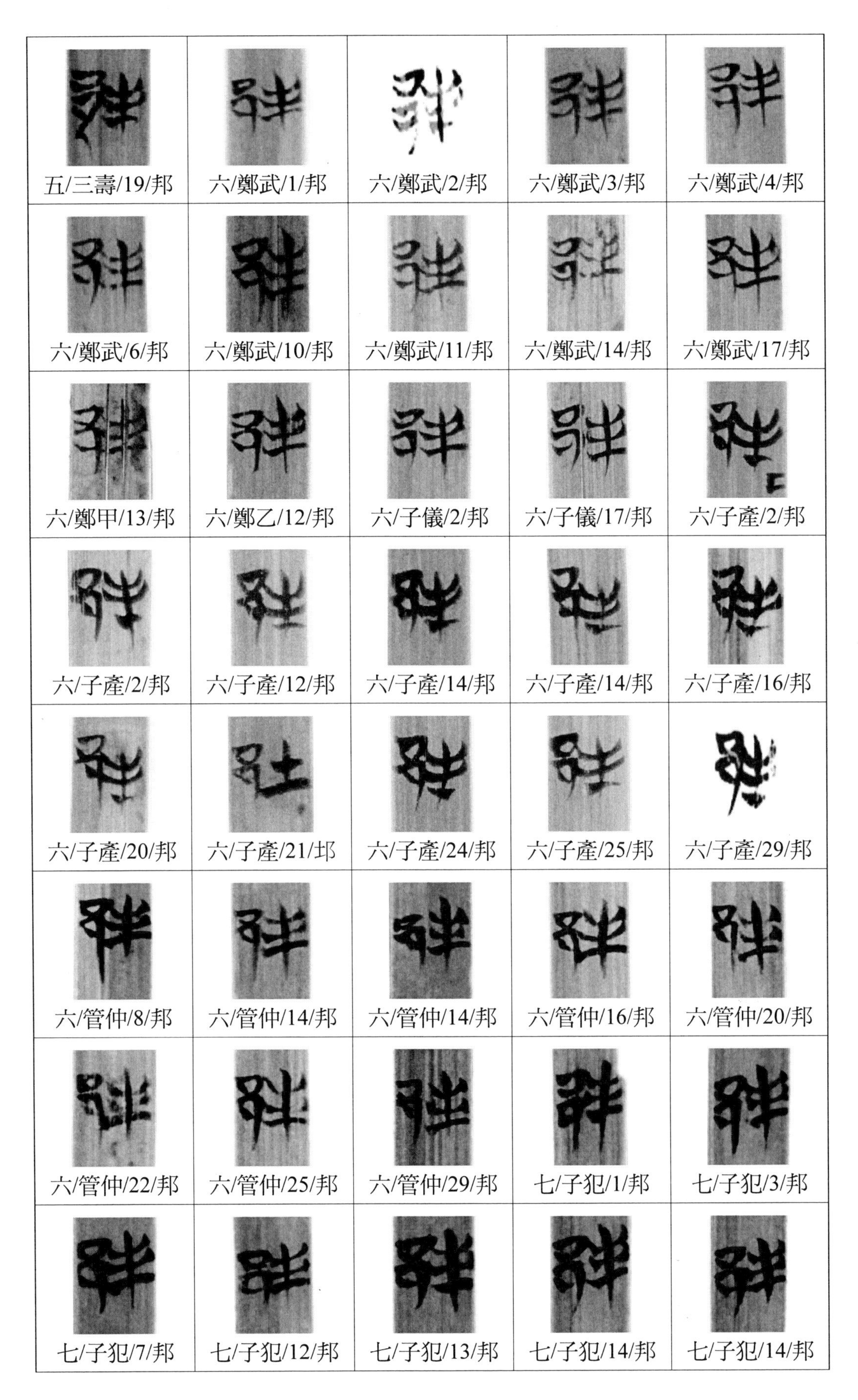

五/三壽/19/邦	六/鄭武/1/邦	六/鄭武/2/邦	六/鄭武/3/邦	六/鄭武/4/邦
六/鄭武/6/邦	六/鄭武/10/邦	六/鄭武/11/邦	六/鄭武/14/邦	六/鄭武/17/邦
六/鄭甲/13/邦	六/鄭乙/12/邦	六/子儀/2/邦	六/子儀/17/邦	六/子產/2/邦
六/子產/2/邦	六/子產/12/邦	六/子產/14/邦	六/子產/14/邦	六/子產/16/邦
六/子產/20/邦	六/子產/21/[illegible]	六/子產/24/邦	六/子產/25/邦	六/子產/29/邦
六/管仲/8/邦	六/管仲/14/邦	六/管仲/14/邦	六/管仲/16/邦	六/管仲/20/邦
六/管仲/22/邦	六/管仲/25/邦	六/管仲/29/邦	七/子犯/1/邦	七/子犯/3/邦
七/子犯/7/邦	七/子犯/12/邦	七/子犯/13/邦	七/子犯/14/邦	七/子犯/14/邦

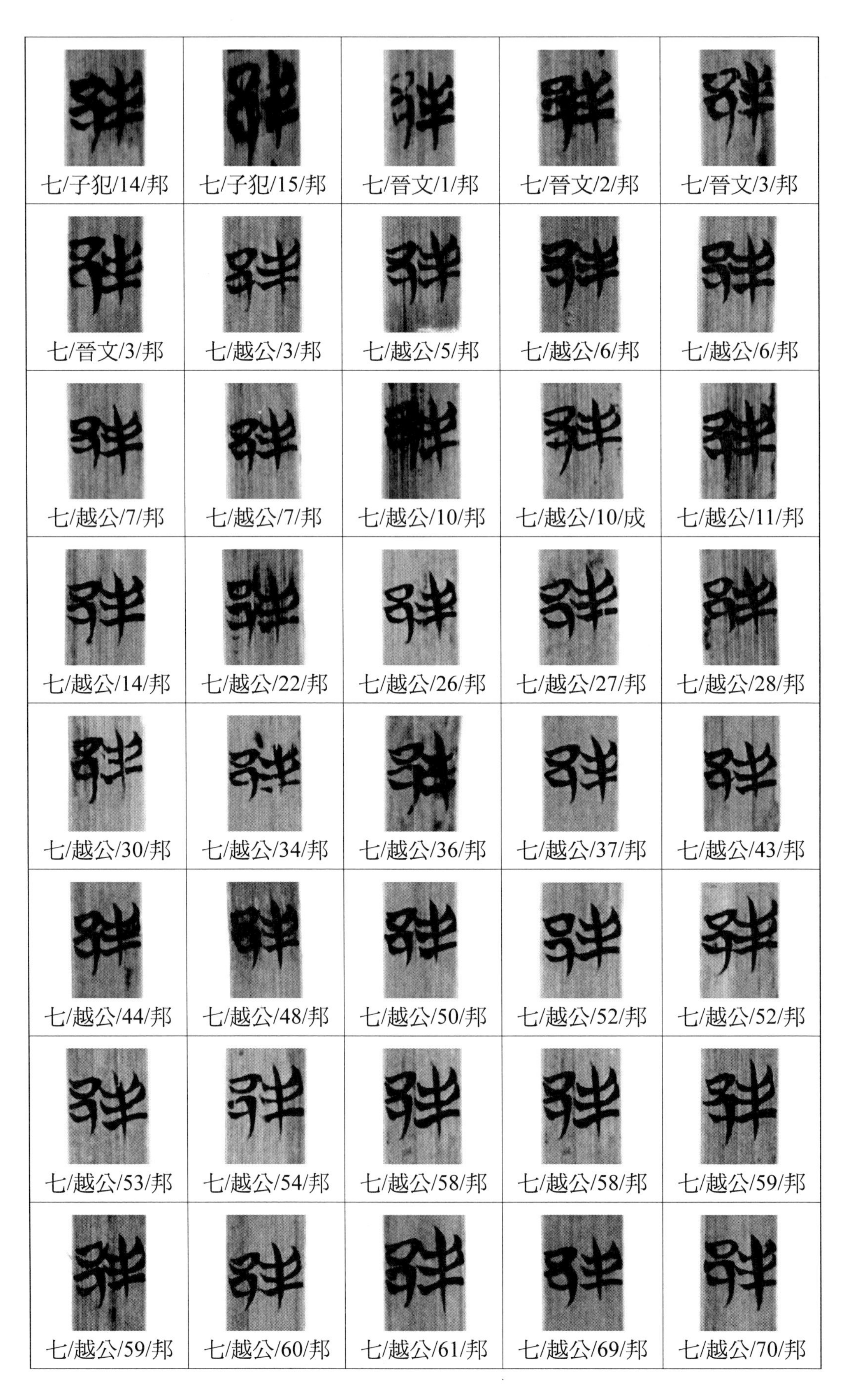

七/子犯/14/邦	七/子犯/15/邦	七/晉文/1/邦	七/晉文/2/邦	七/晉文/3/邦
七/晉文/3/邦	七/越公/3/邦	七/越公/5/邦	七/越公/6/邦	七/越公/6/邦
七/越公/7/邦	七/越公/7/邦	七/越公/10/邦	七/越公/10/成	七/越公/11/邦
七/越公/14/邦	七/越公/22/邦	七/越公/26/邦	七/越公/27/邦	七/越公/28/邦
七/越公/30/邦	七/越公/34/邦	七/越公/36/邦	七/越公/37/邦	七/越公/43/邦
七/越公/44/邦	七/越公/48/邦	七/越公/50/邦	七/越公/52/邦	七/越公/52/邦
七/越公/53/邦	七/越公/54/邦	七/越公/58/邦	七/越公/58/邦	七/越公/59/邦
七/越公/59/邦	七/越公/60/邦	七/越公/61/邦	七/越公/69/邦	七/越公/70/邦

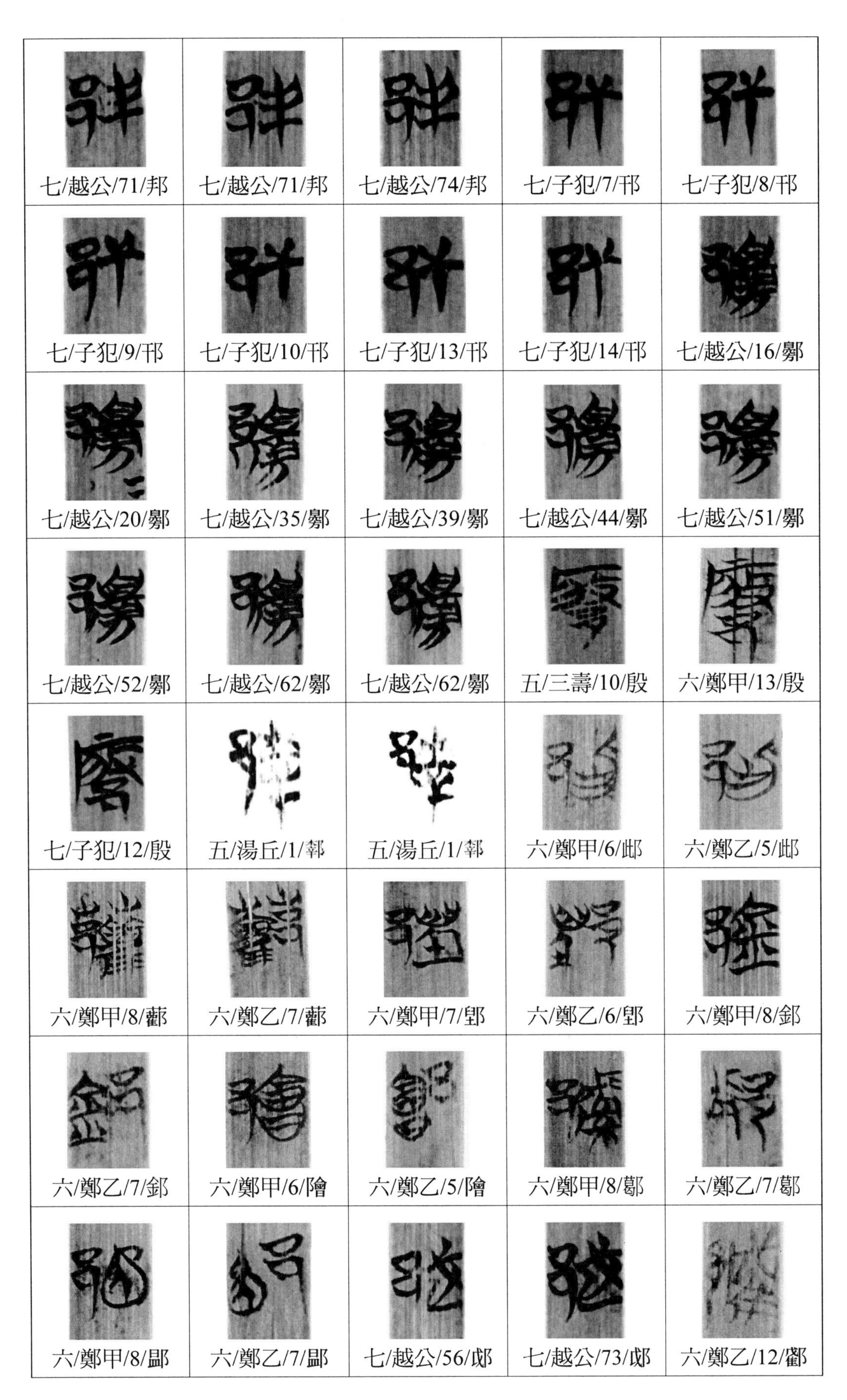

七/越公/71/邦	七/越公/71/邦	七/越公/74/邦	七/子犯/7/邗	七/子犯/8/邗
七/子犯/9/邗	七/子犯/10/邗	七/子犯/13/邗	七/子犯/14/邗	七/越公/16/鄸
七/越公/20/鄸	七/越公/35/鄸	七/越公/39/鄸	七/越公/44/鄸	七/越公/51/鄸
七/越公/52/鄸	七/越公/62/鄸	七/越公/62/鄸	五/三壽/10/殷	六/鄭甲/13/殷
七/子犯/12/殷	五/湯丘/1/⿰幸阝	五/湯丘/1/⿰幸阝	六/鄭甲/6/⿰此阝	六/鄭乙/5/⿰此阝
六/鄭甲/8/⿰藿阝	六/鄭乙/7/⿰藿阝	六/鄭甲/7/⿰星阝	六/鄭乙/6/⿰星阝	六/鄭甲/8/⿰金阝
六/鄭乙/7/⿰金阝	六/鄭甲/6/⿰阝曾	六/鄭乙/5/⿰阝曾	六/鄭甲/8/鄗	六/鄭乙/7/鄗
六/鄭甲/8/鄙	六/鄭乙/7/鄙	七/越公/56/⿰囟阝	七/越公/73/⿰囟阝	六/鄭乙/12/⿰黹阝

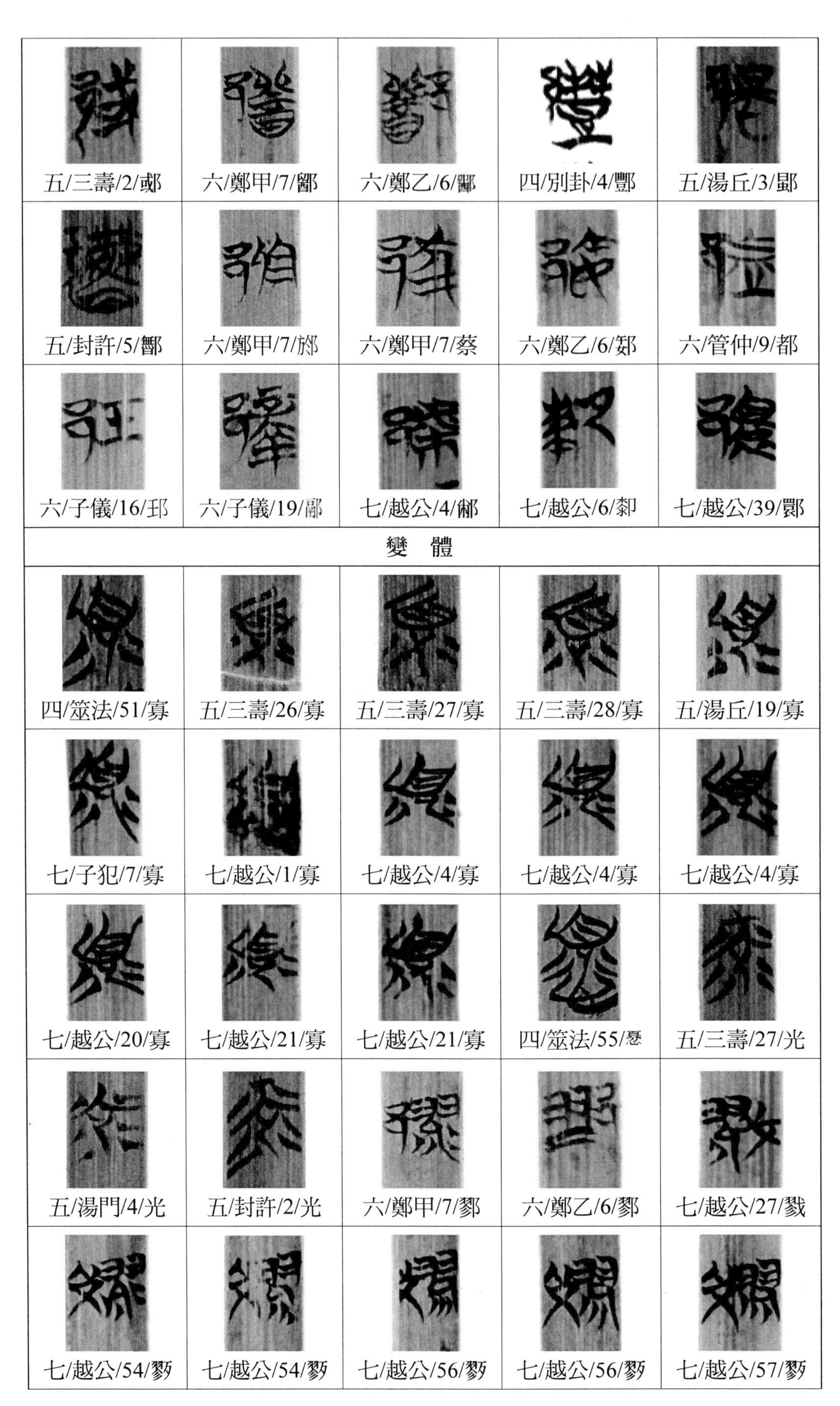

五/三壽/2/[illegible]	六/鄭甲/7/[illegible]	六/鄭乙/6/[illegible]	四/別卦/4/酆	五/湯丘/3/[illegible]
五/封許/5/[illegible]	六/鄭甲/7/[illegible]	六/鄭甲/7/蔡	六/鄭乙/6/郚	六/管仲/9/都
六/子儀/16/[illegible]	六/子儀/19/[illegible]	七/越公/4/[illegible]	七/越公/6/[illegible]	七/越公/39/[illegible]
變　體				
四/筮法/51/寡	五/三壽/26/寡	五/三壽/27/寡	五/三壽/28/寡	五/湯丘/19/寡
七/子犯/7/寡	七/越公/1/寡	七/越公/4/寡	七/越公/4/寡	七/越公/4/寡
七/越公/20/寡	七/越公/21/寡	七/越公/21/寡	四/筮法/55/[illegible]	五/三壽/27/光
五/湯門/4/光	五/封許/2/光	六/鄭甲/7/鄝	六/鄭乙/6/鄝	七/越公/27/戮
七/越公/54/勠	七/越公/54/勠	七/越公/56/勠	七/越公/56/勠	七/越公/57/勠

四/別卦/5/節	五/三壽/14/卲	五/三壽/23/卲		
同　形				
五/命訓/8/彖				

《說文・卷九・卩部》:「ㄗ，瑞信也。守國者用玉卩，守都鄙者用角卩，使山邦者用虎卩，土邦者用人卩，澤邦者用龍卩，門關者用符卩，貨賄用璽卩，道路用旌卩。象相合之形。凡卩之屬皆从卩。」甲骨文形體作：（《合集》02235），（《花》355）。金文形體作：（《父辛卣》）。羅振玉釋字：即象跪坐人形。〔註 52〕

045　配

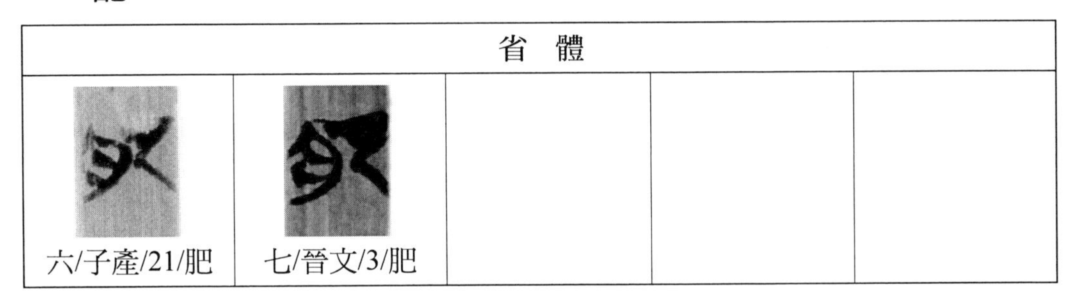

省　體				
六/子產/21/肥	七/晉文/3/肥			

《說文・卷十四・酉部》:「配，酒色也。从酉己聲。」《說文・卷十二・女部》:「妃，匹也。从女己聲。」《說文・卷四・肉部》:「肥，多肉也。从肉从卩。」「妃」、「肥」字所從不見於《說文》。陳劍提出，「妃」、「肥」字右部所從當同「配」字關係密切，是由「配」字右部「卩」形上部寫實而來：「『配』字在殷墟甲骨文和西周金文中，則確定無疑是从『卩』的。但值得注意的是，在春秋晚期金文中，『配』字已有將所从的『卩』寫作上端填實形的，跟其他字中常見的『卩』旁明顯不同。例如：（《拍敦》）、（《配兒鉤鑃》）。『妃』和『圮』中的『己』形，都應該來源於『配』字的右半。」〔註 53〕

〔註 52〕羅振玉：《增訂殷墟書契考釋（中）》，頁 19。
〔註 53〕陳劍：〈釋《忠信之道》的「配」字〉《戰國竹書論集》，頁 19。

046　卬

單　字				
六/子儀/15/卬				

《說文・卷八・匕部》：「卬，望，欲有所庶及也。从匕从卩。《詩》曰：『高山卬止。』」依照筆者搜集，未能找到「卬」字的甲骨、金文形體。疑「卬」字為「仰」字初文，字從「卩」，表示仰望之意。

047　欠

偏　旁				
六/子犯/2/欲	六/子犯/3/欲	六/鄭武/10/欲	六/鄭武/11/欲	六/鄭武/17/欲
六/子產/3/欲	六/子儀/1/欲	六/子儀/11/欲	六/子儀/14/欲	六/子儀/16/欲
六/管仲/19/欲	七/子犯/5/欲	七/子犯/14/欲	七/子犯/14/欲	七/子犯/14/欲
七/子犯/14/欲	四/別卦/7/嬖	五/命訓/11/韽	五/厚父/7/欽	五/厚父/10/欵
五/厚父/10/歆	六/鄭武/10/歾	六/子儀/5/贛	六/子儀/18/虆	七/趙簡/11/欻

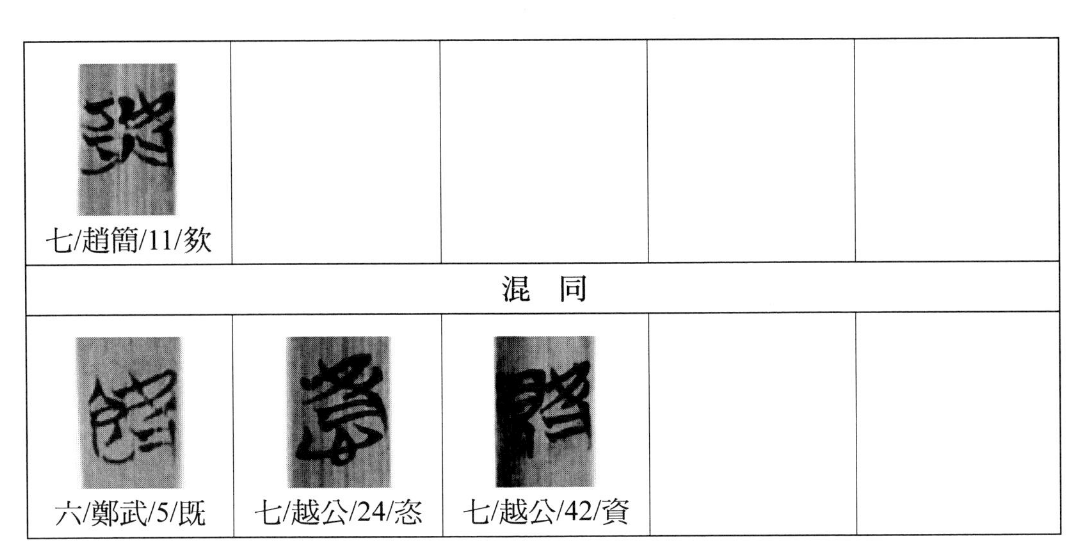

七/趙簡/11/欸				
混　同				
六/鄭武/5/既	七/越公/24/恣	七/越公/42/資		

《說文·卷八·欠部》:「，張口气悟也。象气从人上出之形。凡欠之屬皆从欠。」甲骨文字形寫作：（《合集》18008），（《合集》914 反）。金文形體寫作：（《欠父丁爵》），（《次卣》）。徐中舒：「象人跽而向前張口之形。」〔註 54〕

048　旡

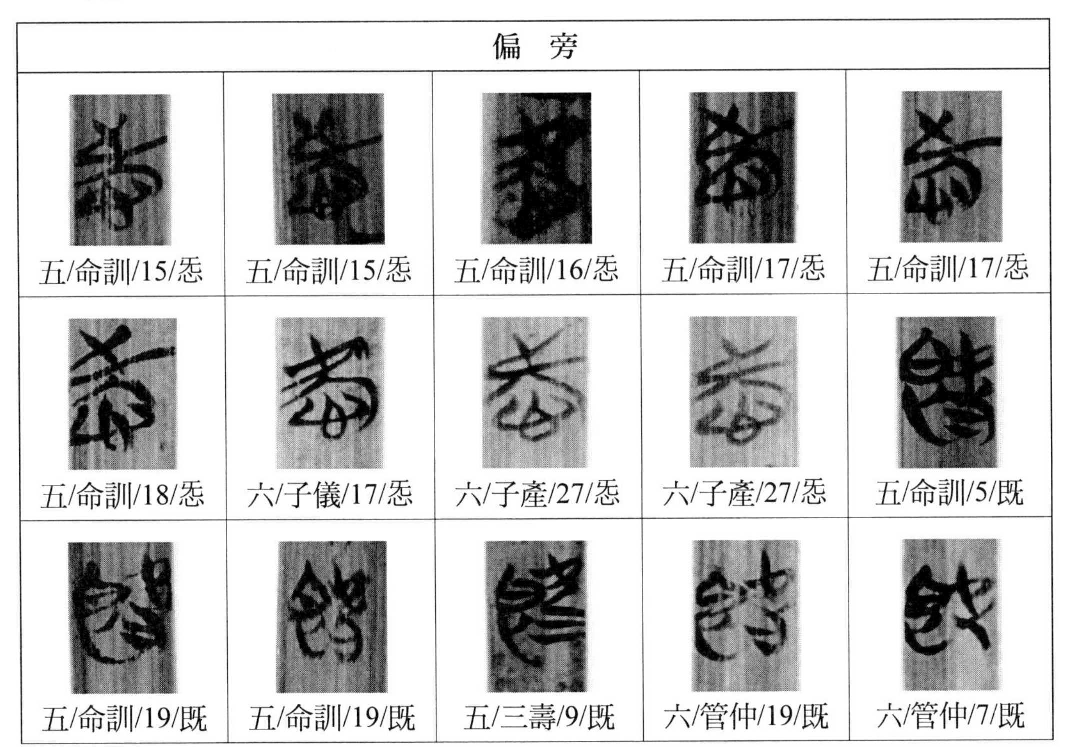

偏　旁				
五/命訓/15/悉	五/命訓/15/悉	五/命訓/16/悉	五/命訓/17/悉	五/命訓/17/悉
五/命訓/18/悉	六/子儀/17/悉	六/子產/27/悉	六/子產/27/悉	五/命訓/5/既
五/命訓/19/既	五/命訓/19/既	五/三壽/9/既	六/管仲/19/既	六/管仲/7/既

〔註 54〕徐中舒：《甲骨文字典》，頁 981。

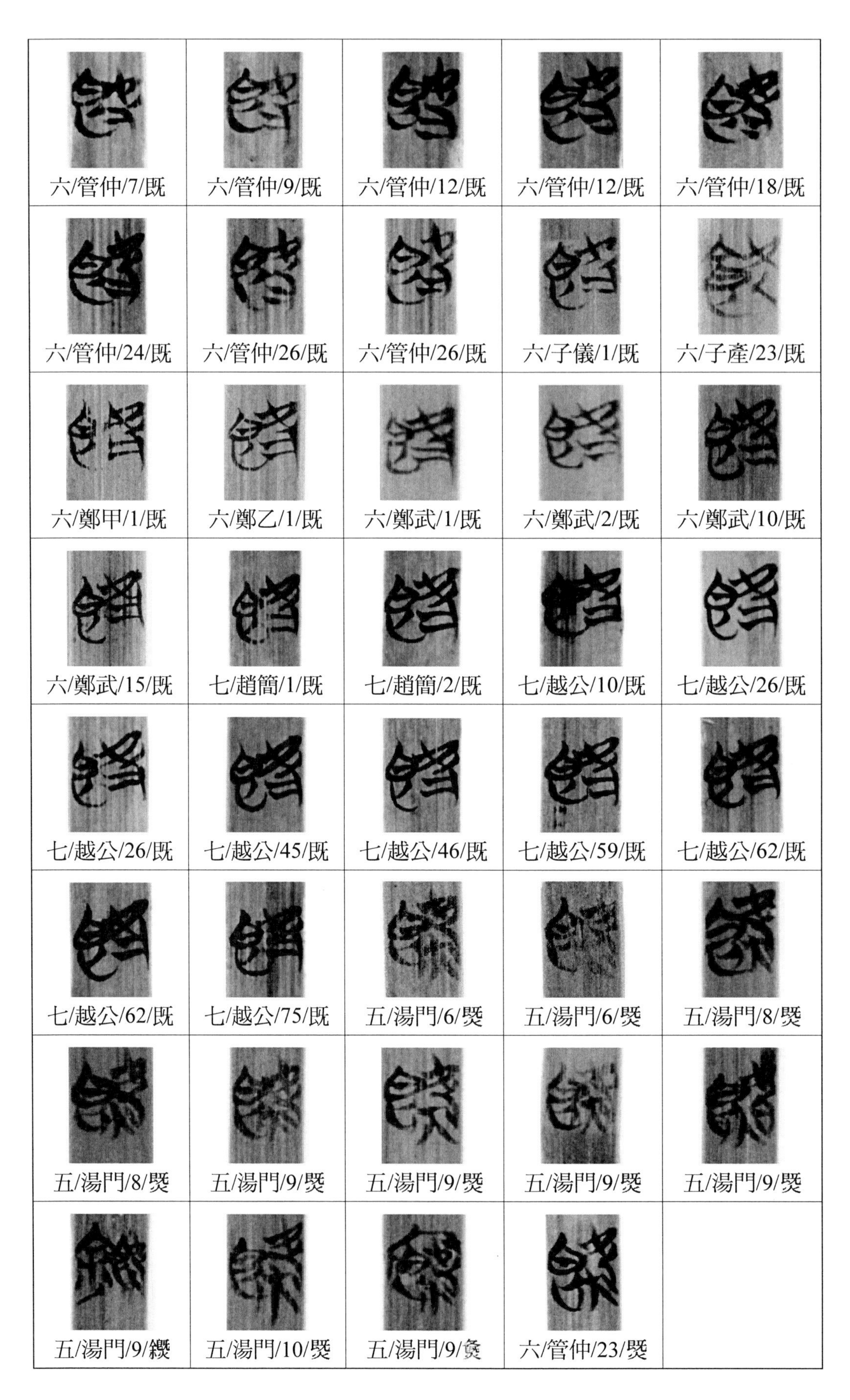

六/管仲/7/既	六/管仲/9/既	六/管仲/12/既	六/管仲/12/既	六/管仲/18/既
六/管仲/24/既	六/管仲/26/既	六/管仲/26/既	六/子儀/1/既	六/子產/23/既
六/鄭甲/1/既	六/鄭乙/1/既	六/鄭武/1/既	六/鄭武/2/既	六/鄭武/10/既
六/鄭武/15/既	七/趙簡/1/既	七/趙簡/2/既	七/越公/10/既	七/越公/26/既
七/越公/26/既	七/越公/45/既	七/越公/46/既	七/越公/59/既	七/越公/62/既
七/越公/62/既	七/越公/75/既	五/湯門/6/㬝	五/湯門/6/㬝	五/湯門/8/㬝
五/湯門/8/㬝	五/湯門/9/㬝	五/湯門/9/㬝	五/湯門/9/㬝	五/湯門/9/㬝
五/湯門/9/鑠	五/湯門/10/㬝	五/湯門/9/[illegible]	六/管仲/23/㬝	

訛變				
 五/封許/7/既				

《說文・卷八・旡部》:「㒫,㱃食气屰不得息曰旡。从反欠。凡旡之屬皆从旡。(今變隸作旡。)𣄼,古文旡。」甲骨文字形寫作𣄼(《合集》13587),𣄼(《合集 18800》)。金文中「既」字從「旡」寫作:既(《作冊大方鼎》),既(《豆閉簋》)。徐中舒謂「象人跽而口向後張之形,為旡之初文,既字從此。人食既每致屰气,故以此象屰气之形。」〔註 55〕

049　兂

偏旁				
 五/湯門/8/朁	 六/管仲/25/朁	 六/子產/2/蠶	 七/越公/47/朁	 七/子犯/8/譖
 七/子犯/9/�				

《說文・卷八・兂部》:「兂,首笄也。从人,匕象簪形。凡兂之屬皆从兂。簪,俗兂从竹从朁。」《說文・卷八・兂部》:「兟,朁朁,銳意也。从二兂。」《說文・卷五・甘部》:「朁,曾也。从曰兟聲。《詩》曰:『朁不畏明。』」戰國「兂」字寫法同楚簡中的「欠」字與「旡」形體相似,從「卩」形上張口形,唯口形上部寫出頭。「朁」字多從之。「兂」字的形體來源以及形體構意均待考。

〔註 55〕徐中舒:《甲骨文字典》,頁 989。

050 茍

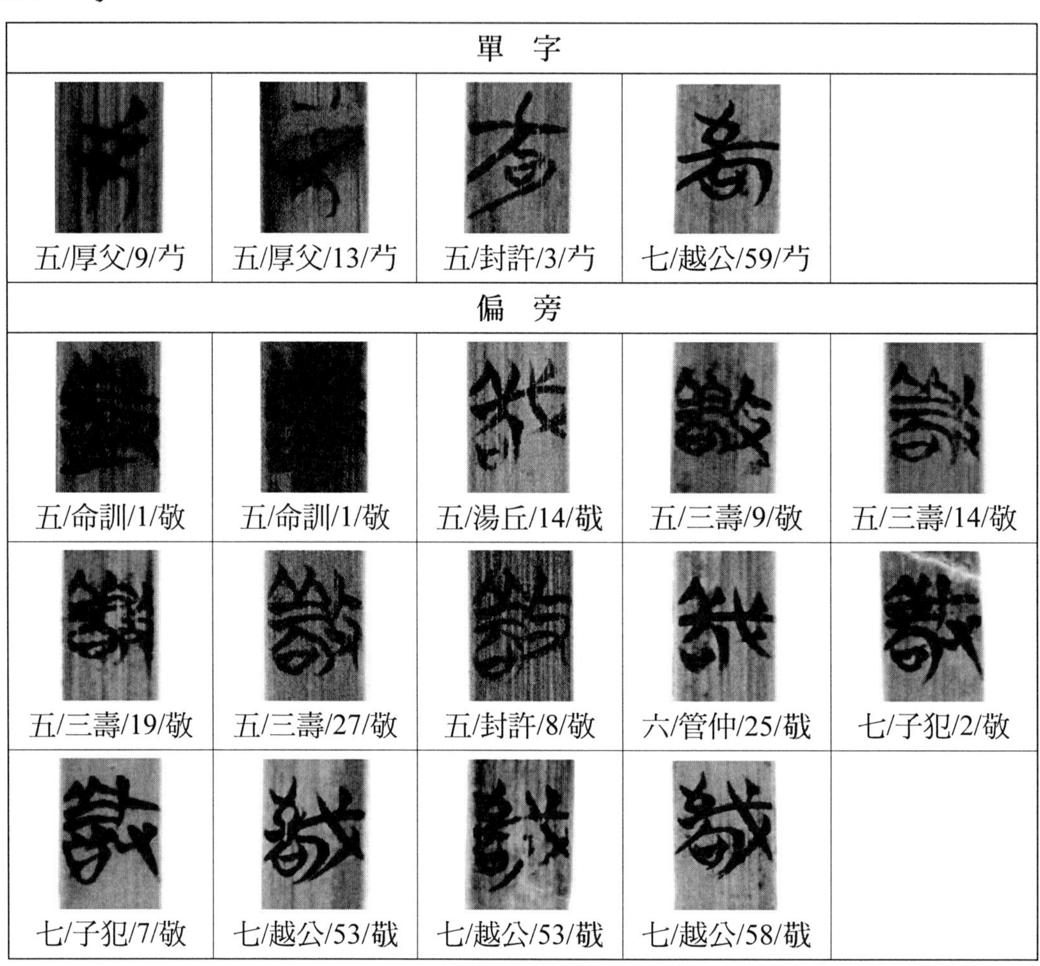

單字				
五/厚父/9/茍	五/厚父/13/茍	五/封許/3/茍	七/越公/59/茍	
偏旁				
五/命訓/1/敬	五/命訓/1/敬	五/湯丘/14/𢦏	五/三壽/9/敬	五/三壽/14/敬
五/三壽/19/敬	五/三壽/27/敬	五/封許/8/敬	六/管仲/25/𢦏	七/子犯/2/敬
七/子犯/7/敬	七/越公/53/𢦏	七/越公/53/𢦏	七/越公/58/𢦏	

《說文・卷九・茍部》：「，自急敕也。从羊省，从包省。从口，口猶慎言也。从羊，羊與義、善、美同意。凡茍之屬皆从茍。，古文羊不省。」甲骨文形體寫作：（《合集》20390），（《合集》5590）。金文形體寫作：（《大保簋》），（《盂鼎》），（《師虎簋》），（《逆鐘》）。「茍」字本形不詳，王襄釋為「敬」字的初文。〔註56〕

051 丮

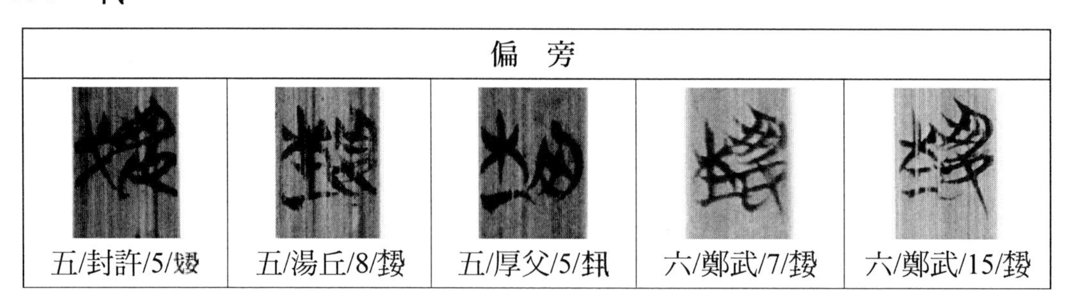

偏旁				
五/封許/5/𡢁	五/湯丘/8/𡢁	五/厚父/5/埶	六/鄭武/7/𡢁	六/鄭武/15/𡢁

〔註56〕王襄：《簠室殷契類纂》，頁41。

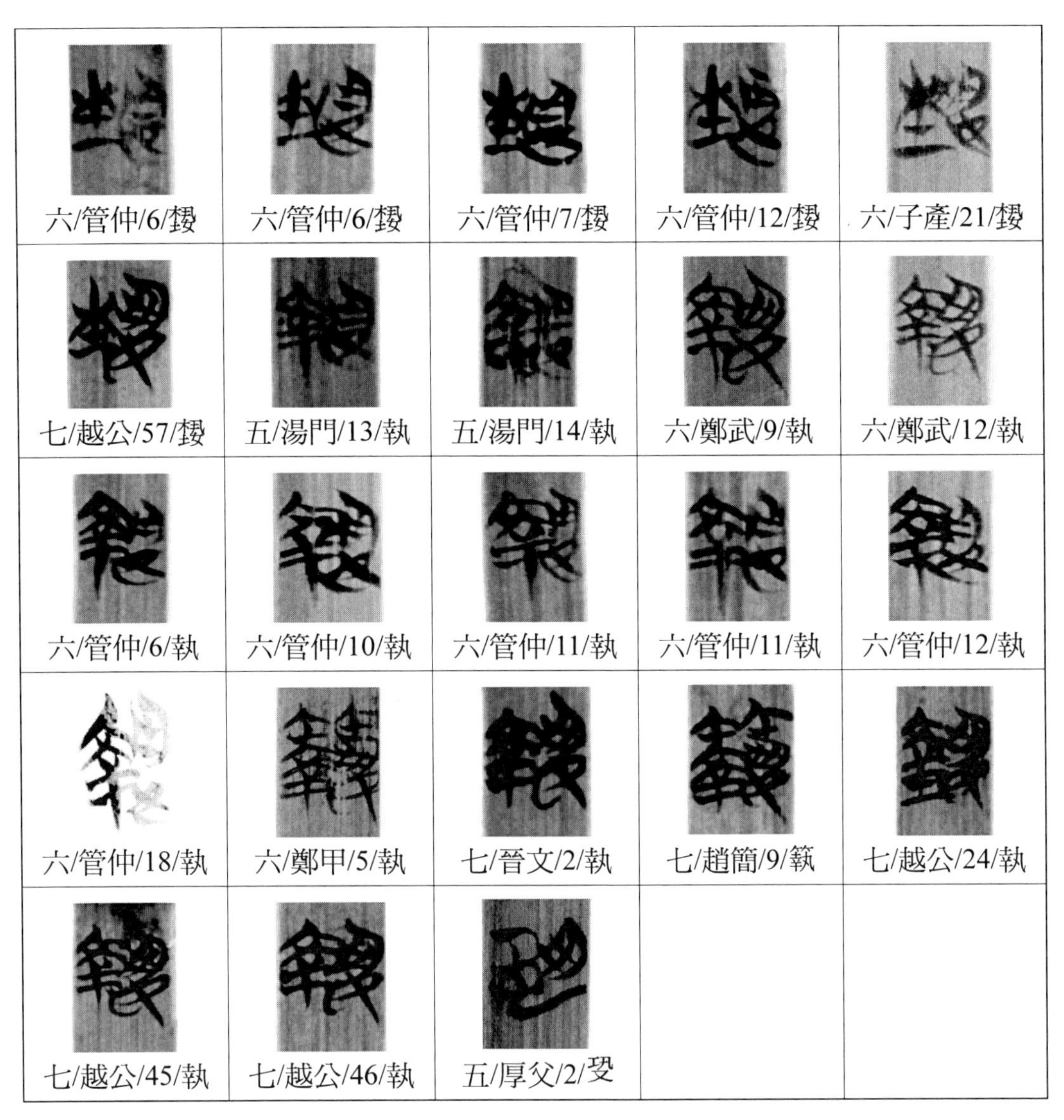

六/管仲/6/𡙁	六/管仲/6/𡙁	六/管仲/7/𡙁	六/管仲/12/𡙁	六/子產/21/𡙁
七/越公/57/𡙁	五/湯門/13/執	五/湯門/14/執	六/鄭武/9/執	六/鄭武/12/執
六/管仲/6/執	六/管仲/10/執	六/管仲/11/執	六/管仲/11/執	六/管仲/12/執
六/管仲/18/執	六/鄭甲/5/執	七/晉文/2/執	七/趙簡/9/籁	七/越公/24/執
七/越公/45/執	七/越公/46/執	五/厚父/2/㚇		

《說文・卷・三・丮部》:「，持也。象手有所丮據也。凡丮之屬皆从丮。讀若戟。」甲骨文作（《乙編》4697）、（《後》2.38.8）。金文作：（《沈子它簋》）、（《班簋》）。羅振玉謂「象兩手執事形。」〔註57〕

052　丮

單　字				
五/湯丘/5/䌛				

〔註57〕羅振玉：《增訂殷虛書契考釋（中）》，頁63。

《說文・卷三・言部》:「，問也。从言卂聲。，古文訊从卤。(思晉切)」甲骨文作：(《續》3.31.5)、(《鐵》163.1)。金文作：(虢季子白盤)、(多友鼎)。吳大澂謂：「从系从口，執敵而訊之也。」〔註 58〕

053　若

單　字				
五/厚父/1/若	五/厚父/3/若	五/厚父/6/若	五/厚父/8/若	五/厚父/12/若
五/厚父/12/若	五/湯丘/12/若	五/湯丘/14/若	五/湯丘/17/若	五/湯丘/17/若
五/湯門/12/若	五/湯門/12/若	五/湯門/12/若	五/湯門/12/若	五/湯門/12/若
五/湯門/12/若	五/湯門/13/若	五/湯門/13/若	五/湯門/13/若	五/湯門/13/若
五/三壽/9/若	五/三壽/27/若	五/三壽/28/若	五/封許/8/若	六/鄭武/5/若
六/鄭甲/1/若	六/鄭甲/2/若	六/鄭甲/4/若	六/鄭甲/4/若	六/鄭甲/13/若

〔註 58〕〔清〕吳大澂：《說文古籀補》，頁 11。

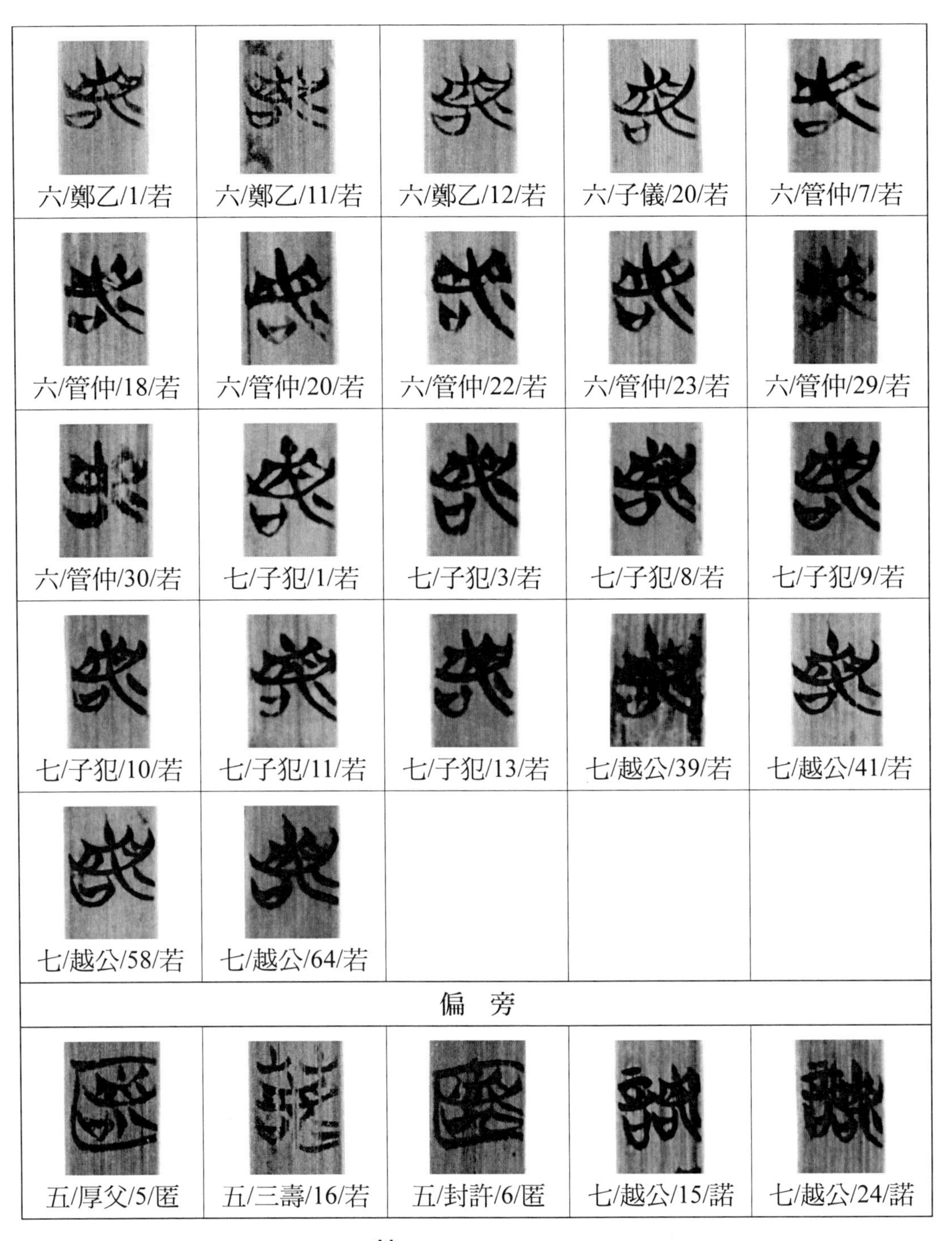

六/鄭乙/1/若
六/鄭乙/11/若
六/鄭乙/12/若
六/子儀/20/若
六/管仲/7/若
六/管仲/18/若
六/管仲/20/若
六/管仲/22/若
六/管仲/23/若
六/管仲/29/若
六/管仲/30/若
七/子犯/1/若
七/子犯/3/若
七/子犯/8/若
七/子犯/9/若
七/子犯/10/若
七/子犯/11/若
七/子犯/13/若
七/越公/39/若
七/越公/41/若
七/越公/58/若
七/越公/64/若
偏　旁
五/厚父/5/匿
五/三壽/16/若
五/封許/6/匿
七/越公/15/諾
七/越公/24/諾

《說文·卷一·艸部》:「 ，擇菜也。从艸、右。右，手也。一曰杜若，香艸。」甲骨文形體做： （《合集》35913） （《合集》01706）。金文形體作： （《盂鼎》），或作： （《毛公鼎》）。季師釋形為：「象人跪跽，披頭散髮，雙手上舉，順服之狀。」〔註59〕

〔註59〕季師旭昇：《說文新證》，頁69～70。

四、女 類

054 女

單　字				
四/筮法/1/女	四/筮法/4/女	四/筮法/8/女	四/筮法/9/女	四/筮法/15/女
四/筮法/17/女	四/筮法/19/女	四/筮法/21/女	四/筮法/21/女	四/筮法/25/女
四/筮法/46/女	四/筮法/46/女	四/筮法/48/女	四/筮法/51/女	四/筮法/62/女
五/厚父/4/女	五/厚父/8/女	五/厚父/9/女	五/厚父/12/女	五/厚父/12/女
五/厚父/12/女	五/封許/2/女	五/封許/3/女	五/封許/5/女	五/封許/5/女
五/封許/5/女	五/封許/8/女	五/命訓/2/女	五/命訓/2/女	五/命訓/3/女
五/命訓/4/女	五/命訓/5/女	五/命訓/5/女	五/命訓/5/女	五/湯丘/1/女

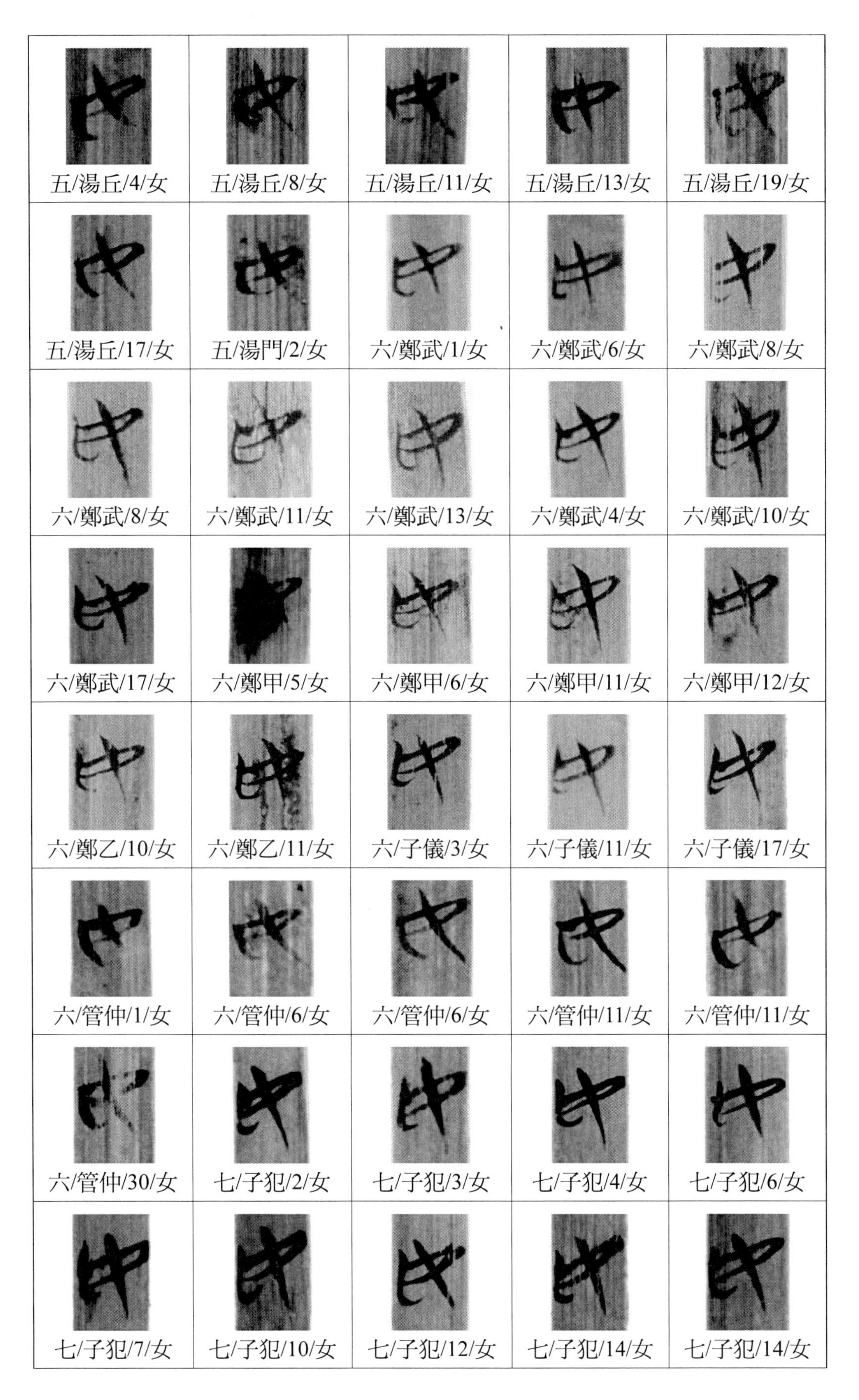

五/湯丘/4/女	五/湯丘/8/女	五/湯丘/11/女	五/湯丘/13/女	五/湯丘/19/女
五/湯丘/17/女	五/湯門/2/女	六/鄭武/1/女	六/鄭武/6/女	六/鄭武/8/女
六/鄭武/8/女	六/鄭武/11/女	六/鄭武/13/女	六/鄭武/4/女	六/鄭武/10/女
六/鄭武/17/女	六/鄭甲/5/女	六/鄭甲/6/女	六/鄭甲/11/女	六/鄭甲/12/女
六/鄭乙/10/女	六/鄭乙/11/女	六/子儀/3/女	六/子儀/11/女	六/子儀/17/女
六/管仲/1/女	六/管仲/6/女	六/管仲/6/女	六/管仲/11/女	六/管仲/11/女
六/管仲/30/女	七/子犯/2/女	七/子犯/3/女	七/子犯/4/女	七/子犯/6/女
七/子犯/7/女	七/子犯/10/女	七/子犯/12/女	七/子犯/14/女	七/子犯/14/女

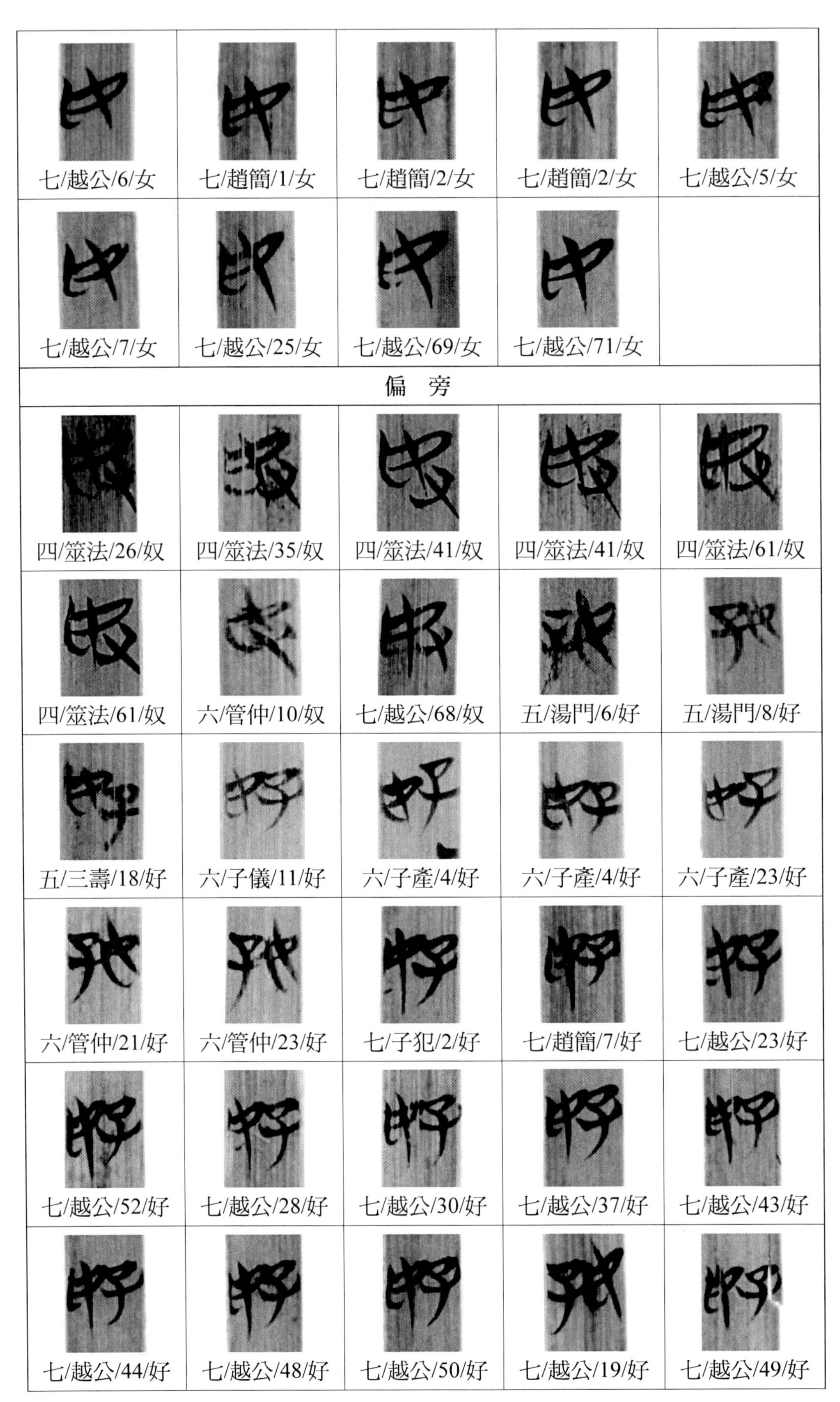

七/越公/6/女	七/趙簡/1/女	七/趙簡/2/女	七/趙簡/2/女	七/越公/5/女
七/越公/7/女	七/越公/25/女	七/越公/69/女	七/越公/71/女	
偏旁				
四/筮法/26/奴	四/筮法/35/奴	四/筮法/41/奴	四/筮法/41/奴	四/筮法/61/奴
四/筮法/61/奴	六/管仲/10/奴	七/越公/68/奴	五/湯門/6/好	五/湯門/8/好
五/三壽/18/好	六/子儀/11/好	六/子產/4/好	六/子產/4/好	六/子產/23/好
六/管仲/21/好	六/管仲/23/好	七/子犯/2/好	七/趙簡/7/好	七/越公/23/好
七/越公/52/好	七/越公/28/好	七/越公/30/好	七/越公/37/好	七/越公/43/好
七/越公/44/好	七/越公/48/好	七/越公/50/好	七/越公/19/好	七/越公/49/好

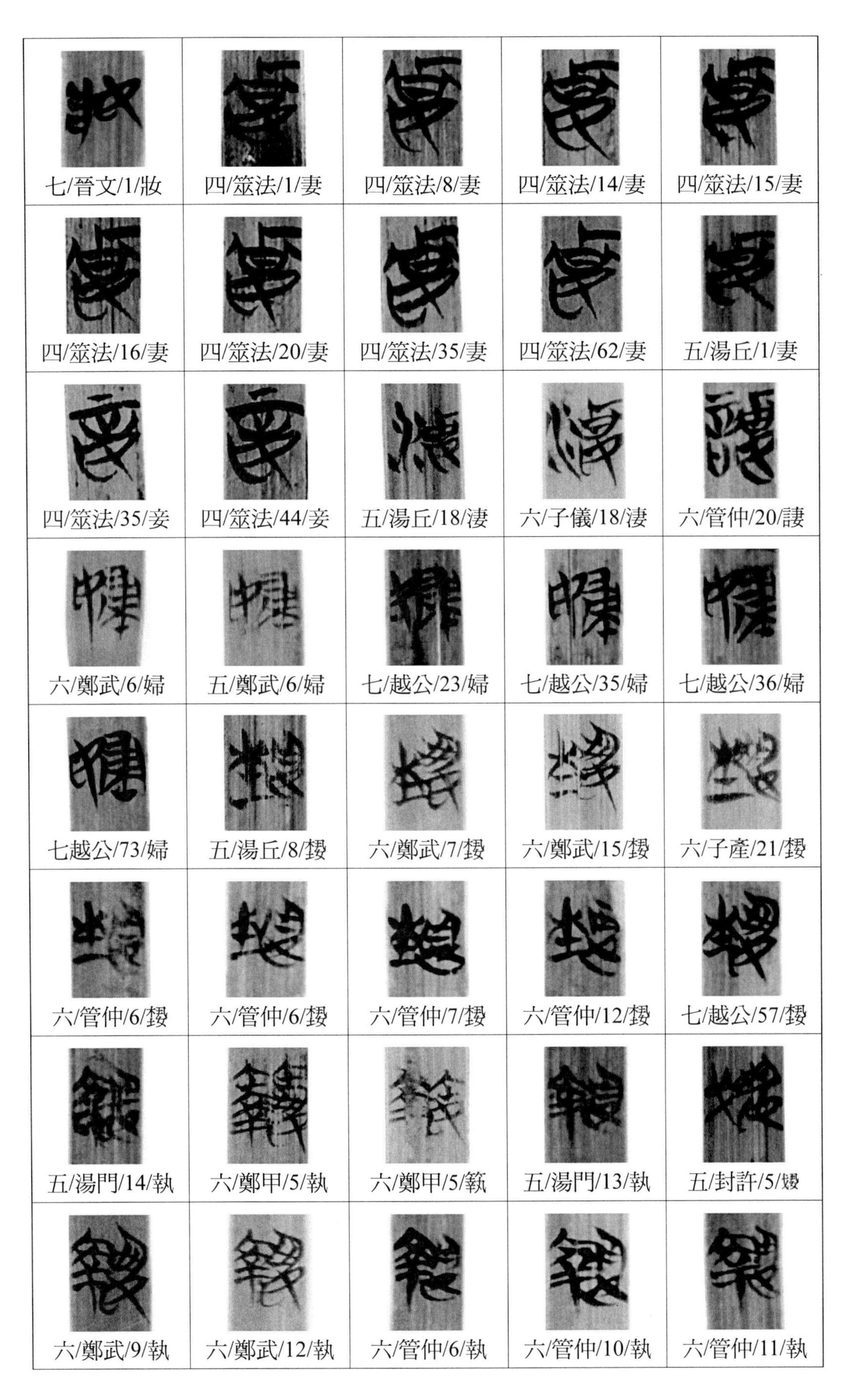

七/晉文/1/妝	四/筮法/1/妻	四/筮法/8/妻	四/筮法/14/妻	四/筮法/15/妻
四/筮法/16/妻	四/筮法/20/妻	四/筮法/35/妻	四/筮法/62/妻	五/湯丘/1/妻
四/筮法/35/妾	四/筮法/44/妾	五/湯丘/18/淒	六/子儀/18/淒	六/管仲/20/諰
六/鄭武/6/婦	五/鄭武/6/婦	七/越公/23/婦	七/越公/35/婦	七/越公/36/婦
七越公/73/婦	五/湯丘/8/塿	六/鄭武/7/塿	六/鄭武/15/塿	六/子產/21/塿
六/管仲/6/塿	六/管仲/6/塿	六/管仲/7/塿	六/管仲/12/塿	七/越公/57/塿
五/湯門/14/執	六/鄭甲/5/執	六/鄭甲/5/籖	五/湯門/13/執	五/封許/5/[illegible]
六/鄭武/9/執	六/鄭武/12/執	六/管仲/6/執	六/管仲/10/執	六/管仲/11/執

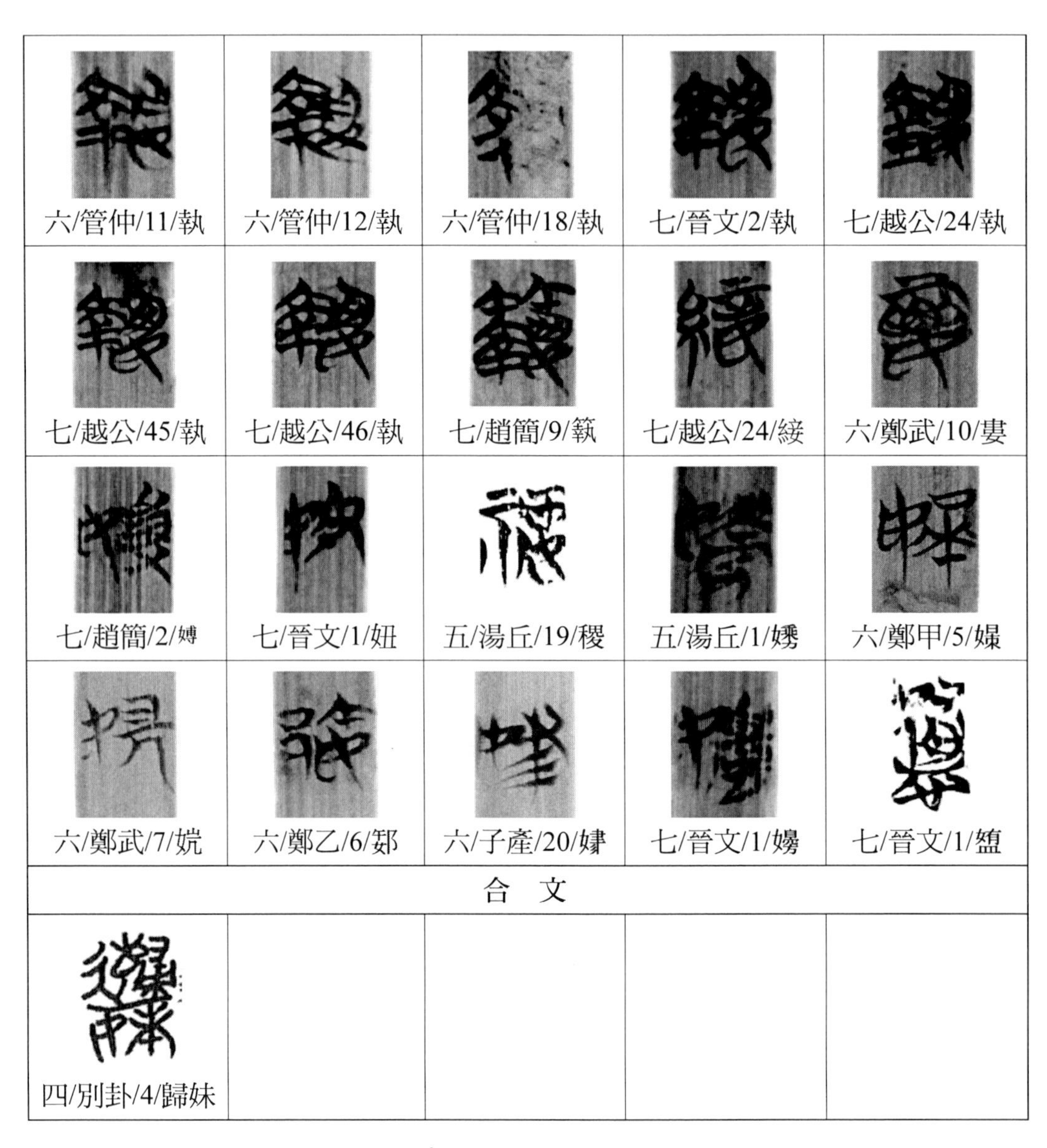

六/管仲/11/執	六/管仲/12/執	六/管仲/18/執	七/晉文/2/執	七/越公/24/執
七/越公/45/執	七/越公/46/執	七/趙簡/9/籔	七/越公/24/縷	六/鄭武/10/婁
七/趙簡/2/嫥	七/晉文/1/妞	五/湯丘/19/稷	五/湯丘/1/嬫	六/鄭甲/5/媈
六/鄭武/7/婋	六/鄭乙/6/郯	六/子產/20/婕	七/晉文/1/嬶	七/晉文/1/媼
合　文				
四/別卦/4/歸妹				

《說文．卷十二．女部》：「，婦人也。象形。王育說。凡女之屬皆从女。」甲骨文形體作：（《合集》10441），（《合集》06948）。金文形體作（《頌壺》）。季師釋形作：「象女子跪坐斂手之形。」〔註 60〕

055　女

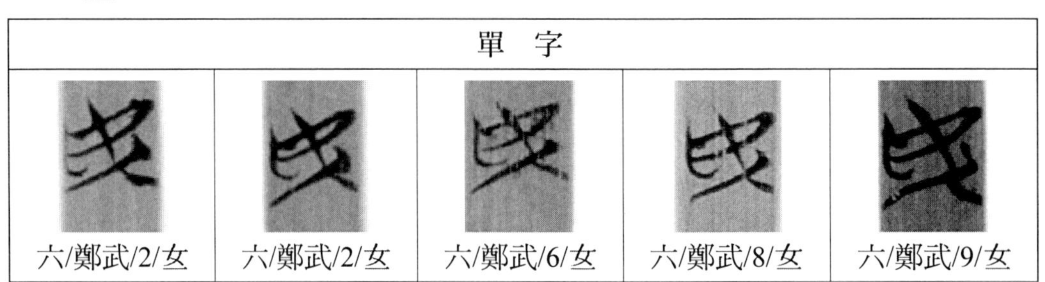

單　字				
六/鄭武/2/女	六/鄭武/2/女	六/鄭武/6/女	六/鄭武/8/女	六/鄭武/9/女

〔註 60〕季師旭昇：《說文新證》，頁 848。

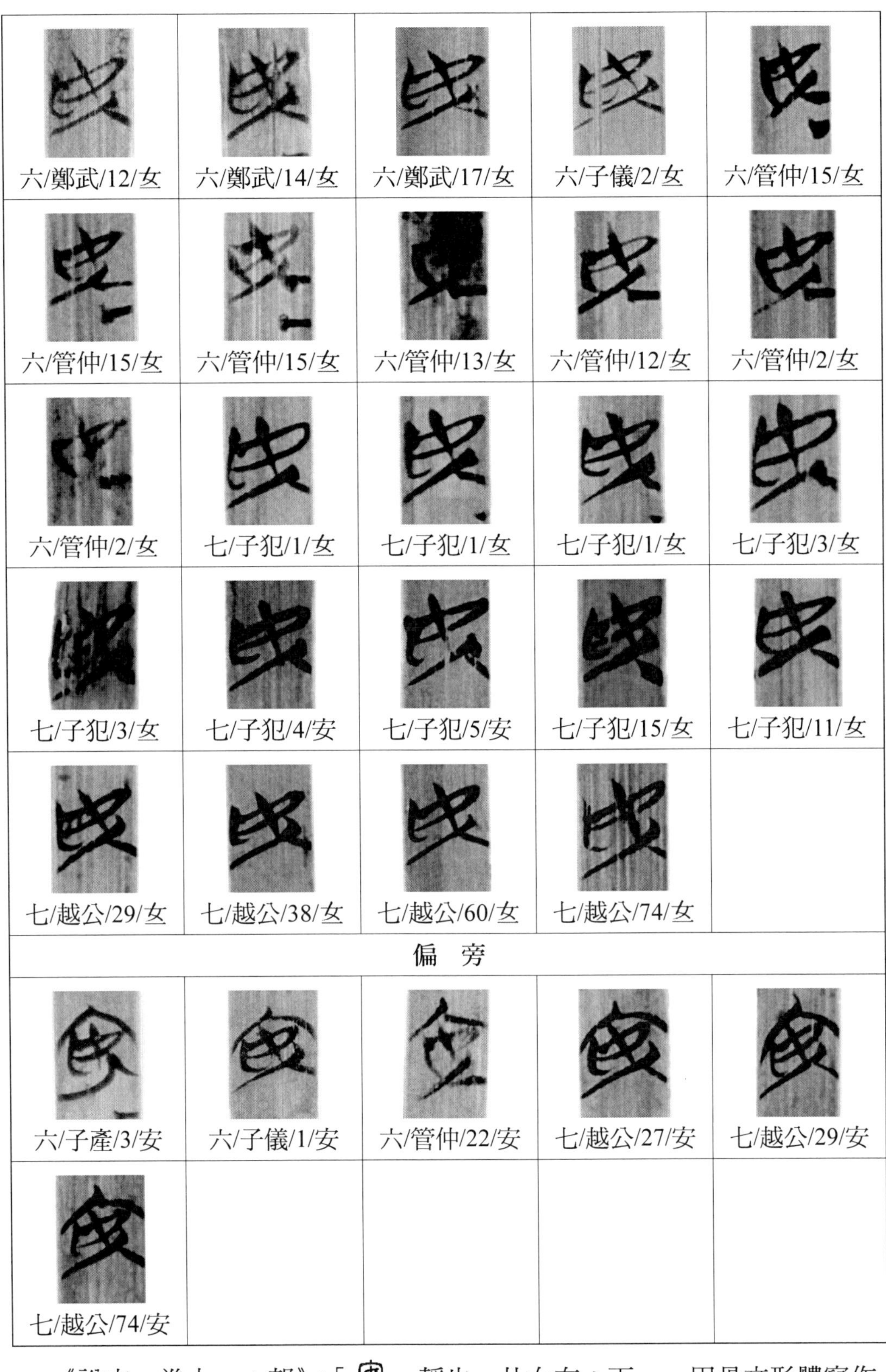

六/鄭武/12/女	六/鄭武/14/女	六/鄭武/17/女	六/子儀/2/女	六/管仲/15/女
六/管仲/15/女	六/管仲/15/女	六/管仲/13/女	六/管仲/12/女	六/管仲/2/女
六/管仲/2/女	七/子犯/1/女	七/子犯/1/女	七/子犯/1/女	七/子犯/3/女
七/子犯/3/女	七/子犯/4/安	七/子犯/5/安	七/子犯/15/女	七/子犯/11/女
七/越公/29/女	七/越公/38/女	七/越公/60/女	七/越公/74/女	
偏　旁				
六/子產/3/安	六/子儀/1/安	六/管仲/22/安	七/越公/27/安	七/越公/29/安
七/越公/74/安				

《說文・卷十・宀部》：「，靜也。从女在宀下。」甲骨文形體寫作：（《合集》22094），（《合集》5373），（《花東》285）。金文形體寫作：（《安父簋》），（《公貿鼎》）。陳劍認為，「安」字字下所從的「女」旁

皆有一點，當改隸為「女」，象「安坐直形」，即「通過在『跪坐人形』的股脛之間添加一筆來表示股、脛接觸的跪坐姿勢。」而舊釋為「安」的字，當改釋為「賓」。〔註 61〕

056 妟

單　字				
五/三壽/19/妟				
偏　旁				
五/封許/6/緓	七/越公/20/緓			

《說文・卷七・疒部》：「癭，頸瘤也。从疒嬰聲。」甲骨文形體寫作：（《合集》190），（《合集》17541）。金文形體寫作：（《王子嬰次鑪》「嬰」字偏旁）。馮勝君釋形作：「像女人的脖頸處長有腫瘤的樣子。」〔註 62〕

057 母

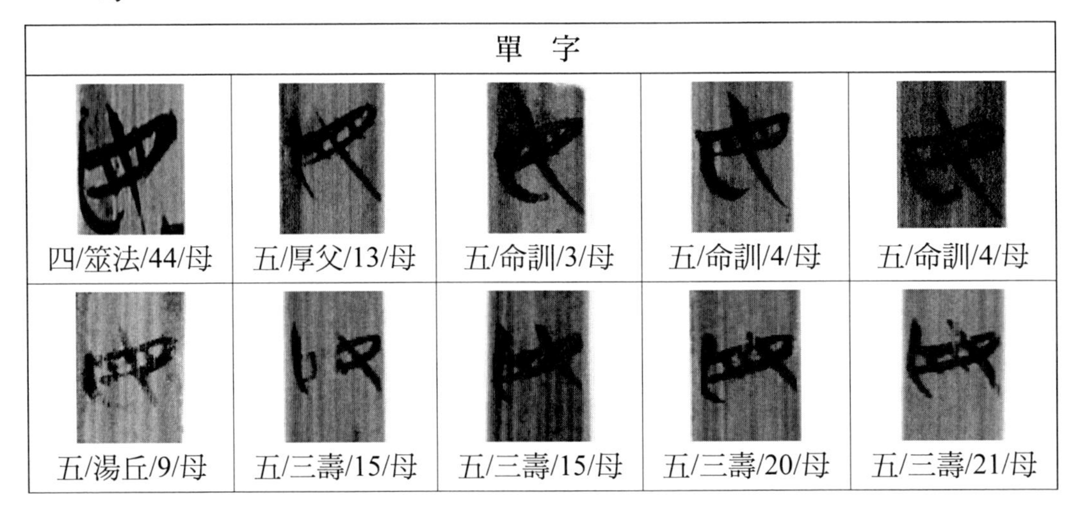

單　字				
四/筮法/44/母	五/厚父/13/母	五/命訓/3/母	五/命訓/4/母	五/命訓/4/母
五/湯丘/9/母	五/三壽/15/母	五/三壽/15/母	五/三壽/20/母	五/三壽/21/母

〔註 61〕陳劍：〈說文「安」字〉《甲骨金文考釋論集》，頁 134。

〔註 62〕馮勝君：〈試說東周文字中部分「嬰」及從「嬰」之字的聲符——兼釋甲骨文中的「癭」和「頸」〉《出土文獻與傳世典籍的詮釋：紀念譚朴森先生逝世兩週年國際學術研討會論文集》，頁 67～80。

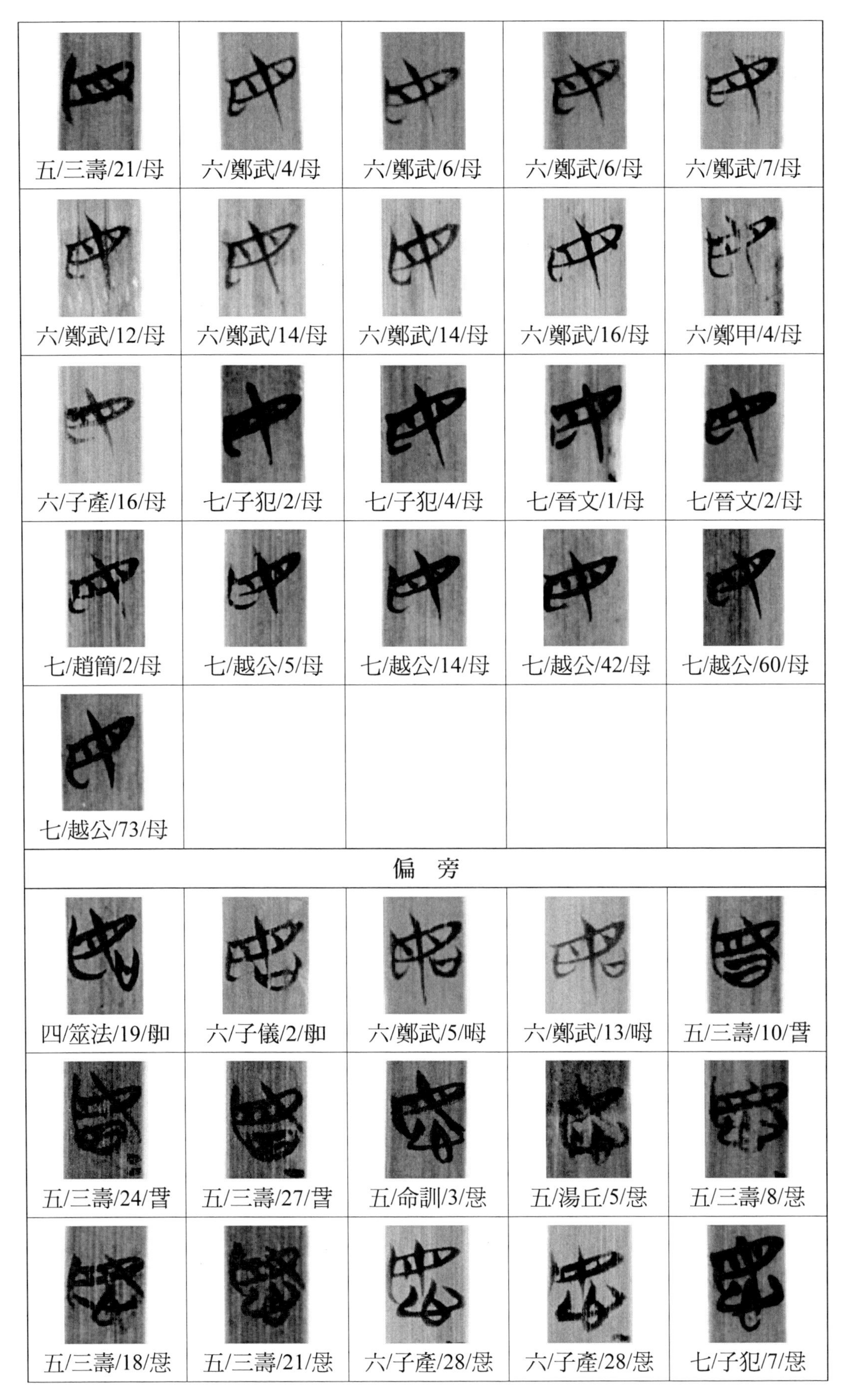
五/三壽/21/母
六/鄭武/4/母
六/鄭武/6/母
六/鄭武/6/母
六/鄭武/7/母
六/鄭武/12/母
六/鄭武/14/母
六/鄭武/14/母
六/鄭武/16/母
六/鄭甲/4/母
六/子產/16/母
七/子犯/2/母
七/子犯/4/母
七/晉文/1/母
七/晉文/2/母
七/趙簡/2/母
七/越公/5/母
七/越公/14/母
七/越公/42/母
七/越公/60/母
七/越公/73/母
偏　旁
四/筮法/19/毋
六/子儀/2/毋
六/鄭武/5/呣
六/鄭武/13/呣
五/三壽/10/訔
五/三壽/24/訔
五/三壽/27/訔
五/命訓/3/悬
五/湯丘/5/悬
五/三壽/8/悬
五/三壽/18/悬
五/三壽/21/悬
六/子產/28/悬
六/子產/28/悬
七/子犯/7/悬

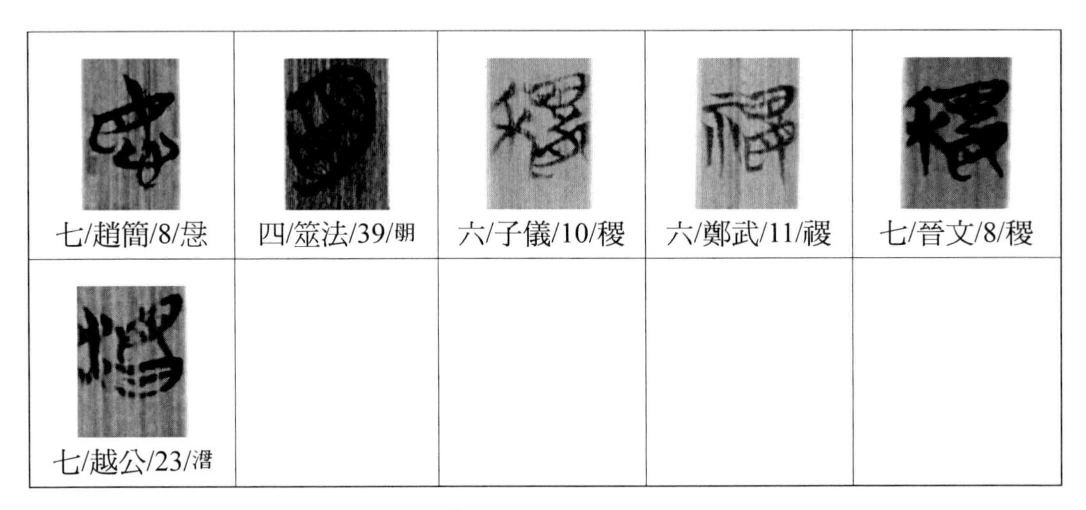

七/趙簡/8/悬
四/筮法/39/朙
六/子儀/10/稷
六/鄭武/11/禝
七/晉文/8/稷
七/越公/23/潛

《說文·卷十二·女部》:「，牧也。从女，象褱子形。一曰象乳子也。」甲骨文形體作：（《合集》20576），（《合集》01051）。金文形體作：（《頌簋》）。（《田告作母辛鼎》）。郭沫若釋形作象形字，女字中間兩點象人乳之形體。〔註 63〕姚孝遂先生認為，母字在女字基礎上增加兩點，為區別符號。〔註 64〕

058　每

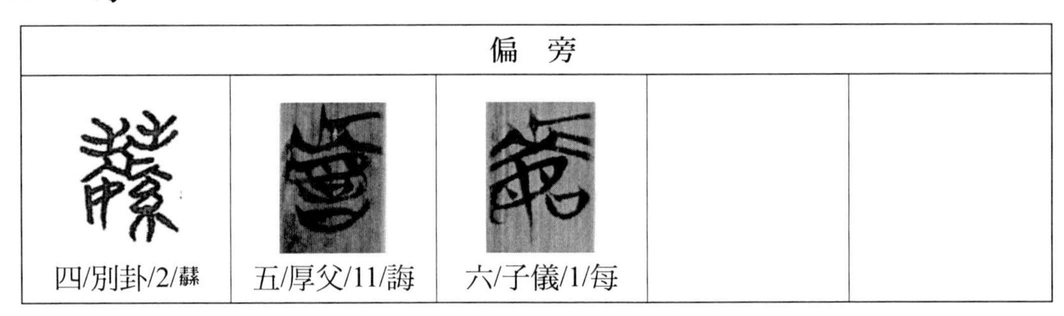

偏　旁
四/別卦/2/蘩
五/厚父/11/誨
六/子儀/1/每

《說文·卷一·屮部》:「，艸盛上出也。从屮母聲。」甲骨文形體寫作：（《合集》28410），（《合集》27987）。金文形體寫作：（《天亡簋》），（《杞伯每亡簋》）。「每」字當為合體象形字，象婦女髮飾盛美。〔註 65〕

〔註 63〕郭沫若：《甲骨文字研究》，頁 14。

〔註 64〕姚孝遂：〈再論古漢字的性質〉《古文字研究（第 17 輯）》，頁 314。

〔註 65〕季師旭昇：《說文新證》，頁 66。

059　妻

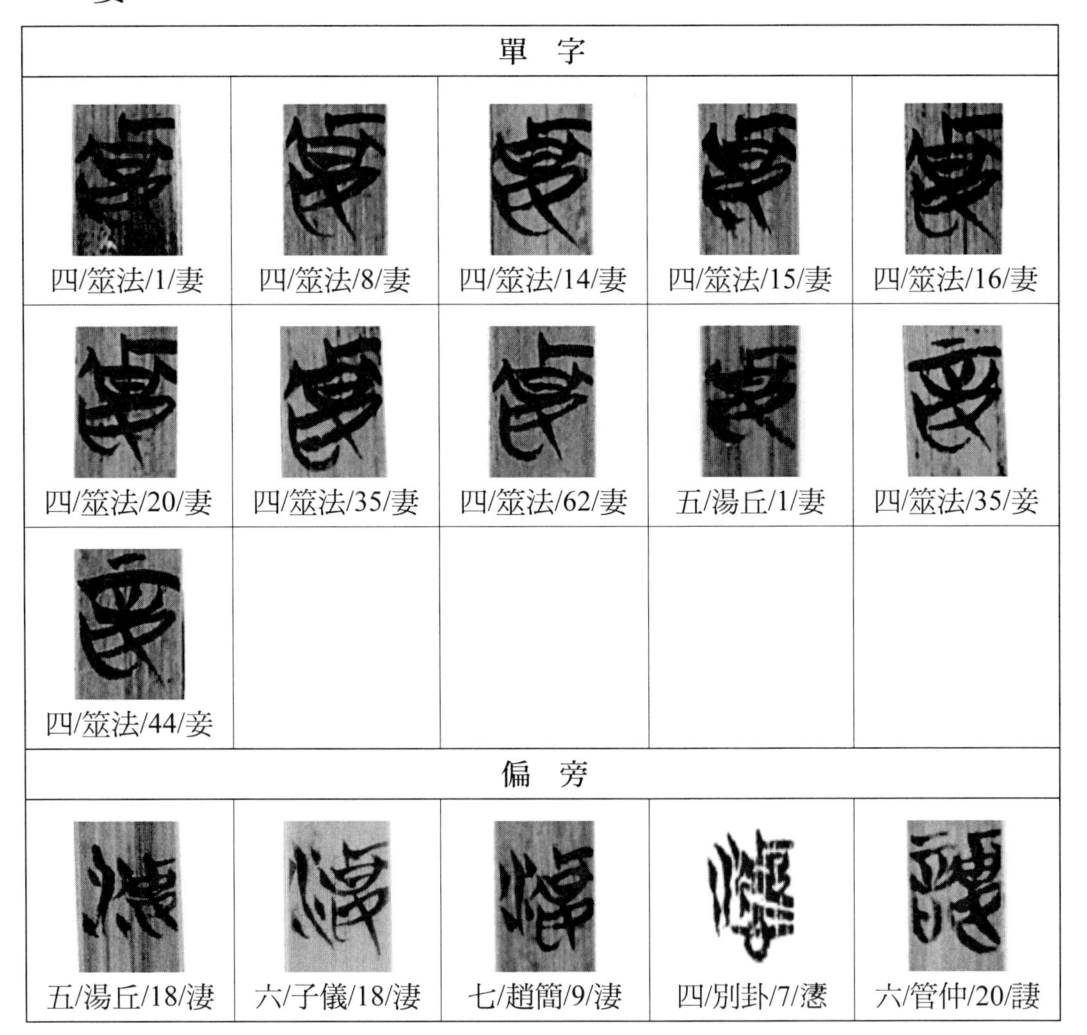

單字				
四/筮法/1/妻	四/筮法/8/妻	四/筮法/14/妻	四/筮法/15/妻	四/筮法/16/妻
四/筮法/20/妻	四/筮法/35/妻	四/筮法/62/妻	五/湯丘/1/妻	四/筮法/35/妾
四/筮法/44/妾				
偏旁				
五/湯丘/18/淒	六/子儀/18/淒	七/趙簡/9/淒	四/別卦/7/濷	六/管仲/20/譿

《說文・卷十二・女部》:「，婦與夫齊者也。从女从中从又。又，持事，妻職也。，古文妻从𡿪、女。𡿪，古文貴字。」甲骨文「妻」字寫作：（《合集》00689），（《合集》06057 反），（《合集》05450），（《合集》00272）。金文形體寫作：（《父丁罍》），（《王妻簋》）。李孝定釋形作：以手束髮，可為人妻。〔註 66〕金文時「又」形同女髮寫在一起，並在戰國文字中「聲化」為「甾」聲。

〔註 66〕李孝定：《甲骨文字集釋》，頁 3601。

060 子

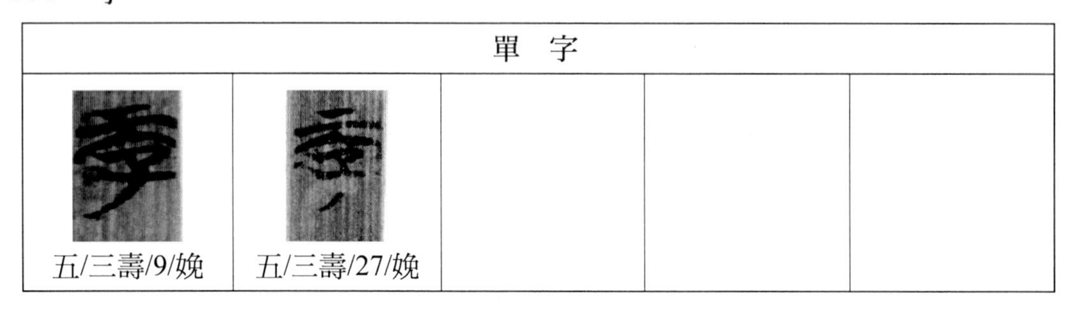

單字				
五/三壽/9/娩	五/三壽/27/娩			

《說文繫傳》:「𡥅，生子免身也。從子、免。」甲骨文形體趙平安釋出：□(《合集 14020》)，□(《合集》14010 正)。〔註 67〕楚簡上部或為母體省形，象分娩胎兒的形狀。

〔註 67〕趙平安：〈從楚簡「娩」的釋讀談到甲骨文的「娩㓜」〉《趙平安自選集》，頁 21。

五、子　類

061　子

單　字				
 四/筮法/25/子	 四/筮法/32/子	 四/筮法/46/子	 四/筮法/50/子	 四/筮法/52/子
 四/筮法/52/子	 五/厚父/5/子	 五/厚父/7/子	 五/厚父/9/子	 五/湯丘/6/子
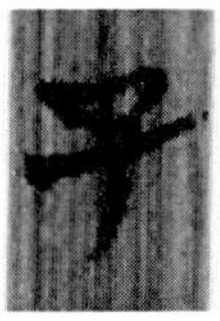 五/湯丘/10/子	 六/鄭武/16/子	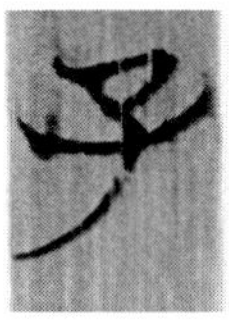 六/鄭甲/1/子	 六/鄭甲/1/子	 六/鄭乙/1/子
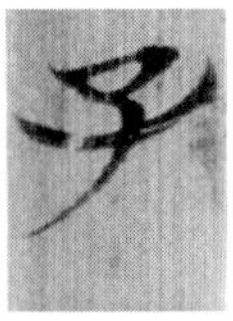 六/子儀/3/子	 六/子儀/5/子	 六/子儀/7/子	 六/子儀/7/子	 六/子儀/10/子
 六/子儀/14/子	 六/子儀/17/子	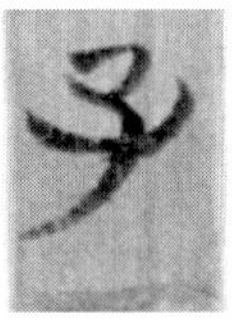 六/子產/3/子	 六/子產/3/子	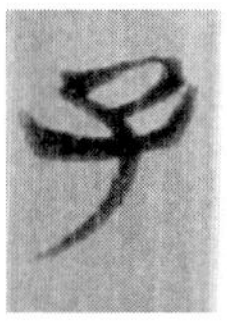 六/子產/7/子
 六/子產/15/子	 六/子產/20/子	 六/子產/21/子	 六/子產/21/子	 六/子產/21/子
 六/子產/22/子	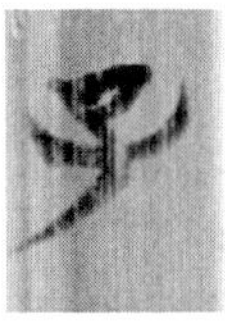 六/子產/23/子	 六/管仲/1/子	 六/管仲/1/子	 六/管仲/2/子

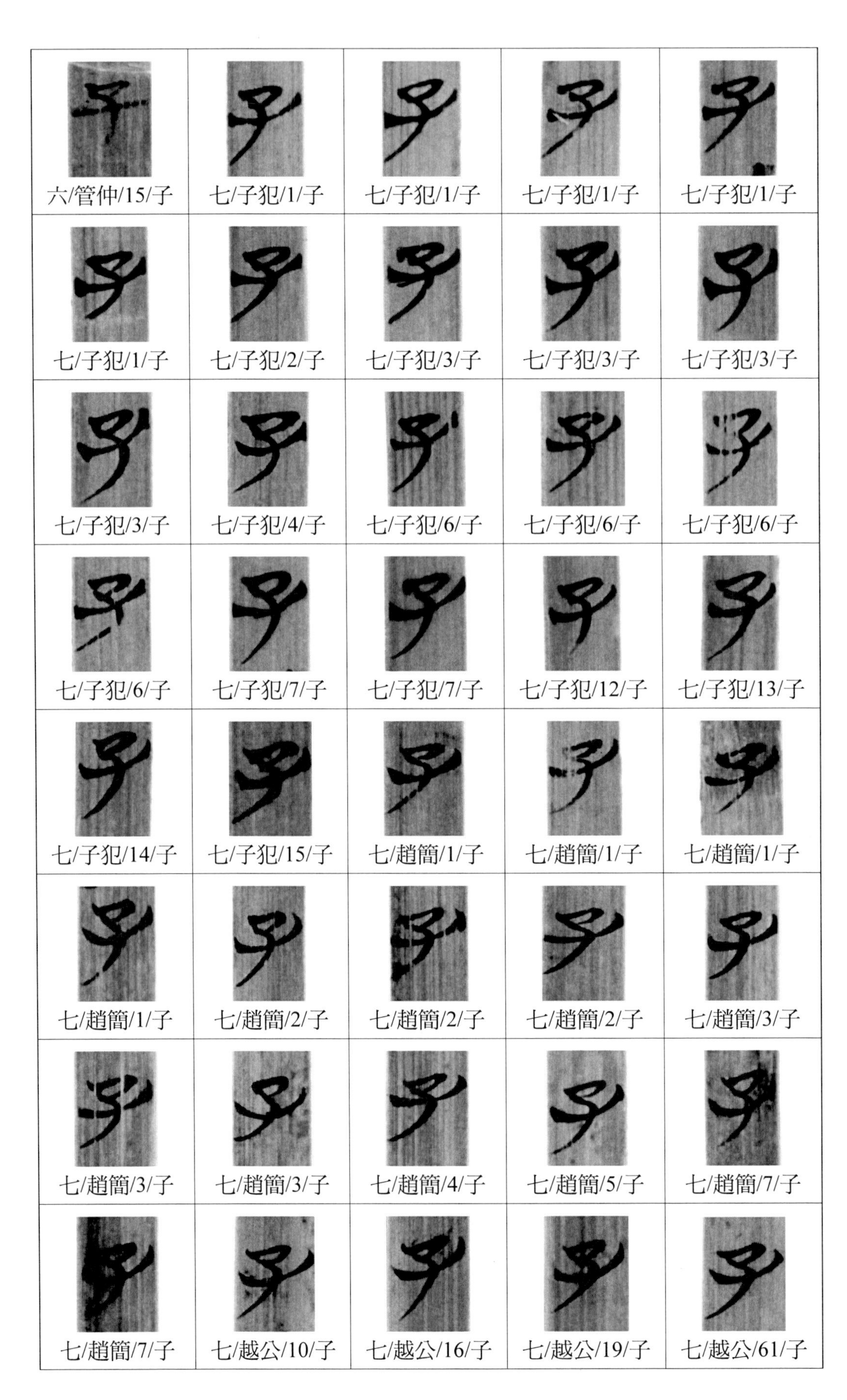

六/管仲/15/子	七/子犯/1/子	七/子犯/1/子	七/子犯/1/子	七/子犯/1/子
七/子犯/1/子	七/子犯/2/子	七/子犯/3/子	七/子犯/3/子	七/子犯/3/子
七/子犯/3/子	七/子犯/4/子	七/子犯/6/子	七/子犯/6/子	七/子犯/6/子
七/子犯/6/子	七/子犯/7/子	七/子犯/7/子	七/子犯/12/子	七/子犯/13/子
七/子犯/14/子	七/子犯/15/子	七/趙簡/1/子	七/趙簡/1/子	七/趙簡/1/子
七/趙簡/1/子	七/趙簡/2/子	七/趙簡/2/子	七/趙簡/2/子	七/趙簡/3/子
七/趙簡/3/子	七/趙簡/3/子	七/趙簡/4/子	七/趙簡/5/子	七/趙簡/7/子
七/趙簡/7/子	七/越公/10/子	七/越公/16/子	七/越公/19/子	七/越公/61/子

七/越公/64/子				
偏　旁				
五/湯門/6/好	五/湯門/8/好	五/三壽/18/好	六/子產/4/好	六/子產/4/好
六/子產/23/好	六/子儀/11/好	六/管仲/21/子	六/管仲/23/子	七/子犯/2/好
七/趙簡/7/好	七/越公/19/好	七/越公/23/好	七/越公/28/好	七/越公/30/好
七/越公/37/好	七/越公/43/好	七/越公/44/好	七/越公/48/好	七/越公/50/好
七/越公/49/好	七/越公/52/好	五/三壽/11/孚	六/鄭乙/9/孚	七/越公/38/諄
六/鄭武/1/乳	六/鄭武/5/乳	六/鄭武/7/乳	六/鄭武/8/乳	六/鄭武/8/乳
六/鄭武/10/乳	六/鄭武/10/乳	六/鄭武/11/乳	六/鄭武/11/乳	六/鄭武/11/乳

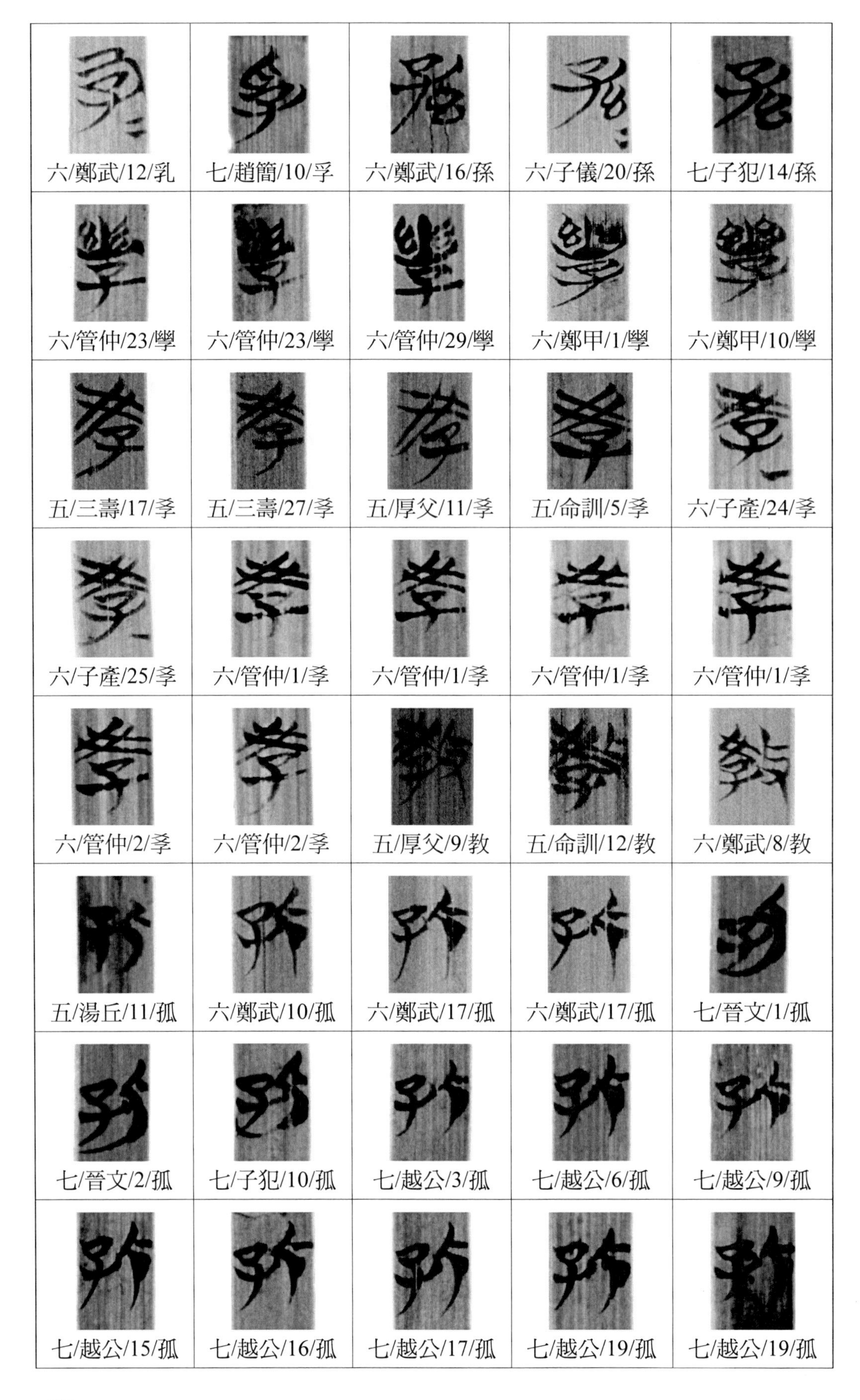

六/鄭武/12/乳	七/趙簡/10/孚	六/鄭武/16/孫	六/子儀/20/孫	七/子犯/14/孫
六/管仲/23/學	六/管仲/23/學	六/管仲/29/學	六/鄭甲/1/學	六/鄭甲/10/學
五/三壽/17/斈	五/三壽/27/斈	五/厚父/11/斈	五/命訓/5/斈	六/子產/24/斈
六/子產/25/斈	六/管仲/1/斈	六/管仲/1/斈	六/管仲/1/斈	六/管仲/1/斈
六/管仲/2/斈	六/管仲/2/斈	五/厚父/9/教	五/命訓/12/教	六/鄭武/8/教
五/湯丘/11/孤	六/鄭武/10/孤	六/鄭武/17/孤	六/鄭武/17/孤	七/晉文/1/孤
七/晉文/2/孤	七/子犯/10/孤	七/越公/3/孤	七/越公/6/孤	七/越公/9/孤
七/越公/15/孤	七/越公/16/孤	七/越公/17/孤	七/越公/19/孤	七/越公/19/孤

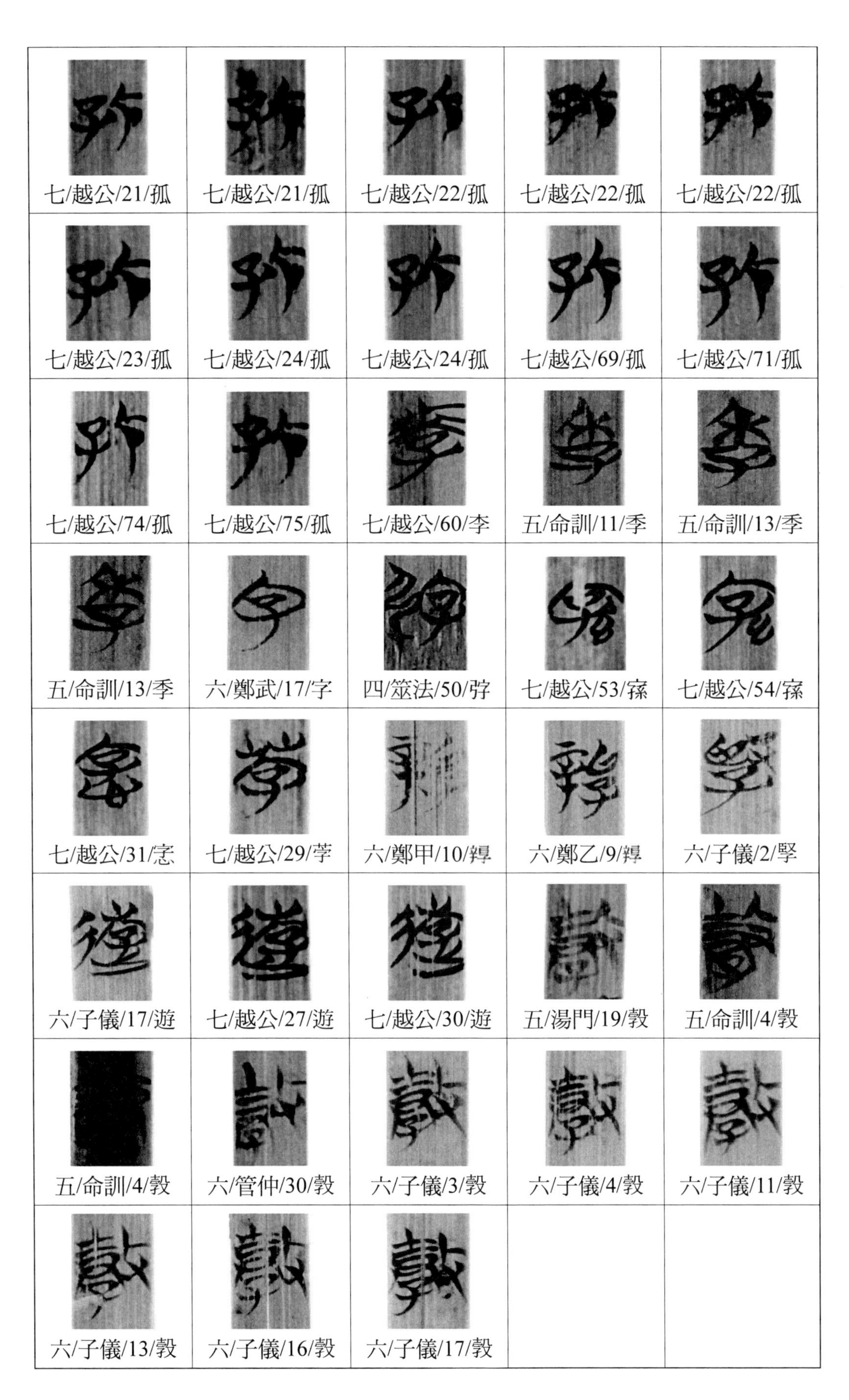
七/越公/21/孤
七/越公/21/孤
七/越公/22/孤
七/越公/22/孤
七/越公/22/孤
七/越公/23/孤
七/越公/24/孤
七/越公/24/孤
七/越公/69/孤
七/越公/71/孤
七/越公/74/孤
七/越公/75/孤
七/越公/60/李
五/命訓/11/季
五/命訓/13/季
五/命訓/13/季
六/鄭武/17/字
四/箴法/50/[illegible]
七/越公/53/[illegible]
七/越公/54/[illegible]
七/越公/31/[illegible]
七/越公/29/荢
六/鄭甲/10/[illegible]
六/鄭乙/9/[illegible]
六/子儀/2/孯
六/子儀/17/遊
七/越公/27/遊
七/越公/30/遊
五/湯門/19/㝅
五/命訓/4/㝅
五/命訓/4/㝅
六/管仲/30/㝅
六/子儀/3/㝅
六/子儀/4/㝅
六/子儀/11/㝅
六/子儀/13/㝅
六/子儀/16/㝅
六/子儀/17/㝅

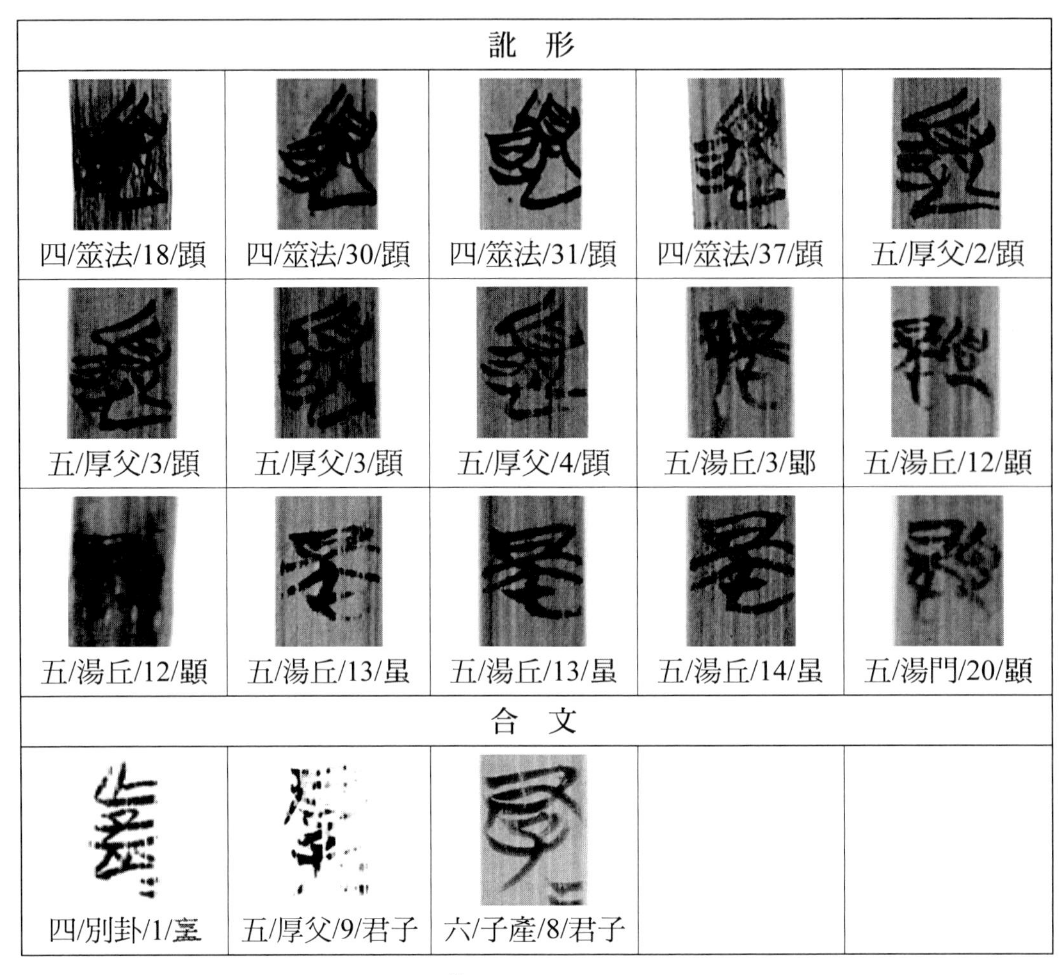

訛形				
四/筮法/18/頣	四/筮法/30/頣	四/筮法/31/頣	四/筮法/37/頣	五/厚父/2/頣
五/厚父/3/頣	五/厚父/3/頣	五/厚父/4/頣	五/湯丘/3/鄖	五/湯丘/12/顯
五/湯丘/12/顯	五/湯丘/13/曐	五/湯丘/13/曐	五/湯丘/14/曐	五/湯門/20/顯
合文				
四/別卦/1/室	五/厚父/9/君子	六/子產/8/君子		

《說文．卷十四．子部》：「，十一月，陽气動，萬物滋，人以爲偁。象形。凡子之屬皆从子。古文子从巛，象髮也。籀文子囟有髮，臂脛在几上也。」甲骨文子字有兩種寫法：（《前》1.5.6），（《合計》20423）。金文形體各自對應，寫作（《利簋》），（《史頌簋》）。林義光謂：「、象頭身臂及足並之形，兒在襁褓中故足并。又作，象腦上有髮。象軀幹，象兩手。」〔註 68〕

062　保

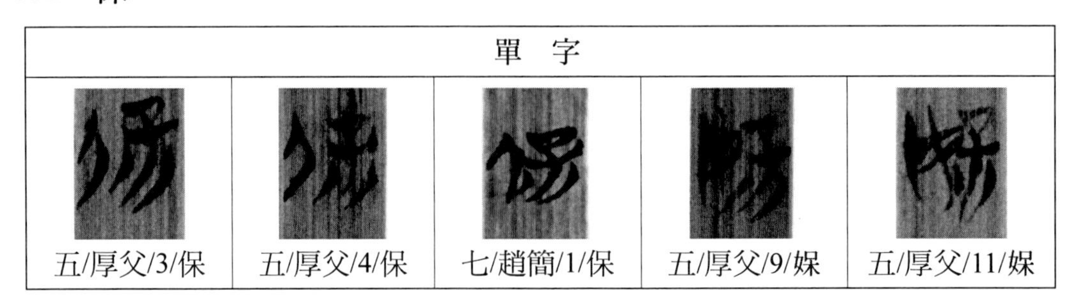

單字				
五/厚父/3/保	五/厚父/4/保	七/趙簡/1/保	五/厚父/9/𡥆	五/厚父/11/𡥆

〔註 68〕林義光：《文源》，頁 45。

偏　旁				
六/管仲/22/㑊				
省　形				
六/管仲/14/寶	六/管仲/14/寶			

《說文・卷八・人部》:「，養也。从人，从𤓯省。𤓯，古文孚。古文保不省。古文。」甲骨文形體作：(《合集》14059)。金文形體作：(《子保觚》)(《盂鼎》)。唐蘭字形形體解釋作：「象人反手負子於背也，子下一至兩筆當爲飾筆。」〔註 69〕季師以爲：保當爲會意字，會意大人反手負子於背。〔註 70〕

063　孔

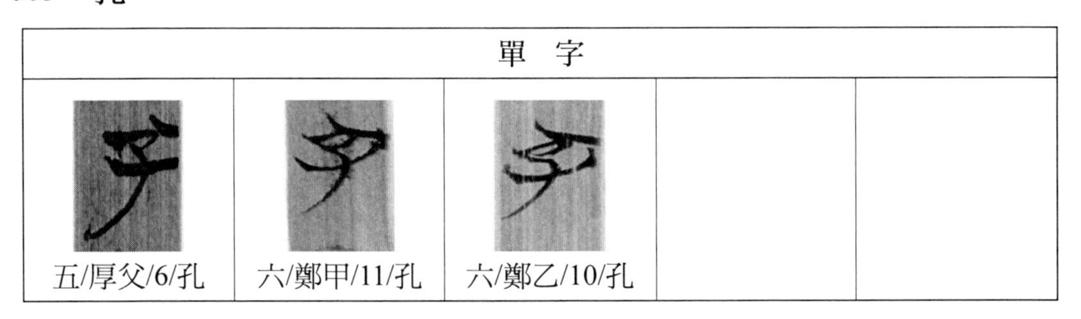

單　字				
五/厚父/6/孔	六/鄭甲/11/孔	六/鄭乙/10/孔		

《說文・卷十二・乙部》:「，通也。从乞从子。乞，請子之候鳥也。乞至而得子，嘉美之也。古人名嘉字子孔。」甲骨文未見「孔」字，金文寫作：(《孔作父癸鼎》)，(《虢季子白盤》)，(《王孫誥鍾》)。孔字為省體象形，象小兒所吮乳穴。根據「乳」字，〈五十二病方〉中「乳」字寫作。則「孔」字實為「乳」字省「爪」形。〔註 71〕

〔註 69〕唐蘭：〈釋保〉《殷墟文字記》，頁 58～59。
〔註 70〕季師旭昇：《說文新證》，頁 631～632。
〔註 71〕季師旭昇：《說文新證》，頁 827。

064 也

單字				
四/筮法/33/也	四/筮法/33/也	四/筮法/33/也	四/筮法/33/也	四/筮法/34/也
四/筮法/36/也	四/筮法/36/也	四/筮法/36/也	四/筮法/42/也	四/筮法/42/也
四/筮法/51/也	四/筮法/51/也	四/筮法/52/也	四/筮法/52/也	四/筮法/53/也
四/筮法/53/也	四/筮法/60/也	四/筮法/60/也	五/湯丘/10/也	五/湯丘/10/也
五/湯丘/10/也	五/湯丘/14/也	五/湯丘/16/也	五/湯門/11/也	五/湯門/18/也
五/湯門/19/也	五/命訓/13/也	六/鄭武/3/也	六/鄭武/9/也	六/鄭武/10/也
六/鄭武/15/也	六/鄭武/16/也	六/管仲/5/也	六/管仲/17/也	六/管仲/21/也

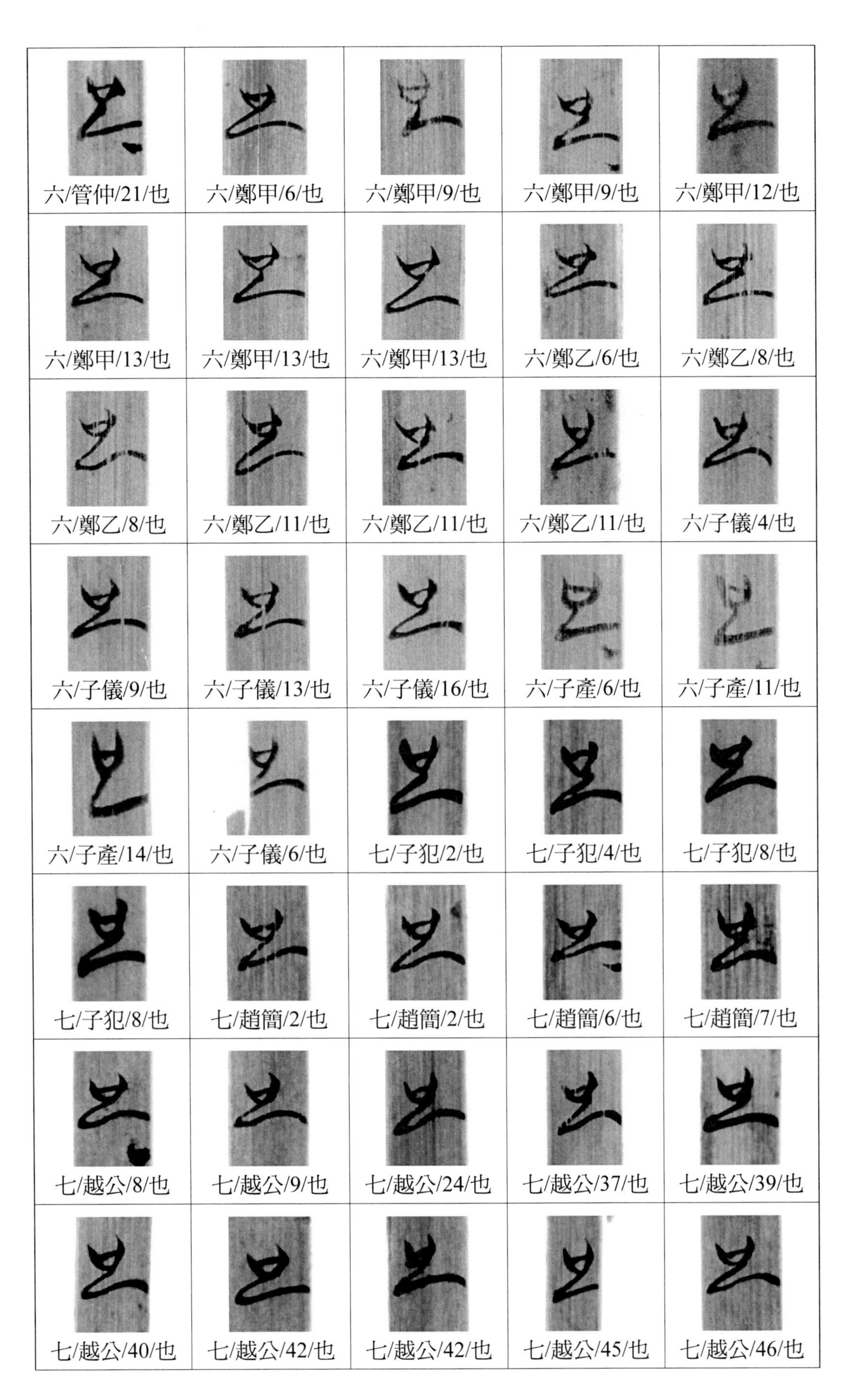

六/管仲/21/也	六/鄭甲/6/也	六/鄭甲/9/也	六/鄭甲/9/也	六/鄭甲/12/也
六/鄭甲/13/也	六/鄭甲/13/也	六/鄭甲/13/也	六/鄭乙/6/也	六/鄭乙/8/也
六/鄭乙/8/也	六/鄭乙/11/也	六/鄭乙/11/也	六/鄭乙/11/也	六/子儀/4/也
六/子儀/9/也	六/子儀/13/也	六/子儀/16/也	六/子產/6/也	六/子產/11/也
六/子產/14/也	六/子儀/6/也	七/子犯/2/也	七/子犯/4/也	七/子犯/8/也
七/子犯/8/也	七/趙簡/2/也	七/趙簡/2/也	七/趙簡/6/也	七/趙簡/7/也
七/越公/8/也	七/越公/9/也	七/越公/24/也	七/越公/37/也	七/越公/39/也
七/越公/40/也	七/越公/42/也	七/越公/42/也	七/越公/45/也	七/越公/46/也

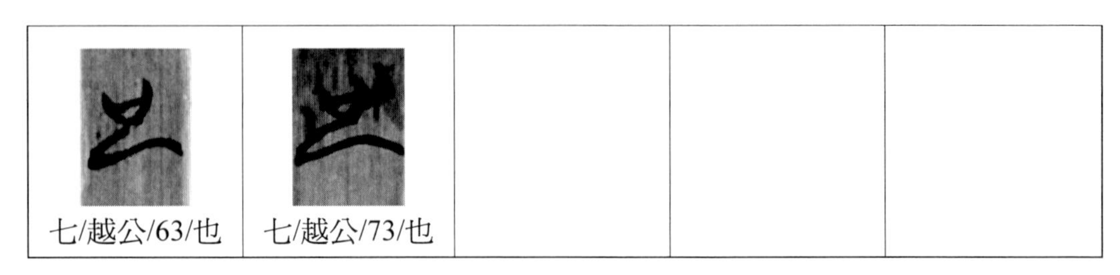

七/越公/63/也	七/越公/73/也			

《說文・卷十二・乀部》:「，女陰也。象形。，秦刻石也字。」對於「也」字的來源，陳劍提出:「『也』字應出現甚早，在西周早、中期金文中作『侃』的聲符（經『變形音化』而來），歌元對轉。」如，「侃」字寫作：（旲鐘《集成》246）。「侃」形中「口」之變爲形。「也」字的本義當為「『也』應該就是『次／涎』之表意初文，其形象口下流涎。」〔註 72〕

065 是

單字				
四/箴法/24/是	四/箴法/26/是	四/箴法/39/是	四/箴法/46/是	四/箴法/46/是
四/箴法/57/是	四/箴法/57/是	四/箴法/63/是	五/命訓/11/是	五/厚父/12/是
五/湯丘/4/是	五/湯丘/6/是	五/湯丘/7/是	五/湯丘/8/是	五/湯丘/9/是
五/湯丘/11/是	五/湯丘/18/是	五/湯丘/18/是	五/湯丘/18/是	五/湯丘/19/是

〔註 72〕陳劍：2019 年～2020 學年秋季學期臺北政治大學客座課程講義。

五/湯門/5/是	五/湯門/6/是	五/湯門/6/是	五/湯門/8/是	五/湯門/9/是
五/湯門/9/是	五/湯門/9/是	五/湯門/11/是	五/湯門/18/是	五/湯門/20/是
五/三壽/1/是	五/三壽/1/是	五/三壽/26/是	六/鄭武/5/是	六/鄭武/11/是
六/鄭武/15/是	六/鄭武/15/是	六/鄭武/17/是	六/管仲/8/是	六/管仲/13/是
六/管仲/13/是	六/管仲/21/是	六/管仲/27/是	六/鄭甲/2/是	六/鄭甲/9/是
六/鄭甲/11/是	六/鄭甲/12/是	六/鄭乙/8/是	六/鄭乙/10/是	六/鄭乙/11/是
六/子儀/7/是	六/子儀/7/是	六/子儀/7/是	六/子產/10/是	六/子產/18/是
六/子產/26/是	七/子犯/2/是	七/子犯/7/是	七/子犯/8/是	七/子犯/10/是

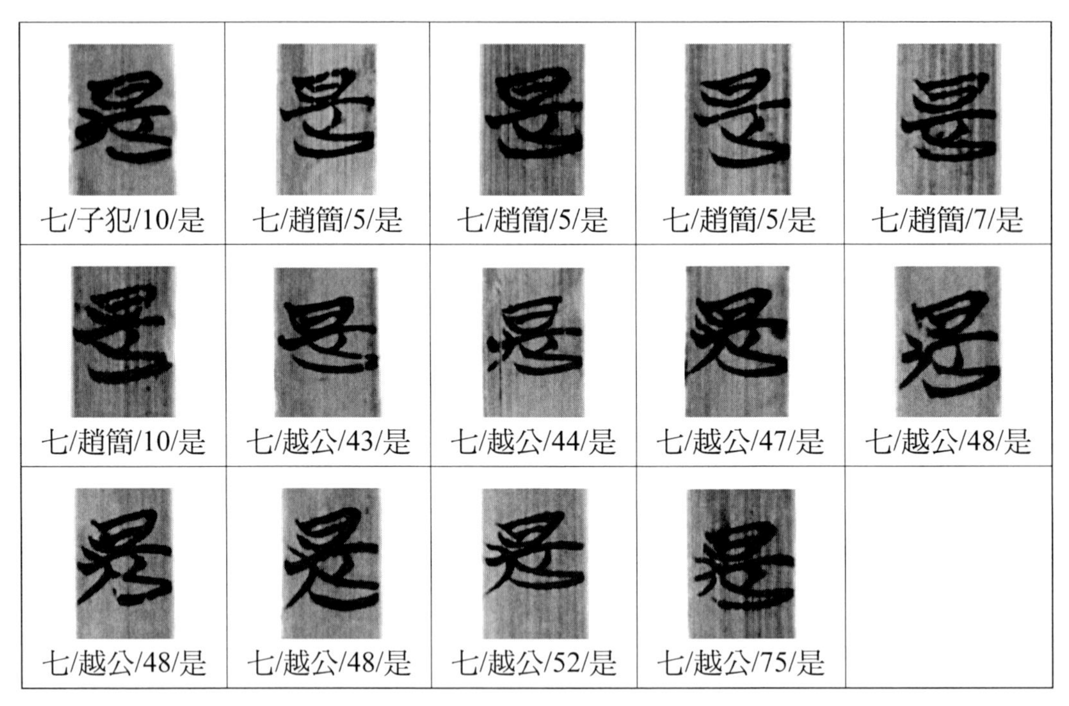

七/子犯/10/是	七/趙簡/5/是	七/趙簡/5/是	七/趙簡/5/是	七/趙簡/7/是
七/趙簡/10/是	七/越公/43/是	七/越公/44/是	七/越公/47/是	七/越公/48/是
七/越公/48/是	七/越公/48/是	七/越公/52/是	七/越公/75/是	

《說文・卷二・是部》:「昰,直也。从日、正。凡是之屬皆从是。𣆕籀文是从古文正。」以往學者對於「是」字的源頭多有討論,未能遽定。最早可以確釋為「是」字的古文字見於金文。如:昰(《虢季子白盤》),昰(《毛公㢟鼎》),昰(《陳公子甗》)。陳劍在客座講義中提出:甲骨文中的「知」、「智」為一字,「是」字當係從「知」、「智」字割取分化出來的。詳細論述請參陳劍老師講義。

066 𠫓

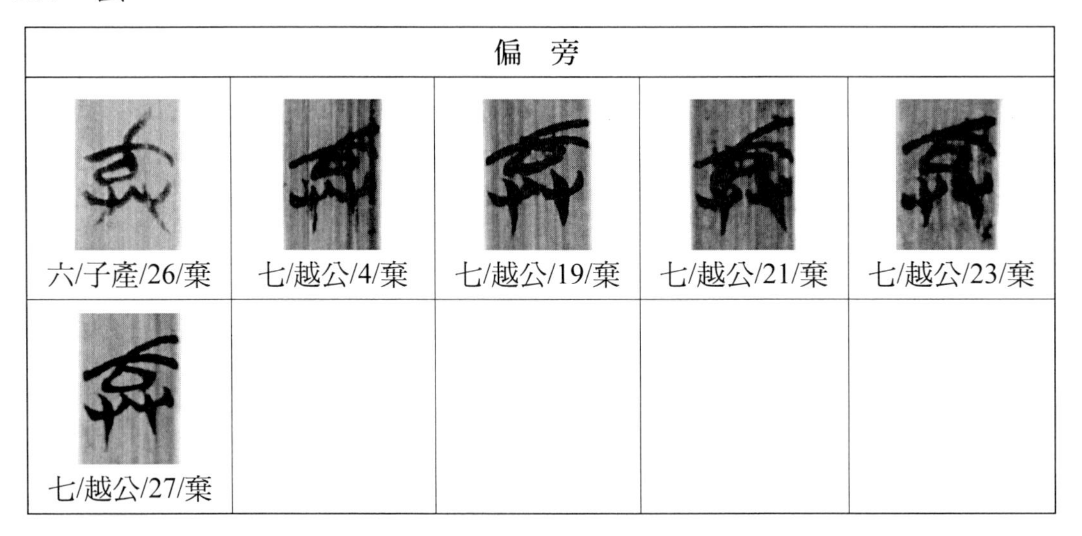

偏　旁				
六/子產/26/棄	七/越公/4/棄	七/越公/19/棄	七/越公/21/棄	七/越公/23/棄
七/越公/27/棄				

類　化				
 五/三壽/19/�				

《說文・卷十四・𠫓部》:「𠫓，不順忽出也。从到子。《易》曰:『突如其來如。』不孝子突出，不容於內也。凡𠫓之屬皆从𠫓。𠫓或从到古文子，即《易》突字。」目前學者們普遍認爲，「𠫓」可能是由甲骨文中「毓」字分化出來的形體。甲骨文「毓」字寫作：(《合集 14858》)、(《合集 22322》)、(《合集 27369》)。金文「毓」字寫作：(《班簋》)、(《毓祖丁卣》)、(《呂仲僕爵》)、(《史牆盤》)。「毓」字右下形體為「㐬」,「𠫓」字或即「㐬」字省文。(找找新證)「『毓』省,『毓』為婦女產子，字從每（或母、女、人），下有胎兒破水而出。『毓』省為『𠫓』。」[註 73]姚孝遂、曾憲通等學者亦主此說。

此外,《甲骨文字編》中「𠫓」字下收有兩則字例：(《合集》27042 反)、(《合集》27042 反)。《說文新證》中收錄(《合集》27643)。此三字所在卜辭詞例均與「△多」。甲骨文中字形正反無別，這三則字例當釋為「𠫓」還是應當視作倒寫的「子」字，目前仍顯證據不足。如：戰國文字「棄」字從「𠫓」，但甲骨文「棄」字上部或寫作「子」：(《合集》8451)，(《合集》21430)。所以「𠫓」是否是在甲骨卜辭中就有獨立的形體，還是已經在甲骨形體就從「毓」字中分化出來，仍難以定論。

067　孛

偏　旁				
 六/子產/29/悖				

《說文・卷六・𣎵部》:「孛，㪉也，从𣎵；人色也，从子。《論語》曰：

[註73] 季師旭昇：《說文新證》，頁 973。

『色字如也。』」甲骨文形體寫作：（《英》2525）。金文形體寫作：（《散氏盤》），（《曼仲孛簠》）。張亞初：「孛字從丯從子，丯為聲符，子為意符。幼兒生長發育日新月異，故寓有蓬勃興盛之意。……丯也含有茂盛意。孛字以丯為聲符，聲中見意。」〔註74〕

〔註74〕張亞初：〈甲骨金文零釋〉《古文字研究（第6輯）》，頁165～166。

六、首　類

068　首

單　字				
 四/筮法/56/首	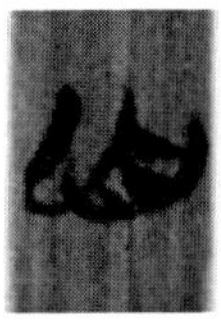 五/湯門/20/首	 六/管仲/5/首	 六/管仲/8/首	
偏　旁				
 四/筮法/18/頭	 四/筮法/30/頭	 四/筮法/31/頭	 四/筮法/37/頭	 五/厚父/2/頭
 五/厚父/3/頭	 五/厚父/3/頭	 五/厚父/4/頭	 五/湯丘/12/頭	 五/湯丘/12/顯
 五/湯門/20/顯	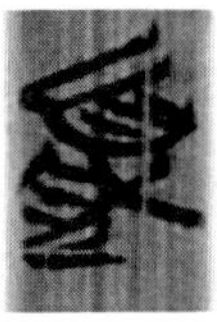 五/三壽/18/順	 五/厚父/5/韻	 六/子儀/17/項	 七/趙簡/9/夏
 七/越公/32/顛	 四/筮法/51/道	 五/湯丘/2/道	 五/湯丘/5/道	 五/湯門/21/道
 五/命訓/5/道	 五/命訓/5/道	 五/命訓/5/道	 五/命訓/6/道	五/命訓/7/道

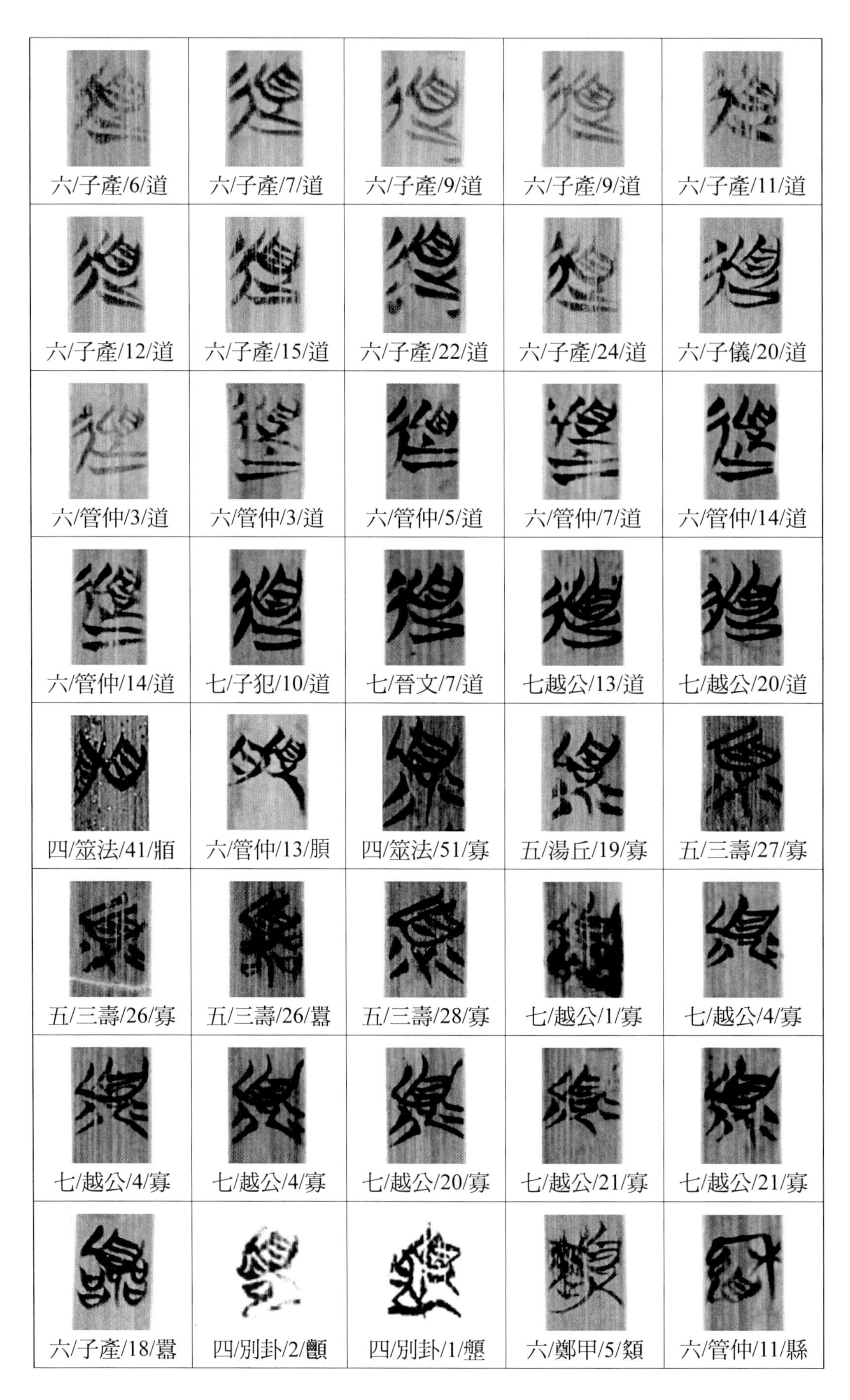
六/子產/6/道
六/子產/7/道
六/子產/9/道
六/子產/9/道
六/子產/11/道
六/子產/12/道
六/子產/15/道
六/子產/22/道
六/子產/24/道
六/子儀/20/道
六/管仲/3/道
六/管仲/3/道
六/管仲/5/道
六/管仲/7/道
六/管仲/14/道
六/管仲/14/道
七/子犯/10/道
七/晉文/7/道
七/越公/13/道
七/越公/20/道
四/筮法/41/腯
六/管仲/13/
四/筮法/51/寡
五/湯丘/19/寡
五/三壽/27/寡
五/三壽/26/寡
五/三壽/26/囂
五/三壽/28/寡
七/越公/1/寡
七/越公/4/寡
七/越公/4/寡
七/越公/4/寡
七/越公/20/寡
七/越公/21/寡
七/越公/21/寡
六/子產/18/囂
四/別卦/2/
四/別卦/1/
六/鄭甲/5/頪
六/管仲/11/縣

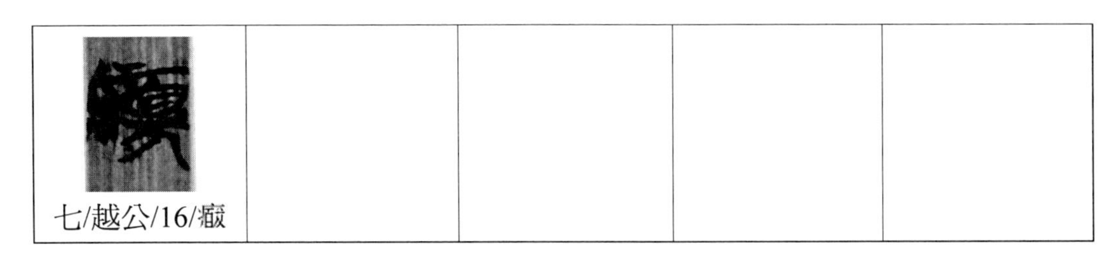
七/越公/16/瘣

《說文・卷九・首部》：「 ，百同。古文百也。巛象髮，謂之鬊，鬊即巛也。凡𩠐之屬皆从𩠐。」首字甲骨文形體寫作： （《合集》15105）， （《花東》304）， （《合集》22133）。金文形體作： （《頌鼎》）。季師謂：「象頭形，頭髮或有或無，頭型或正或側。」〔註 75〕

069　囟

偏　旁				
五/厚父/3/畏	五/厚父/3/畏	五/厚父/9/愄	五/厚父/9/畏	五/厚父/10/畏
五/厚父/13/畏	五/三壽/9/畏	五/湯丘/11/畏	六/管仲/26/畏	七/越公/4/鬼
七/越公/58/鬼	五/命訓/4/槼	五/命訓/5/槼	五/命訓/6/槼	五/命訓/9/槼
五/命訓/12/槼	五/三壽/7/禵	五/湯丘/4/思	五/湯丘/7/思	五/湯丘/18/思
五/三壽/8/思	五/三壽/20/思	六/鄭武/9/思	七/子犯/7/思	七/越公/9/思

〔註 75〕 季師旭昇：《說文新證》，頁 700。

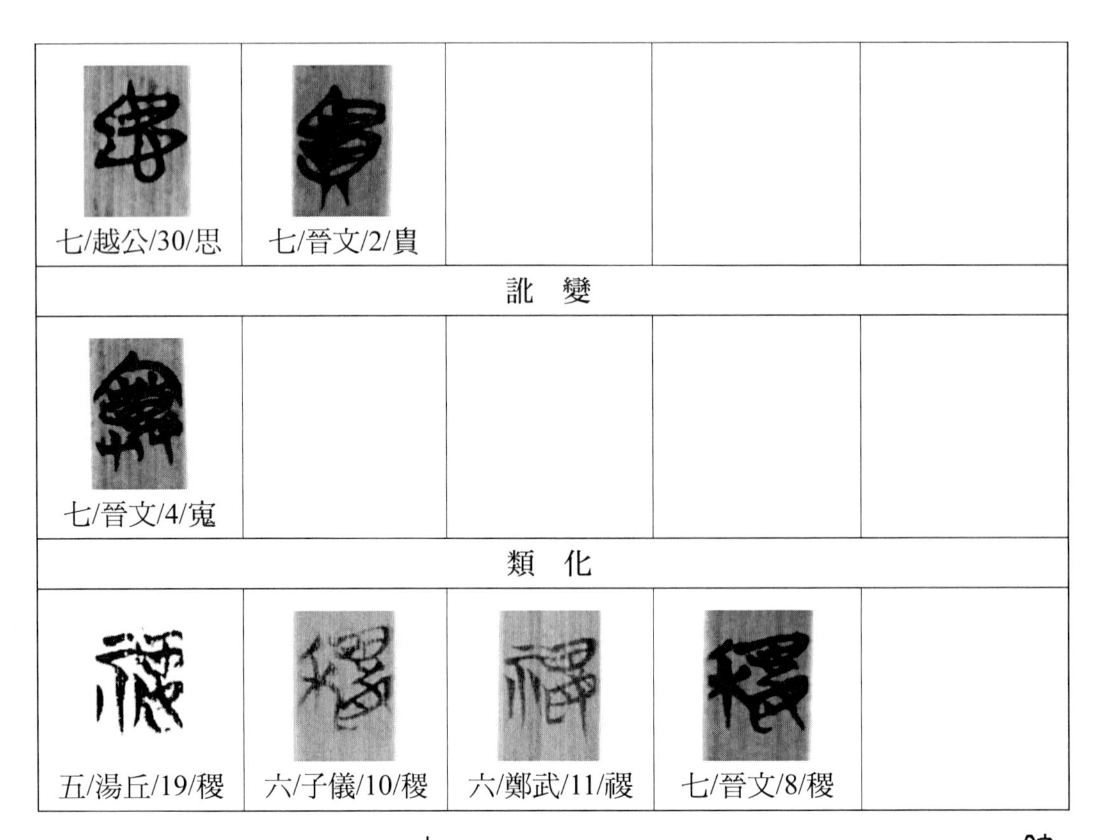

七/越公/30/思	七/晉文/2/貴			
訛　變				
七/晉文/4/寵				
類　化				
五/湯丘/19/稷	六/子儀/10/稷	六/鄭武/11/禝	七/晉文/8/稷	

《說文・卷十・囟部》:「，頭會，𡿺蓋也。象形。凡囟之屬皆从囟。，或从肉、宰。，古文囟字。」《說文・卷九・甶部》:「，鬼頭也。象形。凡甶之屬皆从甶。」甲骨文形體寫作：（《合集》28092），（《合集》26733），（《合集》26742）。金文形體寫作：（《長囟簋》）。季師釋形作：「象形字，象頭會腦蓋。甲骨文囟字，陳夢家以為可有甶、囟兩種解釋。于省吾亦釋字為囟，謂字象頭顱。綜合古文字材料，甶、囟當為一字分化。」〔註 76〕戰國文字中的「稷」字上部寫作「田」形體，當為「囟」字變體，詳細論述參考論文第三章部分。

070　面

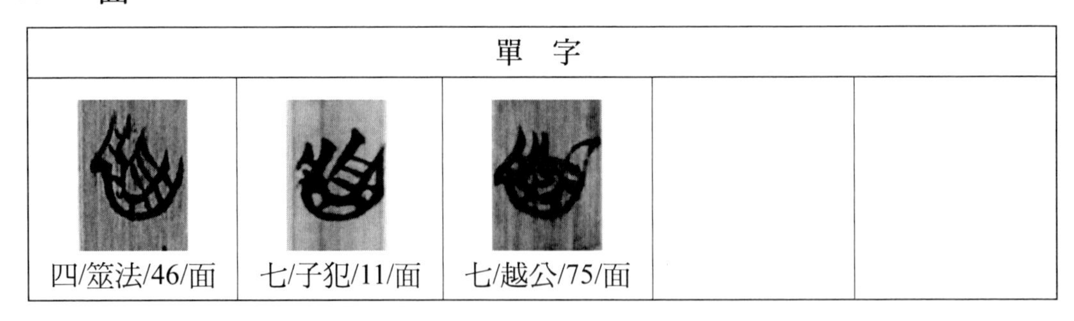

單　字				
四/筮法/46/面	七/子犯/11/面	七/越公/75/面		

〔註 76〕　季師旭昇：《說文新證》，頁 785。

偏　旁				
五/厚父/6/湎				

《說文・卷九・面部》:「[illegible]，顏前也。从百，象人面形。凡面之屬皆从面。」甲骨文形體寫作：[illegible]（《華東》113）。金文形體寫作：[illegible]（《師遽方鼎》「瑂」字所從），[illegible]（《九年衛鼎》「顏」字所從）。黃天樹提出：「面」字當是在「首」字的面部之前，以曲筆指示顏面。〔註77〕

〔註77〕 黃天樹：《黃天樹古文字論集》，頁452～453。

七、目　類

071　目

單　字				
 五/三壽/21/目	 六/管仲/4/目	 六/管仲/4/目	 六/子儀/17/目	 七/越公/75/目
偏　旁				
 四/筮法/1/見	 四/筮法/2/見	 四/筮法/3/見	 四/筮法/4/見	 四/筮法/5/見
 四/筮法/6/見	 四/筮法/7/見	 四/筮法/10/見	 四/筮法/10/見	 四/筮法/11/見
 四/筮法/16/見	 四/筮法/16/見	 四/筮法/16/見	 四/筮法/18/見	 四/筮法/18/見
 四/筮法/20/見	 四/筮法/20/見	 四/筮法/22/相	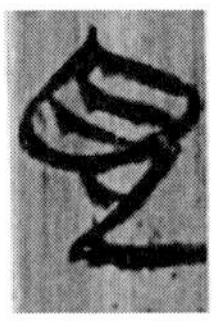 四/筮法/22/相	 四/筮法/25/相
 四/筮法/32/相	 四/筮法/62/見	 五/湯丘/4/見	 五/湯丘/8/見	 五/湯丘/8/見

五/三壽/11/見
五/三壽/26/見
六/鄭武/4/見
六/鄭武/4/見
六/鄭甲/7/見
六/鄭乙/7/見
六/子儀/12/見
六/子儀/13/見
六/子儀/15/見
六/子儀/18/見
六/子儀/18/見
六/子儀/19/見
六/子產/5/見
六/管仲/1/見
六/管仲/2/見
七/子犯/11/見
七/子犯/12/見
七/晉文/1/見
七/越公/15/見
七/越公/19/見
七/越公/32/見
七/越公/32/見
七/越公/32/見
七/越公/33/見
七/越公/40/見
七/越公/45/見
七/越公/46/見
四/筮法/39/視
六/子儀/3/視
六/子儀/6/視
四/筮法/16/相
四/筮法/16/相
四/筮法/18/相
四/筮法/20/相
四/筮法/22/相
四/筮法/34/相
四/筮法/36/相
五/三壽/8/相
五/三壽/8/相
五/湯丘/7/相

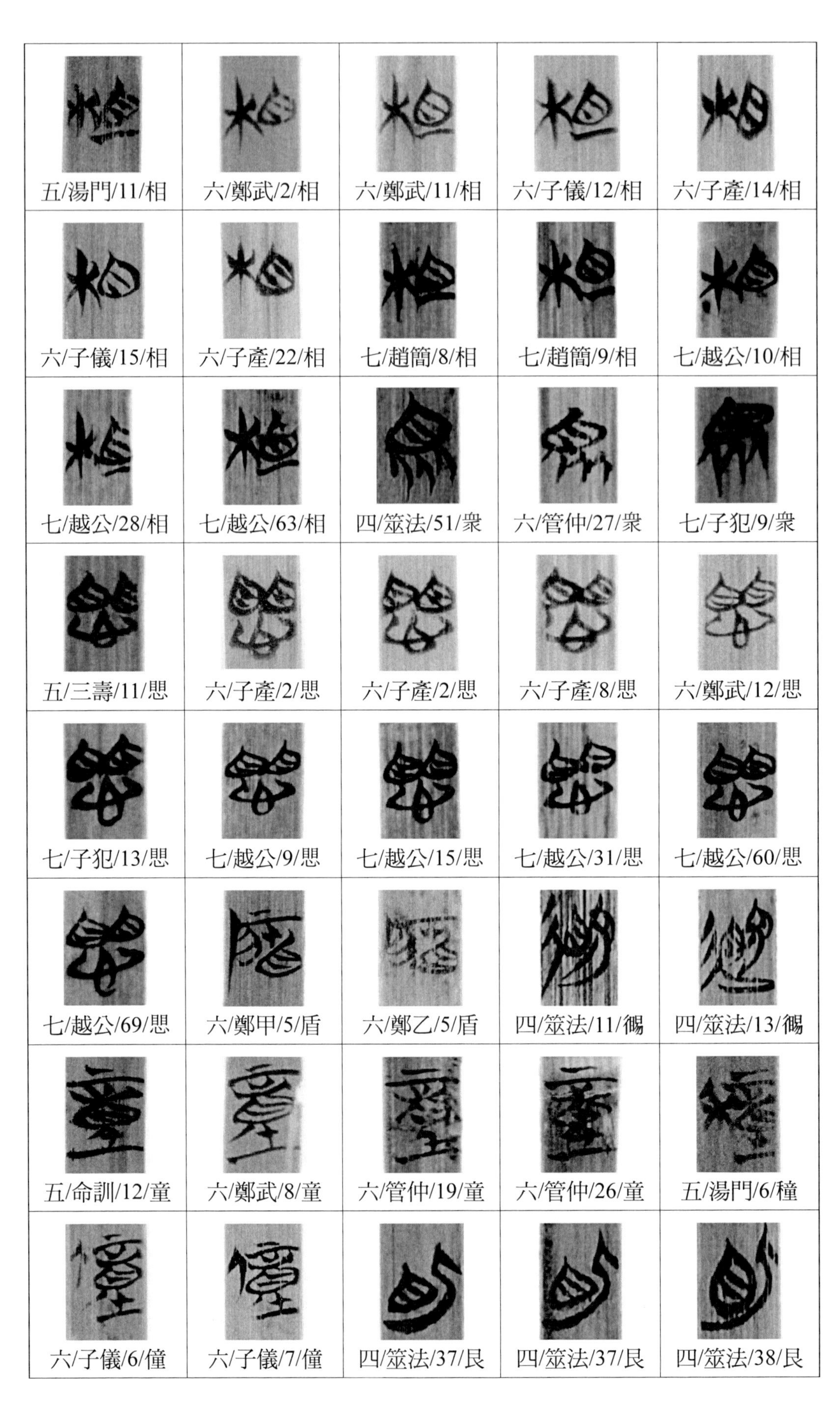
五/湯門/11/相
六/鄭武/2/相
六/鄭武/11/相
六/子儀/12/相
六/子產/14/相
六/子儀/15/相
六/子產/22/相
七/趙簡/8/相
七/趙簡/9/相
七/越公/10/相
七/越公/28/相
七/越公/63/相
四/筮法/51/眔
六/管仲/27/眔
七/子犯/9/眔
五/三壽/11/恖
六/子產/2/恖
六/子產/2/恖
六/子產/8/恖
六/鄭武/12/恖
七/子犯/13/恖
七/越公/9/恖
七/越公/15/恖
七/越公/31/恖
七/越公/60/恖
七/越公/69/恖
六/鄭甲/5/盾
六/鄭乙/5/盾
四/筮法/11/禓
四/筮法/13/禓
五/命訓/12/童
六/鄭武/8/童
六/管仲/19/童
六/管仲/26/童
五/湯門/6/穜
六/子儀/6/僮
六/子儀/7/僮
四/筮法/37/艮
四/筮法/37/艮
四/筮法/38/艮

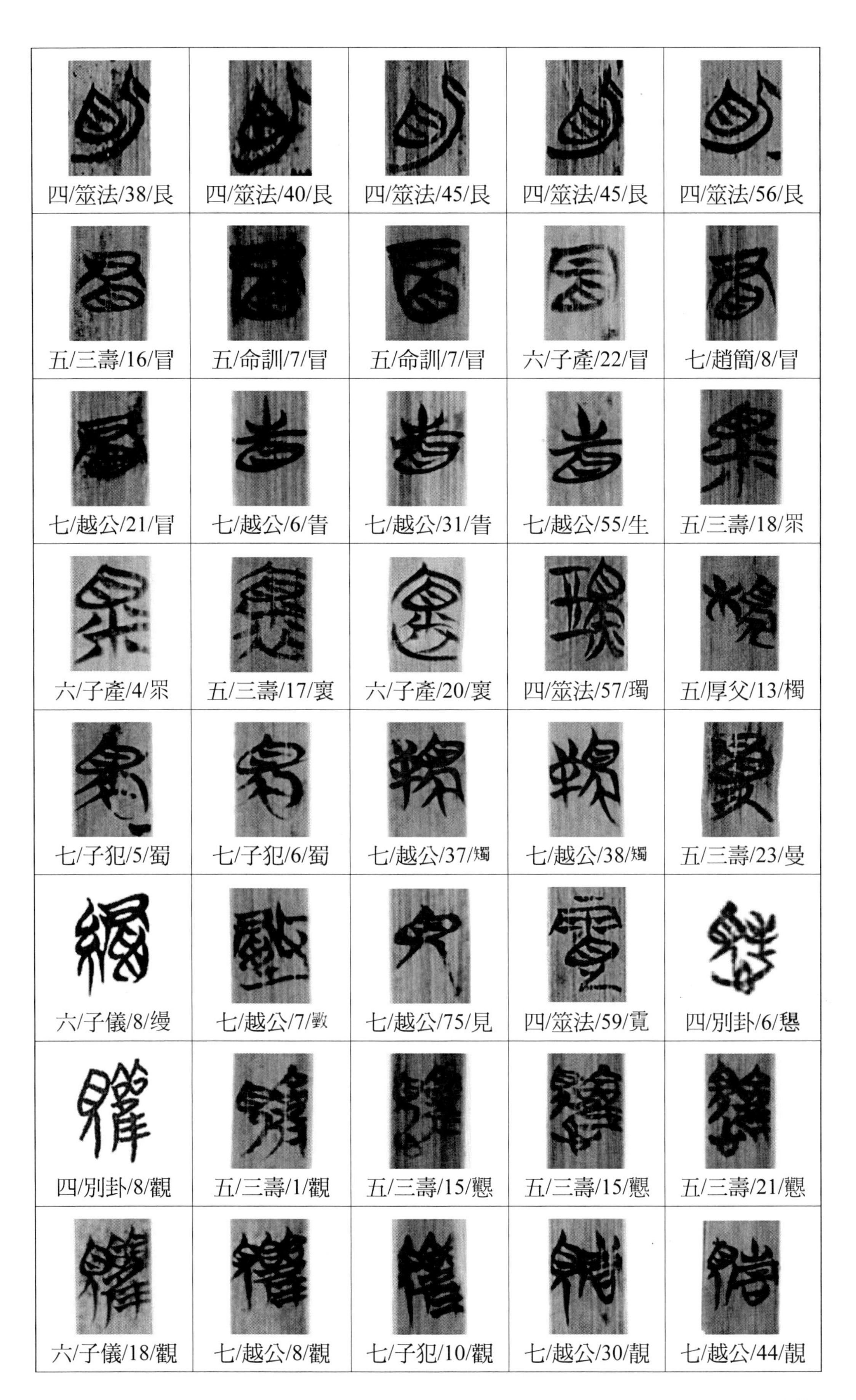

四/筮法/38/艮	四/筮法/40/艮	四/筮法/45/艮	四/筮法/45/艮	四/筮法/56/艮
五/三壽/16/冒	五/命訓/7/冒	五/命訓/7/冒	六/子產/22/冒	七/趙簡/8/冒
七/越公/21/冒	七/越公/6/眚	七/越公/31/眚	七/越公/55/生	五/三壽/18/罘
六/子產/4/罘	五/三壽/17/褱	六/子產/20/褱	四/筮法/57/瓛	五/厚父/13/櫂
七/子犯/5/蜀	七/子犯/6/蜀	七/越公/37/蠋	七/越公/38/蠋	五/三壽/23/曼
六/子儀/8/缦	七/越公/7/數	七/越公/75/見	四/筮法/59/覔	四/别卦/6/懇
四/别卦/8/觀	五/三壽/1/觀	五/三壽/15/觀	五/三壽/15/觀	五/三壽/21/觀
六/子儀/18/觀	七/越公/8/觀	七/子犯/10/觀	七/越公/30/靚	七/越公/44/靚

七/越公/44/覩	六/子儀/16/瞻	六/子儀/17/瞻	六/鄭甲/12/贍	六/鄭乙/10/贍
七/越公/4/親	七/越公/8/親	七/趙簡/8/親	七/越公/15/親	七/越公/30/親
七/越公/30/親	七/越公/40/親	七/越公/42/親	七/越公/45/親	五/厚父/12/貪
五/湯門/4/棂	五/湯門/10/揑	五/湯門/9/搃	五/三壽/22/贀	五/三壽/23/贀
六/子儀/6/望	六/鄭武/3/望	五/命訓/19/濬	五/湯門/13/濬	五/三壽/22/賭
五/三壽/22/賭	五/三壽/21/眉	六/子產/21/膚	四/筮法/58/環	五/三壽/14/還
七/子犯/7/還	七/越公/18/還	七/越公/25/還	七/越公/35/還	七/越公/39/鄤
七/越公/44/還	七/越公/52/還	六/子儀/16/晵	七/晉文/2/睪	七/越公/33/賠

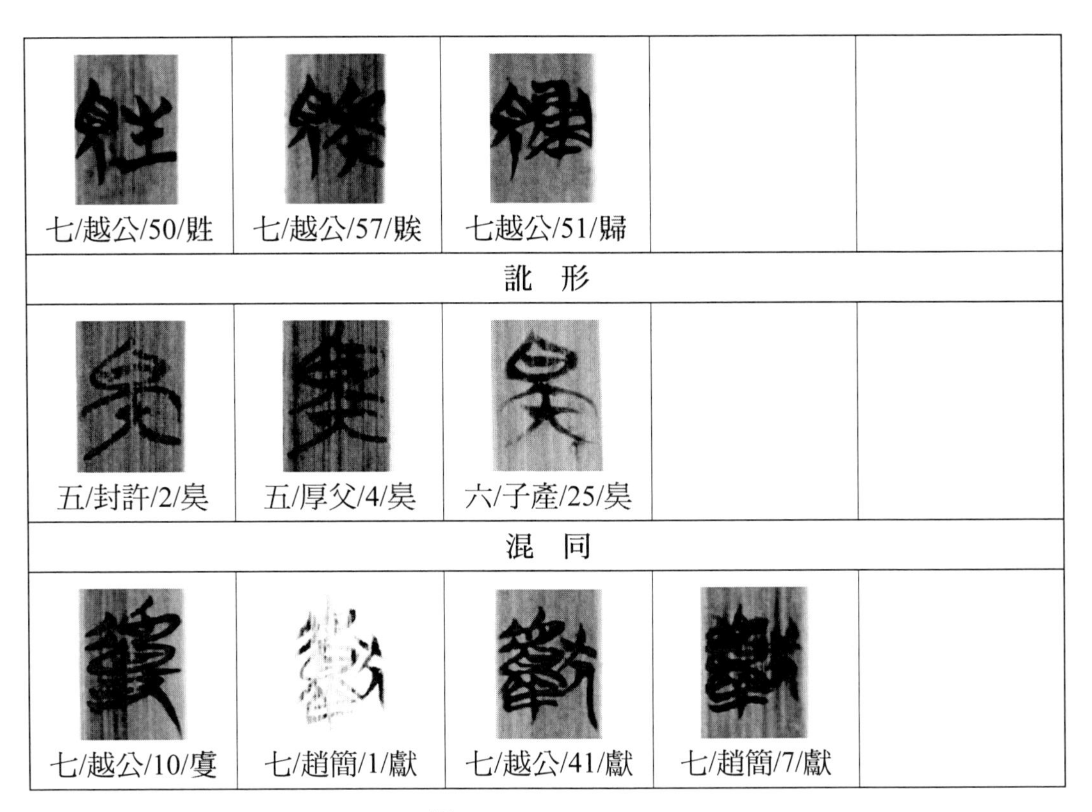

七/越公/50/[illegible]	七/越公/57/[illegible]	七越公/51/[illegible]		
訛　形				
五/封許/2/臭	五/厚父/4/臭	六/子產/25/臭		
混　同				
七/越公/10/[illegible]	七/趙簡/1/獻	七/越公/41/獻	七/趙簡/7/獻	

《說文・卷四・目部》:「，人眼。象形。重童子也。凡目之屬皆从目。古文目。」甲骨文（《合集》6946）。（《合集》33237）。金文（《且壬爵》）。此字為象形字，象目之形。

072　民

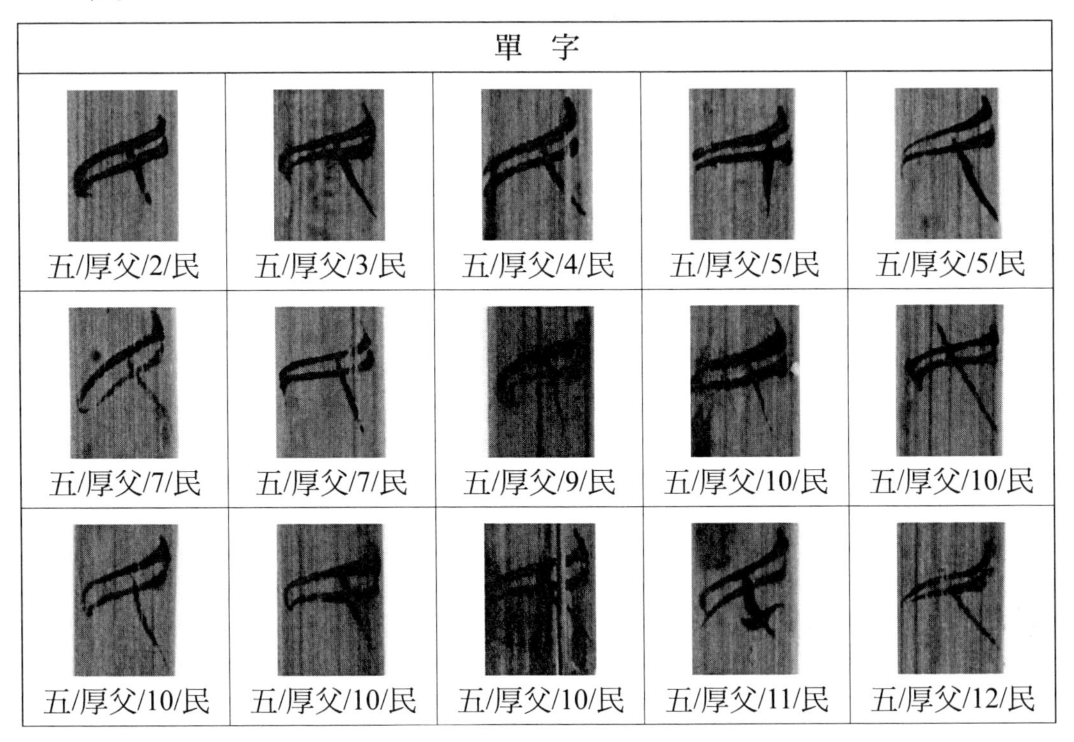

單　字				
五/厚父/2/民	五/厚父/3/民	五/厚父/4/民	五/厚父/5/民	五/厚父/5/民
五/厚父/7/民	五/厚父/7/民	五/厚父/9/民	五/厚父/10/民	五/厚父/10/民
五/厚父/10/民	五/厚父/10/民	五/厚父/10/民	五/厚父/11/民	五/厚父/12/民

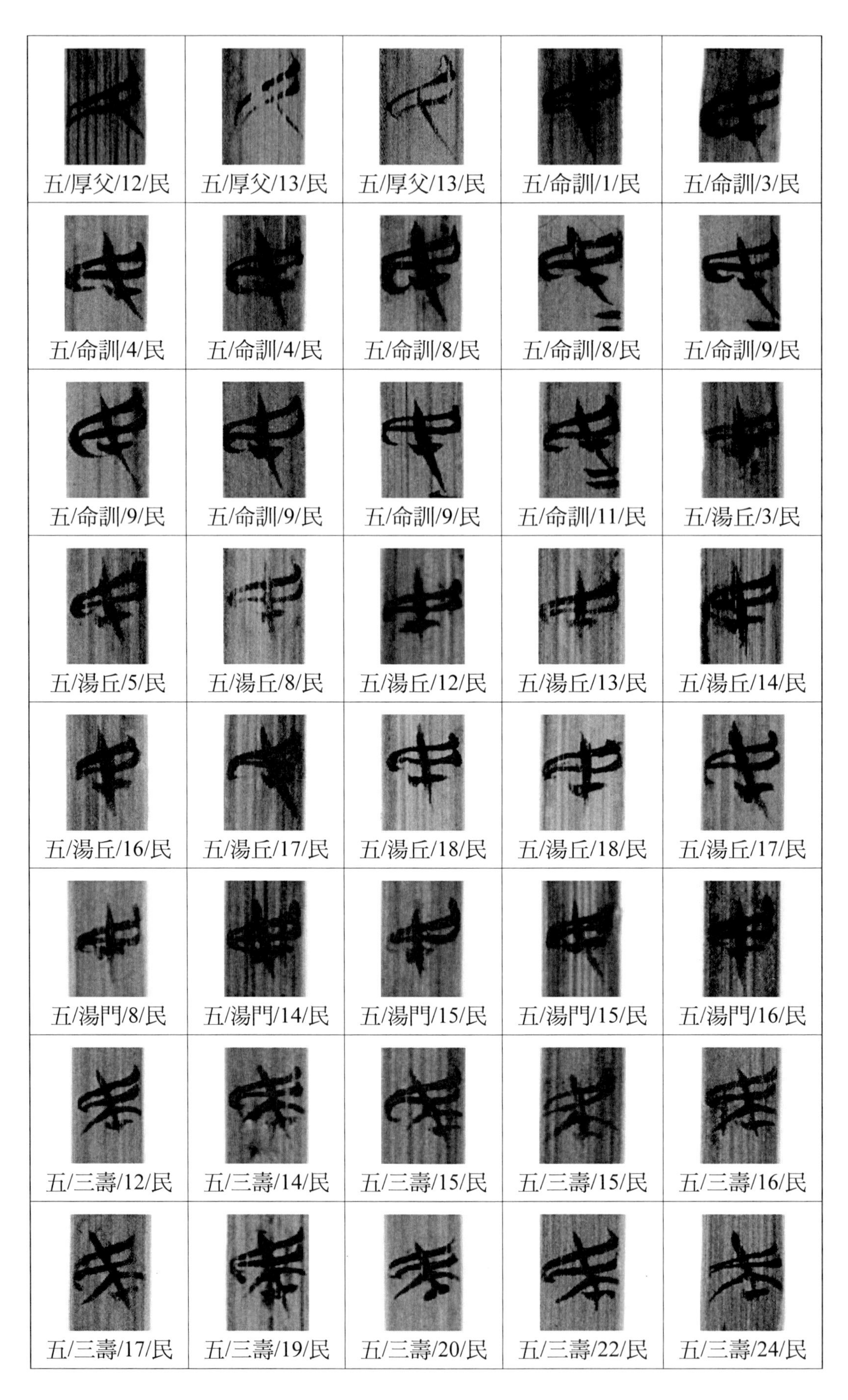

五/厚父/12/民	五/厚父/13/民	五/厚父/13/民	五/命訓/1/民	五/命訓/3/民
五/命訓/4/民	五/命訓/4/民	五/命訓/8/民	五/命訓/8/民	五/命訓/9/民
五/命訓/9/民	五/命訓/9/民	五/命訓/9/民	五/命訓/11/民	五/湯丘/3/民
五/湯丘/5/民	五/湯丘/8/民	五/湯丘/12/民	五/湯丘/13/民	五/湯丘/14/民
五/湯丘/16/民	五/湯丘/17/民	五/湯丘/18/民	五/湯丘/18/民	五/湯丘/17/民
五/湯門/8/民	五/湯門/14/民	五/湯門/15/民	五/湯門/15/民	五/湯門/16/民
五/三壽/12/民	五/三壽/14/民	五/三壽/15/民	五/三壽/15/民	五/三壽/16/民
五/三壽/17/民	五/三壽/19/民	五/三壽/20/民	五/三壽/22/民	五/三壽/24/民

五/三壽/26/民	五/三壽/27/民	五/三壽/28/民	六/鄭武/3/民	六/子儀/1/民
六/子儀/1/民	六/子儀/15/民	六/子産/1/民	六/子産/2/民	六/子産/3/民
六/子産/3/民	六/子産/9/民	六/子産/10/民	六/子産/10/民	六/子産/10/民
六/子産/11/民	六/子産/12/民	六/子産/13/民	六/子産/15/民	六/子産/17/民
六/子産/18/民	六/子産/19/民	六/子産/19/民	六/子産/26/民	六/子産/27/民
六/管仲/9/民	六/管仲/13/民	六/管仲/17/民	六/管仲/18/民	六/管仲/19/民
六/管仲/19/民	六/管仲/22/民	六/管仲/22/民	六/管仲/22/民	七/子犯/8/民
七/子犯/8/民	七/子犯/11/民	七/越公/17/民	七/越公/26/民	七/越公/27/民

七/越公/27/民	七/越公/28/民	七/越公/28/民	七/越公/29/民	七/越公/30/民
七/越公/31/民	七/越公/35/民	七/越公/39/民	七/越公/42/民	七/越公/47/民
七/越公/48/民	七/越公/49/民	七/越公/53/民	七/越公/55/民	七/越公/58/民
七/越公/58/民	七/越公/59/民	七/越公/59/民	七/越公/61/民	七/越公/73/民
七/越公/73/民	七/越公/75/民			

《說文．卷十二．民部》：「，眾萌也。从古文之象。凡民之屬皆从民。古文民。」甲骨文形體作此，（《合集》13629）。金文《何尊》。郭沫若：「作一作目形而有刃物以刺之。古人民盲每通訓。」〔註 78〕

073　直

單　字				
六/子產/15/直	六/子產/27/直			

〔註 78〕郭沫若：〈釋臣宰〉《甲骨文字研究》，頁 3。

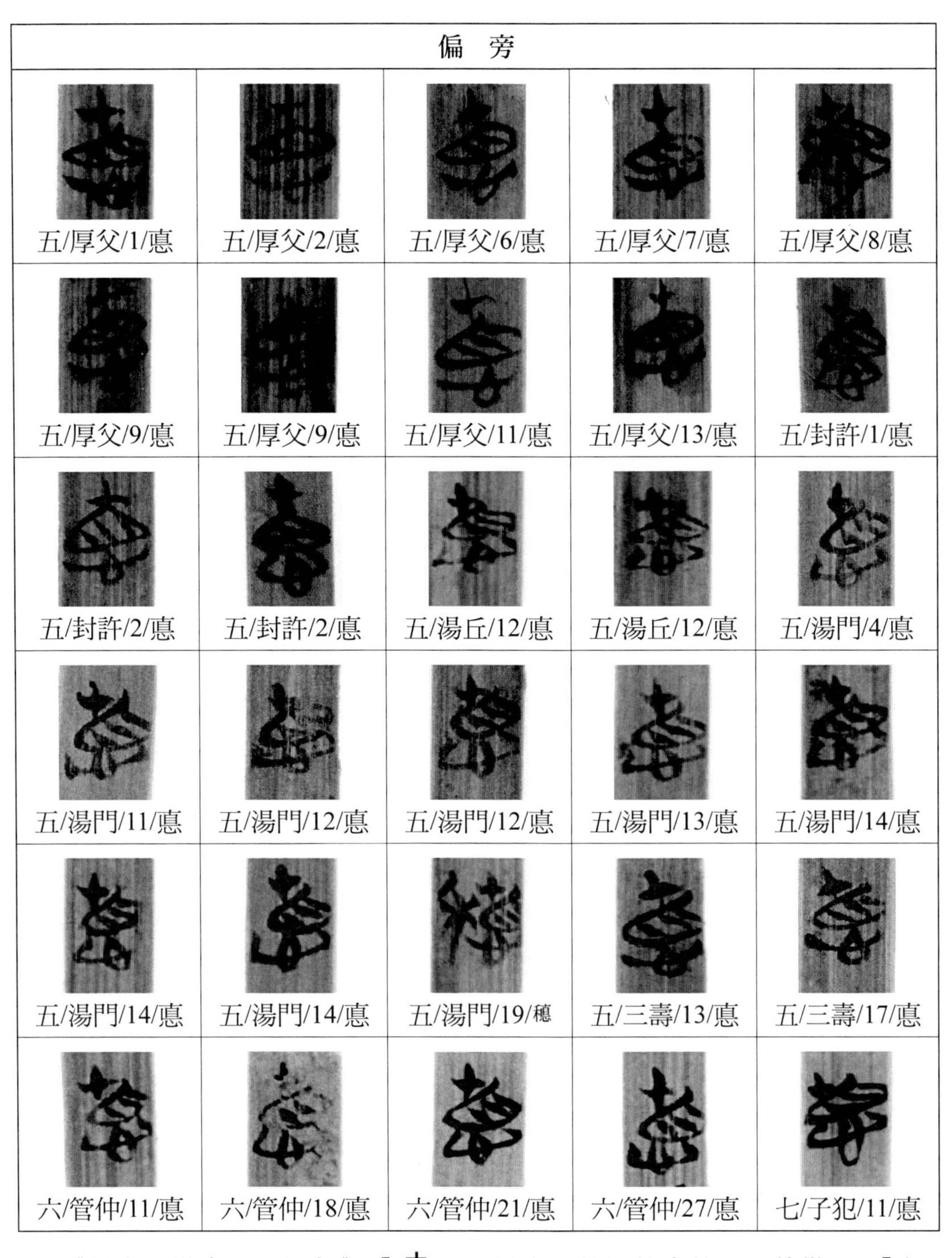

偏　旁				
五/厚父/1/悳	五/厚父/2/悳	五/厚父/6/悳	五/厚父/7/悳	五/厚父/8/悳
五/厚父/9/悳	五/厚父/9/悳	五/厚父/11/悳	五/厚父/13/悳	五/封許/1/悳
五/封許/2/悳	五/封許/2/悳	五/湯丘/12/悳	五/湯丘/12/悳	五/湯門/4/悳
五/湯門/11/悳	五/湯門/12/悳	五/湯門/12/悳	五/湯門/13/悳	五/湯門/14/悳
五/湯門/14/悳	五/湯門/14/悳	五/湯門/19/穗	五/三壽/13/悳	五/三壽/17/悳
六/管仲/11/悳	六/管仲/18/悳	六/管仲/21/悳	六/管仲/27/悳	七/子犯/11/悳

《說文・卷十二・乚部》：「，正見也。从乚从十从目。徐鍇曰：『乚，隱也。今十目所見是直也。』古文直。」甲骨文字形體作：（《合集》3227）。金文作：（《盂鼎》），（《恆簋》）。季師釋形作：「甲骨文從目，目上以一直表示直視……金文以下或增加乚，蓋建築須直。甲骨文為指事，金文以下為形聲字。」〔註 79〕

〔註 79〕季師旭昇：《說文新證》，頁 870。

074 臣

單字				
 四/筮法/35/臣	 四/筮法/35/臣	 五/湯丘/1/臣	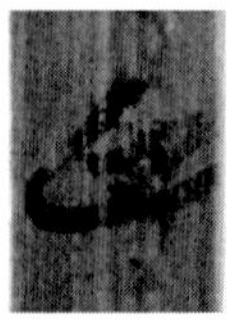 五/湯丘/3/臣	 五/厚父/7/臣
 五/湯丘/3/臣	 五/湯丘/3/臣	 五/湯丘/4/臣	 五/湯丘/4/臣	 五/湯丘/7/臣
 五/湯丘/10/臣	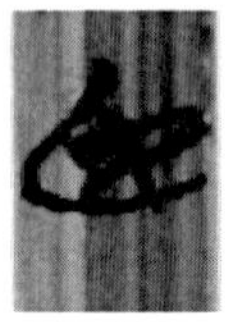 五/湯丘/12/臣	 五/湯丘/12/臣	 五/湯丘/13/臣	 五/湯丘/13/臣
 五/湯丘/14/臣	 五/湯丘/15/臣	 五/湯丘/16/臣	 五/湯丘/17/臣	 五/湯丘/17/臣
 五/湯丘/17/臣	 五/湯丘/17/臣	 五/湯丘/17/臣	 五/湯丘/19/臣	 五/湯丘/19/臣
 五/湯門/1/臣	 五/湯門/1/臣	 五/湯門/3/臣	 五/湯門/3/臣	 五/湯門/5/臣
 五/湯門/6/臣	 五/湯門/10/臣	 五/湯門/11/臣	 五/湯門/12/臣	 五/湯門/13/臣

五/湯門/18/臣
五/湯門/18/臣
五/湯門/19/臣
五/湯門/20/臣
六/鄭武/4/臣
六/鄭武/5/臣
六/鄭武/7/臣
六/鄭武/9/臣
六/鄭武/9/臣
六/鄭武/9/臣
六/鄭武/10/臣
六/鄭武/14/臣
六/鄭武/15/臣
六/鄭武/15/臣
六/鄭武/15/臣
六/鄭甲/3/臣
六/鄭甲/4/臣
六/子儀/18/臣
六/子儀/18/臣
六/子儀/18/臣
六/子儀/19/臣
六/子儀/19/臣
六/子儀/19/臣
六/子儀/20/臣
六/子產/10/臣
六/子產/9/臣
六/管仲/17/臣
六/管仲/21/臣
六/管仲/28/臣
六/管仲/28/臣
六/管仲/29/臣
六/管仲/30/臣
七/子犯/4/臣
七/趙簡/6/臣
七/趙簡/6/臣
七/越公/6/臣
七/越公/10/臣
七/越公/35/臣
七/越公/51/臣

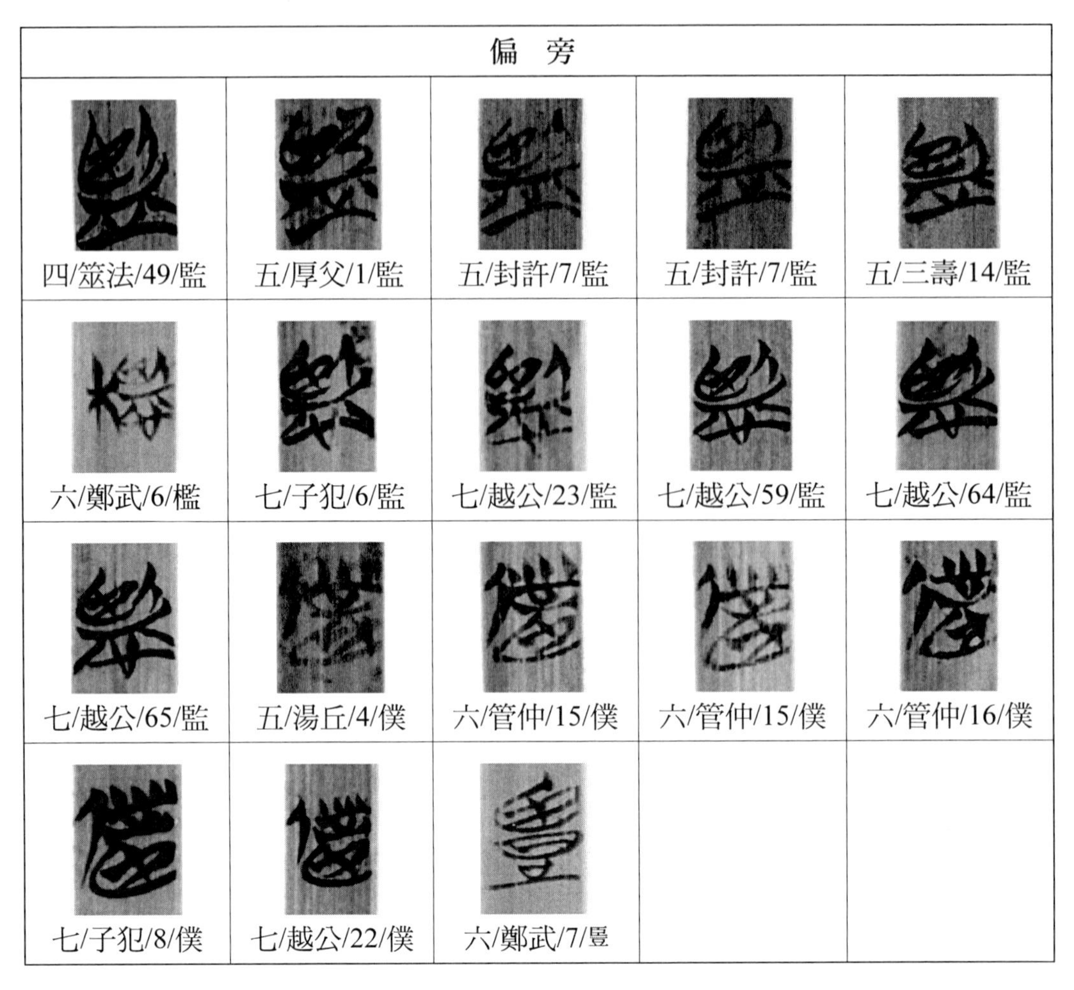

偏旁				
四/筮法/49/監	五/厚父/1/監	五/封許/7/監	五/封許/7/監	五/三壽/14/監
六/鄭武/6/檻	七/子犯/6/監	七/越公/23/監	七/越公/59/監	七/越公/64/監
七/越公/65/監	五/湯丘/4/僕	六/管仲/15/僕	六/管仲/15/僕	六/管仲/16/僕
七/子犯/8/僕	七/越公/22/僕	六/鄭武/7/豎		

《說文・卷三・臣部》:「臣，牽也。事君也。象屈服之形。凡臣之屬皆从臣。」甲骨文形體：（《合集》20354），（《合集》5589）。金文形體變化較小，為（《臣辰父乙鼎》），（《毛公鼎》）。郭沫若以為象豎目之形，人首俯則目豎，殆以此象屈服之形。〔註80〕張日昇補充道:「俯首屈服其目豎，而以豎目代表屈服之人。」〔註81〕

075 眉

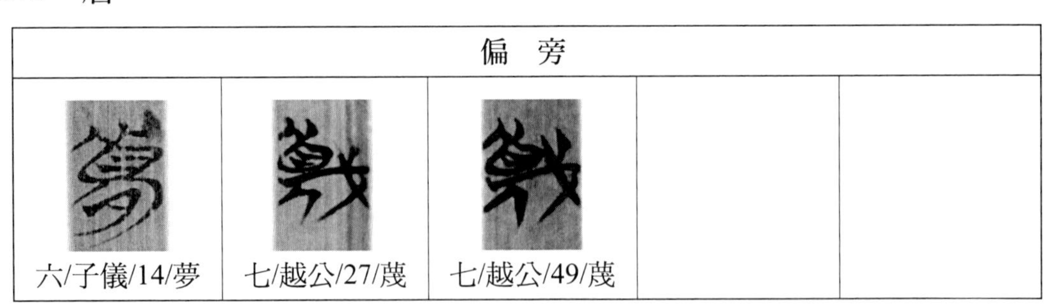

偏旁				
六/子儀/14/夢	七/越公/27/蔑	七/越公/49/蔑		

〔註80〕郭沫若:〈釋臣宰〉《甲骨文字研究》，頁3。
〔註81〕周法高主編:《金文詁林》，頁1828。

《說文・卷四・眉部》:「，目上毛也。从目，象眉之形，上象頟理也。凡眉之屬皆从眉。」甲骨文形體寫作：（《合集》3420），（《合集》30155）。金文形體寫作：（《小臣求鼎》）。「眉」字當為象形字，象目上之毛。〔註82〕

076　瞑

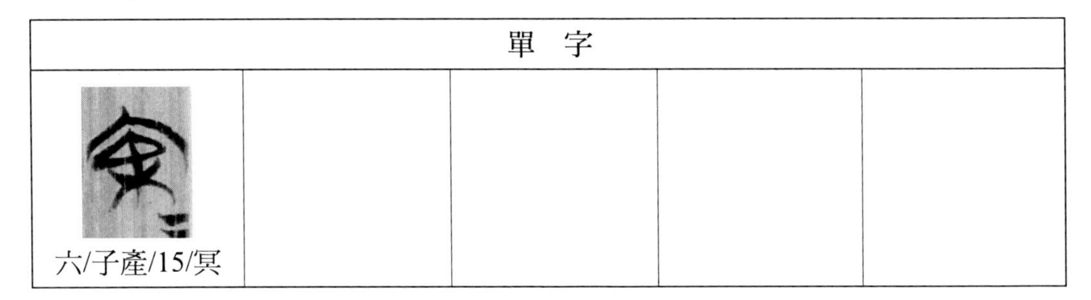

單　字				
六/子產/15/冥				

《說文・卷七・冥部》:「，幽也。从日从六，冖聲。日數十。十六日而月始虧幽也。凡冥之屬皆从冥。」《說文・卷四・目部》:「，翕目也。从目、冥，冥亦聲。（武延切）」楚簡作（「瞑」《容成氏》簡37）、（「榠」《上博三・周易》簡2），李零謂「乃『榠』字。『榠』即『榠樝』之『榠』……榠樝是木瓜類植物。其字正像瓜在木上。」〔註83〕劉釗認為「冥」是個會意字，即「像目一邊明亮一邊暗昧形」，本義為「一目小」或「一目失明」。〔註84〕季師謂「疑為『瞑』之初文，《說文》釋『翕目也』。」〔註85〕

〔註82〕季師旭昇：《說文新證》，頁270。

〔註83〕李零：〈讀《楚系簡帛文字編》〉《出土文獻研究（第5集）》，頁147。

〔註84〕劉釗：〈容成氏釋讀一則（二）〉，簡帛研究網：http://www.jianbo.org/Wssf/2003/liuzhao02.htm。

〔註85〕季師旭昇：《說文新證》，頁545。